# UNE

# EXCEPTION

## (A NOBLE LIFE)

PAR

L'AUTEUR DE *JOHN HALIFAX*

TRADUIT DE L'ANGLAIS

PARIS

MICHEL LÉVY FRÈRES, LIBRAIRES ÉDITEURS

RUE VIVIENNE, 2 *bis*, ET BOULEVARD DES ITALIENS, 15

A LA LIBRAIRIE NOUVELLE

1867

# UNE EXCEPTION

*(A NOBLE LIFE)* 742

V²

PARIS. — TYPOGRAPHIE DE CH. MEYRUEIS

RUE CUJAS, 13. — 1867.

# UNE

# EXCEPTION

## (A NOBLE LIFE)

PAR

### L'AUTEUR DE *JOHN HALIFAX*

TRADUIT DE L'ANGLAIS

## PARIS

MICHEL LÉVY FRÈRES, LIBRAIRES ÉDITEURS

RUE VIVIENNE, 2 *bis*, ET BOULEVARD DES ITALIENS, 15

A LA LIBRAIRIE NOUVELLE

1867

# CHAPITRE I

# UNE EXCEPTION

Il y a bien des années, il est inutile d'en fixer le nombre, vivait dans le château de ses ancêtres, tout au nord de l'Ecosse, le dernier comte de Cairnforth.

Vous ne trouverez pas son nom dans l'Annuaire de la « Noblesse de Lodge, » car, ainsi que je viens de le dire, il fut le dernier comte de Cairnforth et avec lui son titre s'éteignit. Pendant des siècles ce nom avait été porté par de nobles et vaillants gentils-hommes, qui avaient vécu honorablement ou qui étaient morts avec bravoure sur le champ de bataille. Toutefois, j'estime que de tous ceux qui menèrent ce que nous appelons une vie héroïque, — vie dont le récit fait battre notre cœur d'un sentiment plus élevé que la pitié et plus profond que l'amour, — nul de sa race ne laissa après lui une histoire plus vraiment héroïque que le dernier comte de Cairnforth.

Aujourd'hui que toute cette histoire est passée, que l'âme qui lui fut si mystérieusement donnée est retournée vers son Créateur, qu'un petit monticule de gazon dans le cimetière attenant au presbytère de Cairnforth recouvre le corps dans lequel elle habita pendant plus de quarante ans, il m'a semblé qu'il pourrait être bon pour quelques-uns, en tout cas qu'il ne serait nuisible pour personne, de raconter la vie de Charles-Edouard Stuart Montgomerie, dernier comte de Cairnforth, vie bien simple, plus semblable à une biographie qu'à un roman.

Il n'hérita pas de son titre, car il naquit comte de Cairnforth, son père s'étant noyé dans le Loch un mois avant sa naissance, sous les yeux de sa malheureuse mère qui contemplait le fatal accident des fenêtres mêmes du château. La comtesse ne vécut que pour apprendre qu'elle avait un fils et un héritier. Elle témoigna le désir qu'il portât le nom de son père, puis elle mourut; heureuse de quitter ce monde, car elle avait aimé son mari toute sa vie et ne lui avait été unie qu'une année par les liens du mariage. Peut-être que si elle eût pu voir son fils, elle eût désiré vivre pour l'amour de lui. Cependant ce ne fut pas la volonté de Dieu, et ainsi, âgé de deux jours, le « pauvre petit comte, » comme les gens du pays commencèrent dès lors à le dési-

gner avec compassion, fut laissé seul dans le monde,
sans parent ni protecteur, — son père et sa mère
ayant été tous deux enfants uniques, — seul avec
son titre, son domaine et vingt mille livres sterling
de rente.

Le château de Cairnforth est une des plus ravis-
santes résidences de l'Ecosse. Il est situé à l'extrémité d'une langue de terre qui s'étend entre deux
lacs salés : Loch Beg, le petit lac, et Loch Mhor, le
grand lac. Ce dernier est, en effet, vaste et sombre,
enfermé dans d'âpres montagnes qui le dominent
de tous côtés, baignant leurs pieds dans ses eaux,
tandis que leurs sommets disparaissent dans le
brouillard et les nuages. Loch Beg est d'un aspect
tout différent; il est entouré de verdoyants rivages,
de belles cultures; des arbres au gracieux feuillage lui forment une ceinture, et le moindre rayon de
soleil qui vient rider ses ondes le fait ressembler à
un miroir enchanté où ne se refléteraient que les
sourires d'un jeune visage. De temps en temps, cependant, un coup de vent tombe du sommet des
montagnes les plus éloignées; alors ses eaux com-
mencent à s'obscurcir, prenant la teinte du sombre nuage qui couvre soudain son front serein; les
vagues s'élèvent, elles se brisent en écume, et la
petite barque qui, il y a quelques instants, voguait

légère et en sûreté sur sa face unie, est bientôt submergée et engloutie.

Ainsi en arriva-t-il avec le dernier comte, qui fut noyé. Le ministre, le révérend Alexandre Cardross, venait précisément de débarquer ; il se tenait sur le rivage, observant la chaloupe qui traversait de nouveau le lac, quand la rafale survint. Cette partie de la contrée est aujourd'hui un district très-populeux, avec de petites villas blanches, semées comme des marguerites tout le long de ses vertes prairies ; mais il n'y avait pas à cette époque une seule maison dans toute la petite péninsule de Cairnforth, si l'on en excepte le château, le presbytère et quelques chaumières dont la réunion forme, en Écosse, un *clachan*. Avant qu'il fût possible d'obtenir du secours, le comte et son batelier, Neil Campbell, furent tous deux noyés ; la seule personne qu'on pût sauver fut le petit Malcolm Campbell, le frère de Neil, un enfant âgé d'environ dix ans.

Or, dans la plupart des paroisses rurales d'Écosse ou d'Angleterre, on a le sentiment, sentiment qui va presque jusqu'à la superstition, que le « ministre » est la seule personne convenable pour communiquer un malheur de famille. Et ne devrait-il pas en être ainsi ? Qui mieux que le messager de

Dieu pourrait annoncer sa solennelle volonté, lorsqu'elle se traduit par quelque terrible calamité? Dans ces circonstances, nul n'avait plus qualité pour remplir ce douloureux office que M. Cardross. Il se rendit au château, de même qu'il avait frappé plus d'une fois à la porte de la chaumière, chargé d'un semblable message, message auquel il n'y avait qu'une réponse : « Seigneur, que ta volonté soit faite! »

Les détails de cette terrible entrevue, dans laquelle il eut à redire à la comtesse ce qu'elle se refusait à croire, bien que ses yeux en eussent été témoins, — le pasteur ne les répéta jamais à aucune créature, si ce n'est à sa femme.

Pendant les quatre semaines durant lesquelles lady Cairnforth survécut à son mari, il fut la seule personne admise auprès d'elle, à l'exception des domestiques indispensables dans son intérieur.

Le lendemain de la mort de la comtesse, il fut subitement appelé au château par M. Menteith, avoué à Edimbourg, l'agent confidentiel du dernier lord.

— On vous envoie sans doute chercher pour baptiser l'enfant. C'est de bonne heure; mais la pauvre petite créature est peut-être délicate, et on peut désirer que la cérémonie ait lieu de suite, avant le départ de M. Menteith pour Edimbourg.

— C'est possible, Hélène; ainsi ne soyez point inquiète si je ne reviens pas de sitôt.

Tout en parlant ainsi, le pasteur quitta le riant jardin de son presbytère, où il venait de cultiver paisiblement ses framboisiers en compagnie de sa femme qui le regardait faire, et il se dirigea d'un air pensif vers les bois de Cairnforth; les taillis ombreux étaient maintenant remplis d'hyacinthes odorantes; des touffes de primevères jaunes, qui croissent en abondance jusque sur les bords des lacs à quelques pieds au-dessus de l'eau, étalaient à chaque pas leurs petites corolles rondes et plates. Le bon ministre en les apercevant ne pouvait s'empêcher de comparer ce premier sourire de la nature dont elles sont l'expression, à ceux de deux petits êtres, une fillette de cinq ans et un petit garçon de deux ans, qu'il venait de laisser sur la pelouse, s'amusant avec des jouets, dons de la comtesse. N'avait-elle pas, en effet, toujours été parfaitement bonne pour les enfants du presbytère, celle qui était maintenant étendue morte dans la chambre du château? Le pasteur pensa ensuite à son pauvre petit enfant orphelin qu'elle aurait eu tant de douleur à abandonner seul sur la terre, si elle avait eu la conscience de sa dernière heure, et les larmes montèrent insensiblement aux yeux de l'excellent homme et lui voilèrent bientôt toute cette gracieuse beauté du printemps.

C'est dans ces dispositions qu'il arriva sous le vaste portique italien, construit par quelque seigneur du siècle passé et dont le style ne s'harmonisait pas mal avec les verts gazons entourés d'arbres majestueux, à travers lesquels on découvrait par échappées le lac tout étincelant des rayons du soleil. Les portes et les fenêtres du château étaient presque toujours grandes ouvertes, car la comtesse aimait l'air pur et la lumière; mais aujourd'hui tout était clos et silencieux, personne ne paraissait aux abords de cette triste demeure.

M. Cardross soupira et se dirigea vers ce qu'on appelait « le fleuriste de Milady, » ou ce qui avait l'intention d'en être un; puis il entra, par une des fenêtres françaises donnant sur la terrasse, dans la bibliothèque, encore inachevée, du dernier comte. Celui-ci, qui n'était en aucune façon bibliomane, n'avait commencé à orner cette pièce que depuis son mariage, afin de plaire à sa femme, dont il différait en tous points, ce qui faisait peut-être qu'elle ne l'en aimait que davantage. Maintenant tous deux avaient disparu, le rêve rapide de leur vie conjugale était fini, leurs projets, leurs espérances, s'étaient évanouis. Cependant tous les objets exté-

I.

rieurs conservaient la même apparence : ces terribles
changements s'étaient opérés si subitement ! Les
jardiniers travaillaient encore dans les parterres,
les sculpteurs et les peintres qu'on ne surveillait
plus, auxquels personne ne donnait d'ordres, continuaient de décorer le magnifique appartement,
mais avec nonchalance et lenteur. M. Cardross erra
à travers la maison pendant longtemps avant de
rencontrer un seul domestique auquel il pût s'a-
dresser pour se faire introduire près de la personne
qu'il cherchait.

Il trouva M. Menteith assis dans un petit salon
garni d'armes à feu, d'engins de pêche, orné de
têtes de cerfs, d'oiseaux empaillés et de toute sorte
d'appareils de chasse ; ce salon était désigné sous le
titre, assez peu justifiable du reste, de cabinet de
travail du comte. M. Menteith était un petit homme
maigre, d'environ cinquante ans, l'air vif, mais bon.
Lorsque le pasteur entra, l'avoué leva la tête de
dessus une liasse de papiers qu'il paraissait essayer
de mettre en ordre, probablement les papiers particuliers du comte qui n'avaient pas été touchés depuis sa mort, car une expression sérieuse, triste
même, couvrait une physionomie qui autrement eût
été plutôt joviale.

— Vous êtes le bienvenu, M. Cardross ! Je suis

vraiment enchanté de vous voir. J'ai pris la liberté
de vous envoyer demander, car vous êtes la seule
personne avec laquelle nous puissions nous entendre, et le D<sup>r</sup> Hamilton le désire autant que moi
dans ces douloureuses circonstances.

— Je serai bien heureux si je puis vous être utile,
répliqua M. Cardross. J'avais le plus grand respect
pour ceux qui sont partis.

Il avait l'habitude, ce digne homme au cœur
si tendre, qui, malgré tout son savoir, conservait la foi d'un enfant, de toujours parler des
morts comme de personnes parties pour un voyage.
Les deux messieurs s'assirent. Ils s'étaient déjà
rencontrés, car toutes les fois qu'il y avait réception au château, le comte invitait le ministre
et sa femme à dîner ; mais il ne s'était jamais
établi d'intimité entre eux. Aujourd'hui une commune sympathie, un deuil commun, dirai-je plutôt,
les rapprochait ; tous deux éprouvaient, en effet, de
profonds et personnels regrets pour le comte et la
comtesse, regrets bien supérieurs à une banale
sympathie.

— Comment se porte l'enfant? fut la première
question de M. Cardross.

Cette question était assez naturelle ; toutefois
M. Menteith en parut excessivement embarrassé.

— Mais je suppose... vraiment, je ne sais qu'en dire. C'est là un cas des plus difficiles et des plus pénibles.

— On dit qu'il est né vivant et que c'est un fils et un héritier?

— Oui.

— Cela est fort heureux.

— A un certain point de vue, oui; si c'eût été une fille, le titre se serait éteint, et la longue lignée des comtes de Cairnforth aurait pris fin. Un moment le Dr Hamilton a craint que l'enfant ne fût mort-né. Alors, outre que le titre eût cessé d'exister, la propriété passait tout entière aux cousins éloignés du comte, les Bruce, dont vous avez pu entendre parler, M. Cardross?

— Oui sans doute, j'en ai entendu parler, et il y a peu d'événements que lord Cairnforth craignît davantage que d'avoir de pareils héritiers.

— Vous avez parfaitement raison, répondit l'intelligent avoué, qui parut évidemment soulagé. C'était ma conviction que vous deviez être dans la confidence du comte à ce sujet, et c'est ce qui m'a décidé à vous demander afin de vous consulter. Vous comprenez que nous devons prendre toutes les précautions possibles. Nous sommes placés, le

D^r Hamilton et moi, dans une position pénible, pleine de responsabilité.

Ce fut au tour de M. Cardross de paraître embarrassé. Sans doute, les circonstances étaient des plus tristes ; elles ne paraissaient cependant pas de nature à provoquer l'extrême anxiété de M. Menteith.

— Je ne vous comprends pas bien, dit-il. Il aurait pu y avoir des difficultés quant à la succession, mais ne sont-elles pas toutes résolues par la naissance d'un héritier bien portant, vigoureux et qui, nous devons l'espérer, verra de longs jours.

— Je ne sais trop si nous devons l'espérer, répondit l'homme de loi d'un ton grave. Mais il nous faut garder un profond secret sur ce sujet pour le moment; — au moins, c'est ce que le D^r Hamilton et moi nous avons décidé, — afin d'empêcher les Bruce d'en avoir connaissance. Eh bien, voulez-vous venir voir le comte ?

— Le comte ! répéta M. Cardross avec un soubresaut; puis, se remettant, il soupira en pensant comment l'un meurt et l'autre naît, comment le temps suit son cours, génération passant après génération, tombant dans cet abîme redoutable que nul regard ne peut pénétrer, sinon celui de la foi. La vie est un court et rapide passage, à peine plus long, en fin de compte, pour l'homme dans la maturité de l'âge que pour l'enfant de quelques jours!

C'est ainsi que le ministre, qui était d'une disposition rêveuse, se disait à peu près ce qu'un poëte répéta un demi-siècle plus tard : « Tu ne nous laisseras pas dans la poudre ; tu as créé l'homme, il ne sait pourquoi; mais il croit qu'il n'a pas été destiné au néant, puisque tu l'as créé et que tu es juste. »

Tout en méditant, M. Cardross suivit l'avoué qui monta l'escalier et se dirigea vers la chambre de l'enfant. Elle avait été préparée quelques mois auparavant avec la plus tendre sollicitude maternelle et dans cette heureuse ignorance de l'avenir, qui est une grâce de Dieu. On avait déployé le plus grand luxe pour l'héritier attendu des comtes de Cairnforth, car ainsi que nous l'avons dit plus haut, le seul espoir de perpétuer cette noble race reposait sur cet unique enfant. Il était couché dans son berceau éblouissant de dentelles et de satin blanc; à ses côtés était assise la nourrice, qui, déjà veuve, avait l'air d'une toute jeune femme. C'était la veuve de Neil Campbell dont le fils était né deux jours après la mort de son père, noyé avec le comte. M. Cardross savait qu'on l'avait fait demander subitement au village, la comtesse ayant, au moment d'expirer, témoigné le désir que cette jeune femme dont l'épreuve ressemblait à la sienne, fût choisie pour nourrice de son nouveau-né.

Jane Campbell était donc entrée de suite en fonctions, fonctions dont elle sentait toute la responsabilité comme l'indiquait l'expression grave et triste de son doux visage encadré de son bonnet de veuve. C'était une mission sacrée que celle de veiller sur ce petit être, et qui devait influer sur toute sa vie.

Le pasteur lui serra la main en silence, marque de sympathie bien due à sa grande affliction; mais l'avoué lui adressa la parole avec ce ton brusque, allant droit au fait, sous lequel il cachait souvent plus d'émotion qu'il n'en voulait montrer.

— Vous n'avez pas essayé d'habiller l'enfant, j'espère ? Le docteur vous l'a défendu.

— Non, non, Monsieur, je ne l'ai pas essayé, répondit Jane tristement, mais avec douceur.

— A la bonne heure. — Je suis moi-même père de famille, ajouta M. Menteith avec plus d'affabilité : j'ai six enfants; mais, grâce à Dieu, aucun d'eux ne ressemble à celui-ci. Prenez-le sur vos genoux, nourrice, et montrez-le au ministre. Ah! voici le Dr Hamilton !

M. Cardross connaissait le Dr Hamilton de réputation, car qui ne le connaissait! N'était-ce pas dans le monde médical d'Ecosse le nom le plus répandu de l'époque? A première vue on sentait que sa réputation était justifiée, et tout étranger était prêt à s'incliner devant sa renommée. Mais le pasteur eut à peine le temps de jeter un coup d'œil sur ce front pensif où se lisait l'intelligence la plus puissante jointe à une grande bienveillance, car toute son attention fut attirée par le pauvre enfant que Jane démaillottait soigneusement du milieu d'une masse de coton.

Madame Campbell n'était veuve que depuis un mois, et sa maîtresse à laquelle elle avait été sincèrement attachée (elle l'avait servie toute jeune) gisait morte dans la chambre à côté. Cependant il lui restait encore des larmes à verser, en ce moment elles tombaient à torrents sur le pauvre enfant.

Rien d'étonnant, car c'était bien le plus pénible et le plus chétif spécimen de difformité enfantine qu'elle tenait sur ses genoux; le petit être avait une grosse tête, — plus grosse que ne l'ont la plupart des enfants, — mais son corps était maigre et contourné, tous ses membres contractés et d'une petitesse disproportionnée; à l'exception de la tête et du visage, rien dans l'enfant ne paraissait naturel et complet. Aurait-il la faculté de se mouvoir? Cela paraissait douteux; en tout cas, il ne donnait d'autres signes de vie que quelques faibles mouvements de tête de côté et d'autre. Il était là étendu avec ses grands yeux ouverts, quand enfin de sa pauvre petite bouche sortit un cri plaintif et aigu.

— Entendez-vous, docteur? s'écria vivement la nourrice; oui, vraiment, il vous salue.

— C'est un bon symptôme, observa le docteur. Après tout il vivra peut-être, quoiqu'on sache à peine si on doit le désirer.

— Je garantis qu'il vivra, moi, docteur, s'écria Jane, en le caressant et en le berçant; puis elle l'allaita. — Je garantis qu'il vivra, reprit-elle, vous verrez!... c'est-à-dire si Dieu le veut.

— Il ne vivrait pas, il ne serait jamais venu au monde, reprit le ministre avec solennité, si Dieu ne l'avait permis; puis, après une longue pause pendant laquelle lui et les deux autres témoins de cette scène restaient debout observant avec compassion l'infortunée petite créature, il ajouta, si naturellement et si simplement : Mes amis, prions!

Ce bon, fidèle pasteur presbytérien allait partout, consolant, enseignant ses paroissiens. C'était déjà chez lui une longue habitude; dans combien de chaumières ne l'avait-on pas vu agenouillé comme il l'était en ce moment, entouré d'affligés et faisant monter vers Dieu quelques humbles paroles, celles d'enfants parlant à leur Père, le Père de tous les hommes ? Et du commencement à la fin, sa prière, aujourd'hui comme toujours, était l'expression, l'expérience de son propre sentiment : « Que ta volonté soit faite ! »

— Eh bien, qu'allons-nous faire ? demanda l'homme de loi, lorsque, non sans attendrissement, il eut quitté la chambre, conduisant ses deux compagnons dans la salle à manger qui paraissait tout aussi lugubre que les autres appartements du château. Les deux portraits du comte et de la comtesse, brillants de jeunesse, souriaient dans leurs cadres comme à l'ordinaire. M. Cardross eut un tressaillement en les regardant ; il se souvenait, comme si ces six dernières semaines n'avaient été qu'un rêve, du jour où lui et M. Menteith avaient dîné à cette table hospitalière. Ils échangèrent un rapide regard, mais avec une vraie réserve écossaise, nul ne prononça une parole. Peut-être l'un et l'autre ne s'en estimèrent-ils que davantage, et pour le sentiment fugitif et pour sa répression instantanée.

— De quelque nature que soit notre décision, il faut qu'elle soit prise à l'heure même, dit le Dr Hamilton, car je dois être à Edimbourg demain, et d'ailleurs c'est un cas dans lequel la science a peu de chose à dire; la nature doit lutter seule ou succomber, ce qui me paraîtrait l'issue la plus désirable. A Sparte, par exemple, ce pauvre enfant eût été exposé sur le mont — comment s'appelait ce mont? — pour qu'une mort accidentelle vînt l'arracher au malheur plus grand de vivre.

— Mais c'eût été un meurtre, un vrai meurtre, interrompit le pasteur avec animation, et nous ne sommes pas des Spartiates, mais des chrétiens, pour lesquels le corps n'est pas l'essentiel. Nous croyons que Dieu peut agir par sa merveilleuse volonté avec les plus faibles instruments et manifester sa puissance dans les plus grandes infortunes, dans les plus désastreuses circonstances. En un sens, Dr Hamilton, le mal n'existe pas, c'est-à-dire il n'y a véritablement de mal dans le monde que le péché.

— Hélas! celui-ci ne manque pas, en tout cas, s'écria M. Menteith. Mais pour en revenir à l'enfant, j'ai désiré que vous le vissiez tous deux, — quand ce ne serait que pour certifier de sa condition actuelle. Le dernier comte m'a, par une disposition providentielle, nommé dans son testament, la dernière fois que je l'ai vu, seul tuteur et conseiller de sa veuve et de son enfant. Sur moi repose donc tout l'avenir de ce pauvre petit être, l'unique barrière

entre ses parents, avides, de toute manière peu respectables, les Bruce, et l'immense domaine de Cairnforth. Vous voyez, Messieurs, ma position.

Elle n'était pas facile en effet, et rien d'étonnant
que l'honnête homme en parût préoccupé.

— Je n'ai pas besoin d'ajouter que je ne l'ai pas
cherchée, que je n'ai jamais songé qu'elle pût m'être
dévolue; mais puisqu'il en est ainsi, je remplirai
mon devoir de mon mieux. Vous voyez dans quel
état est le nouveau seigneur de Cairnforth : il est vivant, mais c'est à peine si nous devons souhaiter
que son existence se prolonge.

Les trois messieurs restèrent silencieux quelques
instants. Puis M. Cardross reprit :

— Un soupçon plus fâcheux encore vient de me
frapper. Croyez-vous, Dr Hamilton, que le cerveau
soit aussi imparfait que le corps? En un mot, n'est-
il pas probable que le pauvre enfant pourrait bien
n'être qu'un idiot?

— Je n'en sais rien, et il sera à peu près impossible, pendant plusieurs mois, de résoudre cette
question.

— Idiot ou non, s'écria M. Menteith, — qui,
en vieux tory qu'il était, s'attachait avec un
pieux respect à la conservation de la noble race
que, de père en fils, on servait dans sa famille de-

puis plus d'un siècle, — idiot où non, l'enfant est indubitablement comte de Cairnforth.

Et s'asseyant, ils examinèrent et discutèrent à fond toute l'affaire, se déterminant, jusqu'à plus ample informé, à tenir cachée à tous et plus spécialement à ses propres parents la situation du jeune héritier. Les Bruce qui vivaient sur le continent n'auraient pas manqué — du moins M. Menteith qui, en sa qualité d'homme de loi, avait peu de confiance dans la nature humaine, le croyait ainsi — de fondre comme des vautours sur le pauvre agneau blessé, dès l'instant qu'ils auraient appris quelle frêle existence les séparait de ces immenses possessions. Dans ces circonstances, il parut peu convenable de laisser l'enfant sans protection dans les solitudes du Loch Beg; d'ailleurs, c'était le devoir du tuteur d'avoir recours à tous les moyens que l'art médical et chirurgical pouvait offrir pour améliorer une existence si précaire et qui avait tant d'importance. Il fut donc proposé qu'immédiatement après les funérailles de sa mère, le petit comte serait transporté à Edimbourg, que là il serait installé dans la maison du Dr Hamilton, afin d'y recevoir pendant un ou deux ans, peut-être davantage, tous les soins indispensables à son état. — Jane Campbell fut appelée et se déclara, quant à elle, très-désireuse d'assumer dans ce plan sa part de responsabilité, si le ministre voulait surveiller « son propre nourrisson. » Elle était prête à partir, ajouta-t-elle, si M. le pasteur approuvait complétement tout le projet.

— L'opinion du ministre me paraît être d'une grande valeur ici, observa en souriant le D<sup>r</sup> Hamilton.

C'était, en effet, la vérité : non-seulement en raison de sa qualité de ministre, mais aussi parce qu'avec ses manières simples et douces M. Cardross possédait un grand sens, ce jugement sain, net, qu'il est difficile d'acquérir sans pratiquer beaucoup le renoncement de soi-même. C'était un de ces hommes qui placent toujours en seconde ligne leurs intérêts et leur propre considération : pour lui le service, la gloire de son divin Maître passaient avant tout. Comme homme et comme pasteur, il était donc sous ce double rapport digne de la plus grande confiance. Charitable pour son prochain, parce qu'il était convaincu de ses propres faiblesses, il ne se posait pas sur un piédestal vis-à-vis de ses voisins, mais restait impartial, scrupuleusement juste.

Quoique érudit, ce n'était précisément pas un pasteur de talent que M. Cardross; ses sermons prêchés chaque dimanche, depuis dix ans, dans l'église de Cairnforth, n'étaient ni plus mauvais ni plus élo-

quents que la plupart des sermons de campagne;
mais qu'importait cela ? c'était un homme prudent,
de bon conseil, et tous ses paroissiens, dispersés
sur une étendue de quatorze milles écossais, l'aimaient et le révéraient profondément.

— Je crois, reprit-il après une pause, que ce
projet présente beaucoup d'avantages, et que, dans
la situation où nous nous trouvons, c'est le meilleur qui puisse être adopté. Sans doute, j'aurais
préféré voir le pauvre orphelin rester sous ma protection et sous celle de ma femme, afin de nous
permettre de lui payer autant qu'il est en nous
la dette des bienfaits et des bontés dont nous
sommes redevables à ses parents. Mais il vaut mieux
pour lui qu'il aille à Edimbourg, qu'il profite de
toutes les chances de santé, de vie qui lui sont of-
fertes; il faut laisser le reste à celui qui n'aurait pas
envoyé cette faible créature dans le monde s'il n'a-
vait eu quelque dessein à son égard : nous ne pouvons, il est vrai, déterminer quel est ce dessein, mais
je suis persuadé que nous le reconnaîtrons un jour,
ainsi que beaucoup d'autres qui nous paraissent
obscurs maintenant.

Et tout en parlant ainsi, M. Cardross jetait un
regard mélancolique sur le paysage qui lui était familier : le lac brillant au soleil, le frais rivage, dans

le lointain l'amphithéâtre des montagnes, tandis
que les deux autres personnes continuaient à discourir sur les affaires d'intérêt. Il les invita ensuite
à l'accompagner et à dîner à la cure, où sa femme et
lui étaient habitués à offrir à tout venant, nobles et
paysans, riches et pauvres, « une hospitalité qu'ils
ne donnaient point à contre-cœur. »

Tous trois traversèrent donc les bois de Cairnforth,
maintenant dans toute la beauté de leur verdure de
printemps, puis ils se promenèrent dans le jardin
du presbytère jusqu'à ce que le dîner fût prêt. C'é-
tait un repas fort simple, l'ordinaire de la famille, celui qui était chaque jour mis sur la table
pendant toute l'année; le pasteur pouvait offrir
l'hospitalité, mais toute ostentation lui eût été impossible avec son revenu limité, et il était trop
franc pour le tenter. Lord Cairnforth, plus d'une
fois, était venu s'asseoir gaiement et cordialement
à cette simple table à côté de la maîtresse de la maison, femme active joignant à un caractère énergique
beaucoup de sérénité et de distinction. Les enfants,
filles et garçons, tranquilles et bien élevés, étaient
admis à y prendre place; aussi ces repas au presbytère présentaient-ils le tableau le plus accompli d'un
intérieur de famille paisible et heureux. Les deux
convives d'Edimbourg en emportèrent ce te bien-

faisante impression et la conservèrent longtemps
dans leurs souvenirs. La semaine suivante, un second enterrement, tout aussi pompeux que le précé-
dent, traversa les cours du château; puis les portes
en furent fermées à tous les visiteurs. Par les ordres
de M. Menteith, tous les appartements furent soigneusement clos, à l'exception de deux pièces réservées pour son usage particulier lorsqu'il viendrait
surveiller le domaine; car il était au su de tous
maintenant que ce monsieur était le seul tuteur du
jeune comte, et la fidélité féodale de tous ces braves
paysans était si grande, le respect avec lequel ils
avaient subi son administration pendant plusieurs
années si complet, que pas un mot d'objection ne fut
opposé à ses actes. Le regret, le désappointement de
ne pas voir le pauvre petit comte, ce représentant
d'une race si ancienne et si honorée, fut grand. En
effet, ne l'enlevait-on pas à l'admiration de tout le
pays sans qu'aucune âme vivante de la paroisse, à
l'exception de M. et Madame Cardross, eût jeté les
yeux sur lui? Mais la contrariété s'apaisa promptement; puisque le pasteur était satisfait, tous devaient l'être et croire que tout était pour le mieux.

Après le départ de M. Menteith, de Madame
Campbell et de son précieux dépôt, quelques bruits
coururent bien encore la contrée au sujet du petit

lord; on disait, en se frappant le front, « qu'il lui manquait quelque chose là, si toutefois un malheur pareil pouvait atteindre un comte de Cairnforth, » car les gens simples des Lochs, accoutumés pendant des siècles à considérer leurs seigneurs à peu près comme les Thibétains considèrent leur grand Lama, se demandaient sérieusement si cela était vraiment possible. En tout cas, quelle que fût cette défectuosité, personne ne la connaissait avec certitude. Le pasteur en était certainement instruit, on en était convaincu; mais M. Cardross gardait sur ce sujet un scrupuleux silence, et malgré toute sa bienveillance, ce n'était pas un homme à qui on pût adresser une question indiscrète ou impertinente.

La curiosité s'éteignit au bout de quelque temps, lorsqu'on vit le château continuer à rester fermé. M. Menteith venait à intervalles réguliers faire sa tournée d'inspection. A toutes les questions, à celles pleines de respectueuse anxiété comme à celles de pure indiscrétion, il ne donnait jamais que cette réponse évasive : « le comte allait passablement, il serait de retour à Cairnforth un de ces jours. » Cependant, cet événement fut si longtemps différé, que le voisinage cessa bientôt d'y penser et de s'en inquiéter; chacun alla à ses propres affaires, et la triste histoire de la mort du comte et de la comtesse et de la naissance du seigneur actuel, répétée seulement par les vieilles gens du pays, s'effaça peu à peu de la mémoire des plus jeunes. C'est ainsi que si on laisse faire le temps, tout événement, quelque triste qu'il soit, finit par tomber dans l'oubli. N'eût été le grand château hermétiquement clos été comme hiver, dominant le lac avec ses bois, l'orgueil de toute la contrée, qui se couvraient de bourgeons et se dépouillaient sans qu'à peine un pied humain vînt les parcourir, sans qu'aucun regard admirât leur beauté; n'eussent été les fleurs épanouies dans ces magnifiques jardins, et que personne ne cueillait, les gens du pays auraient depuis longtemps perdu de vue l'existence même du dernier comte de Cairnforth.

# CHAPITRE II

# CHAPITRE II

C'était une belle journée de juin, juste dix ans
après celle qui vit le ministre de Cairnforth se
mettre en marche d'un cœur si triste pour le château, lorsque, pour la première fois, il alla rendre
visite à l'héritier, — ce pauvre petit orphelin ayant si
peu conscience de son importance sociale et qu'il
semblait dérisoire d'appeler le comte. Les bois, les
collines, le lac conservaient absolument le même
aspect, car la nature ne change jamais.

M. Cardross suivait ce même chemin se rendant à l'invitation de M. Menteith, qui lui avait
écrit pour lui annoncer le retour du comte. Y avait-
il vraiment dix ans d'écoulés depuis cette triste
semaine de la naissance de l'héritier, dix ans depuis que le cortége funèbre de la comtesse avait
franchi cette porte qui ne s'était plus rouverte? A
peine pouvait-il le croire. Et cependant la démarche
du digne pasteur était plus pesante, son visage plus

triste aujourd'hui qu'alors. Lui qui avait tant
de fois sympathisé avec les douleurs d'autrui, il
avait dû à son tour subir patiemment la sienne.
L'humble grille du presbytère, comme celle du
château, s'était à son tour ouverte; on en avait
emporté la maîtresse, la mère de famille. Une nouvelle Hélène, âgée seulement de quinze ans, essayait
vainement de remplacer pour son père et ses frères,
celle qui, comme M. Cardross continuait de le dire
avec douceur, était partie. Son deuil durait déjà depuis plus d'une année, et son chagrin était aussi vif
qu'au premier jour de la séparation. Il avait une de
ces natures réservées, peu expansives, qui ne s'im-
posent à personne, mais chez lesquelles la douleur
jette de profondes racines, enlace le cœur et devient une partie de l'existence même pour ne cesser
qu'avec la vie. Cependant son affliction n'empêcha
pas M. Cardross de remplir ses devoirs accoutumés;
peut-être y apporta-t-il même une exactitude plus
minutieuse, comme s'il se sentait tomber lui-même
peu à peu dans cette indifférence pour les choses
extérieures, qui, chez un caractère doux, est l'inévitable résultat d'une profonde affliction. Les violents
se révoltent contre la douleur; les impétueux, les
impatients la rejettent, mais les âmes tendres et dé-
licates ne témoignent rien; elles passent simple-

ment et sans bruit dans cet état que le monde appelle soumission, résignation, mais qui, en réalité,
n'est que l'état passif, l'engourdissement stupide
d'un cœur qui a souffert tout ce qu'il peut souffrir.

Une des premières choses qui fit sortir M. Cardross de cette pénible condition ou plutôt qui la lui
révéla comme un danger qui le menaçait et contre
lequel il devait lutter de tout son pouvoir, ce fut la
lettre de M. Menteith et la proposition qu'elle contenait concernant lord Cairnforth. Sans entrer dans
beaucoup de détails, — ce n'était pas l'habitude de
cet homme de loi prudent, — il expliquait qu'on
avait décidé, et cela à l'instante prière du petit
comte lui-même, qu'après dix ans de résidence dans
la maison du Dr Hamilton, de nombreuses consultations avec tous les chirurgiens en renom, d'E-
cosse, d'Angleterre, que dis-je? d'Europe, on es-
sayerait de laisser la nature agir seule, et qu'on
ramènerait l'enfant dans son pays natal pour l'y
élever, autant que possible, sans quitter le château.

Une maison convenable fut immédiatement mon-
tée : on engagea un nombreux domestique, une
femme de charge ou gouvernante; quant aux soins
personnels de l'enfant, ils furent abandonnés,
comme précédemment, à sa nourrice, Madame
Campbell, qui lui était à présent complétement

dévouée; aucun autre lien ne la réclamait plus, puisque son propre fils était mort dès l'âge de sept ans. Il avait aussi un autre serviteur auquel il s'était attaché avec une singulière persistance dès sa plus tendre enfance. C'était Malcolm Campbell, ce jeune frère de Neil, qui lors du naufrage, s'était sauvé en se tenant cramponné à la chaloupe. Avec ces deux surveillants, dont la fidélité ne connaissait pas de bornes, il eût été à peine nécessaire d'avoir d'autres domestiques pour prendre soin du jeune lord, mais un précepteur était indispensable, et c'était cette position et ces devoirs que M. Menteith priait M. Cardross d'accepter. Le ministre hésitait. Il reculait devant ceux qu'il était forcé de remplir journellement, devenus si lourds depuis la perte de sa femme qui les partageait et lui en allégeait le poids. Il fit part de sa perplexité à sa fille, qu'il avait pris l'habitude de consulter; c'était pour son âge une si sage petite personne! Hélène répondit avec sollicitude :

— Mon père, essayez, je vous en prie.

Il y avait six garçons à élever et à pousser dans le monde d'une manière ou d'une autre; le revenu de la cure était modique et les appointements offerts par M. Menteith considérables. Aussi quand, pour la seconde fois, les doux yeux d'Hélène répétèrent silencieusement sa prière, son père l'embrassa, entra dans son cabinet et écrivit à Édimbourg qu'il acceptait la position de précepteur du lord. Quelle serait cette position, quelle espèce d'instruction on exigerait qu'il donnât au jeune comte, ou à quel degré celui-ci était capable de la recevoir, c'est ce dont M. Cardross n'avait aucune idée : mais quelles que fussent les circonstances, il était résolu à faire son devoir, et que pouvait-on demander de plus, soit à l'homme, soit au chrétien?

En conséquence de cette résolution, M. Cardross fit un effort, secoua sa paresse; — il aurait bien préféré rester paisiblement assis les pieds devant le feu, laissant marcher le monde comme il lui plairait, car il se disait qu'il se passerait bien facilement de lui, — et, par cette brillante matinée, il prit lentement le chemin du château.

Les fenêtres étaient ouvertes, toutes les portes avaient roulé sur leurs gonds; la douce lumière, l'air chaud du jour, pour la première fois depuis dix ans, pénétraient dans ces vastes appartements, et tous les objets qu'ils contenaient, quoique muets et inanimés, semblaient, réjouis et heureux, se dire l'un à l'autre : « Enfin nous allons être de nouveau utiles ! » Les portraits du comte et de la comtesse, lui dans son costume de Highlander, elle

toute parée de satin blanc et de perles, tous deux
si jeunes et si beaux dans leurs habits de noces,
paraissaient aussi échanger des regards souriants à
travers la grande salle à manger et répéter joyeusement : « Enfin, notre fils revient! »

— Avez-vous vu le comte? demanda M. Cardross
à l'un des nouveaux domestiques qui l'accompagnait
à travers les salons, écoutant avec une respectueuse attention toutes les remarques ou observations qu'il faisait sur l'ameublement ou sur les préparatifs nécessaires pour l'arrivée de lord Cairnforth, et cela à la requête spéciale de M. Menteith.

Le pasteur était tout à fait populaire avec les
domestiques, comme en général avec tout inférieur,
car il possédait à un remarquable degré cette dignité
calme qui n'a jamais besoin d'affirmer une supériorité sentie dès le premier abord, et par là il gagnait
tous les cœurs. Cependant, dans cette occasion, il
n'obtint qu'une réponse embarrassée.

— Le comte, Monsieur? non, non, répondit
l'homme en secouant mystérieusement la tête; personne ne voit le comte. Quelques-uns disent,— mais
je n'ai aucune raison de le savoir par moi-même,—
qu'il n'est pas sain... là...

Il montrait son front.

M. Cardross était trop familier avec le jargon

écossais que parlait le domestique, le geste de celui-
ci, d'ailleurs, était trop significatif pour qu'il pût
conserver quelques doutes sur le sens attaché à ces
paroles; aussi poussa-t-il un soupir, en regrettant
tant soit peu de n'avoir pas différé l'acceptation
qu'il venait d'envoyer à Edimbourg; mais il était
trop tard pour revenir là-dessus, et M. Cardross
n'était pas homme à jamais reculer devant une promesse ou à retirer un engagement.

—Quoi qu'il en soit du pauvre enfant, pensait-il,
fût-il même idiot, je me consacrerai à lui en souvenir de ses parents.

Et il s'arrêtait devant leurs radieuses et souriantes images, méditant sur les voies obscures du
grand Juge de l'univers; comment l'un est pris et
l'autre laissé; comment ceux qui paraissent le plus
heureux et le plus nécessaires ici-bas sont retirés,
et comment sont oubliés ceux dont la mort, d'après
notre jugement imparfait et à courte vue, eût été
un soulagement à la fois pour eux-mêmes et pour
les autres, s'ils avaient été paisiblement repris.

Encore sous l'impression de ces mélancoliques
rêveries, le pasteur à son retour « au clachan, » donna
des conseils d'une nature toute pacifique pour la réception du seigneur, conseils qui équivalaient à des
ordres, car chacun lui obéissait avec le plus scru-

puleux respect. La nouvelle du retour du maître
s'était depuis longtemps répandue dans toute la
contrée et avait jeté le village en particulier dans un
état de grande excitation; mais le pasteur calma
bientôt cette effervescence. On ne devait allumer
aucun feu de joie sur les collines, pas d'arcs de
triomphe non plus sur les chemins, surtout auprès
du bac où le jeune comte débarquerait probablement. N'était-ce pas à cette place même, il y avait
dix ans, qu'on avait non débarqué, mais transporté
son père, un cadavre, les cheveux ruisselant d'eau
et les mains glacées, serrant convulsivement les
herbes du lac? Le ministre avait toujours cette
scène présente devant les yeux et il en frissonnait
encore.

— Non, non, disait-il en écoutant les représen-
tations de quelques-uns des paysans envers lesquels
il agissait comme un père avec ses enfants, véritable
pasteur de son troupeau dévoué; non, nous atten-
drons avant de faire aucune démonstration. Il faudra savoir ce qui sera agréable à lord Cairnforth.
Que nous soyons heureux de le revoir, il en est parfaitement convaincu, ou il ne tardera pas à l'être;
et, ajouta-t-il en jetant un coup d'œil sur le magnifique soleil couchant qui dorait en ce moment le
sommet des montagnes, s'il arrive par une soirée

comme celle-ci, peut-il avoir une plus belle réception ?

Mais lord Cairnforth n'arriva pas par une de ces
splendides soirées d'été, comme on en voit quelquefois sur les rives du Loch Beg, et qui le font ressembler à un vrai paradis terrestre. Lorsqu'il traversa le
village, tout ce qu'on put voir de lui fut l'extérieur de
son équipage aux glaces fermées, emporté au galop
de quatre chevaux de poste sur la pente de la col-
line. Il faisait, ce samedi soir, un temps humide; la
pluie était tombée à torrents toute la journée. Les
voyageurs avaient pris un long détour, afin d'éviter
le bac, et, lorsqu'à travers les bois détrempés, lord
Cairnforth atteignit à toute vitesse la porte du château, il faisait complétement nuit.

M. Cardross aurait peut-être dû se trouver là
pour le recevoir et sa conscience le lui repro-
chait bien un peu; mais c'était l'habitude irrévocable du ministre, depuis nombre d'années, de toujours passer cette soirée du samedi seul dans son
cabinet de travail; puis, en outre de cette règle qu'il
se donna comme excuse, il se peut que, par une certaine timidité inhérente à son caractère, il reculât
devant cette première entrevue qui pouvait être si
pénible, dans tous les cas embarrassante, et qu'il
aimât mieux la différer le plus possible. Ce fut donc

ainsi dans la nuit et par la pluie que le pauvre petit comte pénétra dans la demeure de ses ancêtres sans que personne vînt lui souhaiter la bienvenue, si l'on en excepte les domestiques, dont la plupart même ne l'avaient jamais vu.

Mais le dimanche matin tout avait changé d'aspect. Le pays est sujet à ces variations rapides qui le rendent parfois si merveilleusement beau et lui prêtent tout l'attrait de l'inattendu. Le soleil étincelait sur les eaux de nouveau transparentes, les collines et les montagnes se dessinaient doucement dans ces vapeurs tantôt d'un gris bleu, tantôt d'un violet argenté qui sont les couleurs ordinaires de leurs parures d'été. Dans les bois qui s'élèvent derrière le château, la verdure était déjà d'une teinte éblouissante, les ramiers roucoulaient tendrement, les alouettes et les merles chantaient gaiement, tout comme si ce n'eût pas été un dimanche matin, ou plutôt comme s'ils avaient su que c'était par un joyeux dimanche qu'ils devaient gonfler leurs petits gosiers, afin de chanter de toutes leurs forces les louanges du divin dispensateur de toute bénédiction, de Celui qui a, en particulier, assigné ce jour béni pour le repos et le bonheur de l'homme. Sous le portique de Cairnforth se tenait un carrosse, le premier qu'on voyait depuis le char funèbre;

c'était un de ces grands et magnifiques carrosses, comme on en faisait usage autrefois, qui semblait dire aux passants :

« Vous voyez, il n'y a aucun doute, c'est l'équipage de milord. Milord y est assis dans toute sa grandeur, recevant l'hommage et le respect de tous. »

C'était ainsi qu'on avait, depuis des siècles, considéré les seigneurs de Cairnforth. Le carrosse était bien, en effet, exactement l'équipage de la famille, mais il avait été remis à neuf; le satin cramoisi en était tout frais, les ornements d'argent étincelaient au soleil, le cocher était assis sur son siége et les deux laquais à leur poste. Tout cela avait tout à fait grand air, comme il convenait à l'équipage d'un jeune seigneur connu pour posséder cinq cent mille livres de rente, et qui, du haut de la tour de son château (car il y avait une tour, quoique personne n'y montât jamais), pouvait, si cela lui convenait, en embrassant du regard des lieues et des lieues de bruyères, de terres cultivées, de collines et de foréts, se répéter ou se faire chanter par sa nourrice, comme dans la vieille ballade :

Monts et vallées, que de cette tour tu vois,
Mon jeune chef, sont placés sous ta loi.

Les chevaux piaffaient, impatientés d'une assez longue attente, lorsqu'enfin parut M. Menteith, suivi de Madame Campbell; celle-ci avait maintenant l'air d'une dame, toute couverte qu'elle était de soie et de satin; mais elle avait toujours conservé sa physionomie mélancolique et douce. Tous deux se rangèrent pour faire place à un jeune highlander d'à peu près vingt et un ans, robuste, à la forte carrure, et qui portait avec précaution dans ses bras un très-jeune enfant, soigneusement enveloppé de plaids, malgré la clémence de la température.

— Arrête-toi un instant, Malcolm.

Au son de cette voix qui, quoique légèrement aiguë et peu semblable à celle d'un garçon, n'était pourtant pas celle d'un enfant, le vigoureux highlander s'arrrêta immédiatement.

— Soulève-moi davantage, je veux voir le lac.

— Oui, Milord.

Ainsi, cette pauvre petite personne, aux membres inutiles et difformes, à peine capable de soutenir sa tête, et dont les mains blanches et maigres se crispaient d'une manière nerveuse, c'était le comte de Cairnforth.

— C'est un très-joli lac, Malcolm.

— C'est aussi une fameuse belle journée, milord.

Et, presque aussitôt, l'enfant ajouta presque à voix basse :

— C'est là précisément que mon père se noya ?

— Oui, Milord.

Et tandis qu'appuyé sur l'épaule de Malcolm, ses grands yeux, le seul trait remarquable de son chétif visage, interrogeaient attentivement le lac, chacun gardait le silence.

Madame Campbell baissa son voile pour cacher une larme. On disait bien que Neil Campbell n'avait pas été le meilleur des maris, mais elle ne l'en regrettait pas moins ; son fils était mort et enterré à Edimbourg, et c'était la première fois qu'elle revenait à Cairnforth depuis son veuvage.

M. Menteith fut le premier à suggérer que la cloche de l'église commençait à sonner.

— Eh bien, placez-moi dans la voiture.

Malcolm posa l'enfant infirme dans un coin du riche carrosse doublé de soie, arrangeant les coussins pour le soutenir plus commodément. Il était là assis, vêtu d'un petit habit de velours noir avec son col de dentelle ; des bas de soie et d'élégants souliers chaussaient ses pauvres petits pieds qui n'avaient jamais marché et ne marcheraient jamais en ce monde. Son visage seul pouvait être considéré sans commisération ; quoique pâle et maigre, avec

un air âgé, c'était un charmant visage, on y reconnaissait la beauté héréditaire de sa race; une expression rêveuse, résignée, heureuse, dirai-je plutôt, s'y faisait remarquer, et il était impossible
de le regarder un instant sans éprouver un certain sentiment de quiétude, comme si Dieu, qui
lui avait tout refusé, lui avait cependant donné ce
qui n'appartient pas à tous : une âme élevée. Dans
ses doux regards on croyait lire comme la divine
réponse à cette prière du vénérable pasteur sur son
berceau :

« Ta volonté soit faite! »

— Êtes-vous à votre aise, Milord?

— Oui, tout à fait; merci, Monsieur Menteith.
Mais où vas-tu, Malcolm?

— A l'église; j'y serai en même temps que Votre
Seigneurie.

— Bien, va! répondit le jeune comte en suivant
d'un œil mélancolique le robuste jeune homme qui
s'élança à travers les buissons et les bruyères, sau-
tant les fossés et les haies avec agilité, personnifi-
cation vivante de la jeunesse dans toute sa vigueur.

Mélancoliques étaient ses regards, et cependant
ils n'étaient pas tristes. Quelles que fussent les
pensées qui se cachaient sous ce front d'enfant,
— rappelez-vous qu'il n'a que dix ans, — ce

ne pouvaient être. des pensées d'amertume ou de
désespoir. « Dieu mesure le vent à la brebis ton-
due, et rend les épaules propres au fardeau ; » ce
sont des phrases tellement banales que nous sou-
rions en les répétant, et leur donnons à peine le
sens qui leur appartient; elles renferment cependant de grandes vérités. Quiconque a vu l'horizon
de ses joies se rétrécir par une longue maladie, en
reconnaît promptement la réalité; ne s'aperçoit-
on pas qu'on cesse peu à peu de désirer même les
plaisirs qui nous sont interdits? Et ici les privations n'avaient pas été instantanées; l'enfant était
né infirme et n'avait par conséquent jamais connu
d'autre existence. Quels que fussent les réflexions
ou les regrets qui avaient traversé sa jeune tête, en
supposant même qu'il se fût appesanti sur son état,
ceux qui l'entouraient ne pouvaient guère en juger,
car il avait toujours été réservé et l'était devenu davantage depuis quelque temps. C'était précisément
ce manque d'expansion, indice d'un trop rapide
développement dans ses facultés, qui avait effrayé
le Dr Hamilton, et en lui faisant souhaiter pour l'enfant un changement total de vie, l'avait décidé à
le renvoyer respirer l'air de son pays natal. Ce que
M. Cardross avait tant redouté n'était plus à craindre; c'était évident, l'enfant n'était pas idiot. Bien

3.

loin de là, une intelligence précoce se manifestait sur
ce frêle et délicat visage, et un esprit d'observation
auquel rien n'échappait se lisait dans ces grands
yeux qui semblaient interroger toute chose avec
ardeur.

La voiture roulait lentement à travers les bois et
le long de la rive du lac. M. Menteith et Madame
Campbell, assis en face du petit comte, faisaient peu
attention à lui, car, quoique si jeune, il était déjà
sensible au désagrément d'être remarqué. De temps
en temps, ils échangeaient quelques commentaires
motivés par le paysage ou la route.

— Voici le clocher de l'église, je m'en souviens
bien, dit Madame Campbell, avec l'accent écossais
prononcé qu'elle conservait encore par moments et
auquel l'aspect de son village natal rendait toute sa
force. Elle parlait ordinairement un anglais assez
pur, ayant fait de grands efforts pour acquérir une
bonne prononciation; car elle craignait que si, par
son exemple, elle enseignait à l'enfant à ne pas s'exprimer comme il convient à un gentilhomme, on
ne lui retirât son emploi.

— Nourrice, c'est là l'église où mon père et ma
mère sont enterrés ?

— Oui, Milord.

— Y aura-t-il beaucoup de monde? Vous savez

que je ne suis allé qu'une fois à l'église dans toute ma vie.

— Est-ce que vous aimeriez mieux ne pas y aller maintenant? S'il en est ainsi, nous allons retourner avec vous à l'instant même au château, mon agneau..., Milord, veux-je dire.

— Non, merci, nourrice, je suis bien aise d'aller à l'église, et M. Menteith m'a promis que j'irais me promener partout, aussitôt que j'arriverais à Cairn-forth.

— Partout où il vous plaira d'aller, et où ce ne sera pas trop fatigant pour Votre Seigneurie, reprit M. Menteith, toujours très-soigneux à ce que tout respect en actes ou en paroles fût rendu à son infortuné pupille.

Oh! cela ne me fatigue pas, la peine regarde Malcolm, et j'aime tant à voir du pays. Si vous et le D^r Hamilton l'aviez voulu, j'aurais bien aimé aller à l'école comme les autres garçons de mon âge.

— Vraiment, Milord, répondit M. Menteith d'un ton de compassion; mais Madame Campbell, qui ne pouvait pas supporter qu'on s'adressât à son nourrisson d'un air de pitié, l'interrompit un peu aigrement en disant:

— Ne trouvez-vous pas, Monsieur Menteith, qu'il est beaucoup plus convenable, vu le rang et la position de Milord, qu'il fasse son éducation seul dans son château, avec son précepteur à lui, et que ce soit un monsieur comme M. Cardross?

— Comment est M. Cardross?

— Vous l'entendrez prêcher tout à l'heure.

— Est-ce qu'il pourra m'enseigner tout seul, comme le dit ma nourrice? A-t-il des enfants, des garçons comme moi?

— Il a des enfants, répondit brièvement M. Menteith, évitant tout autre explication, car avec une réserve, sinon bien entendue, au moins assez naturelle et délicate, il avait toujours éloigné du chemin du pauvre petit comte ses propres enfants, robustes garçons, et il avait recommandé au ministre d'en faire autant.

— Je désire tant jouer avec des garçons! Est-ce qu'on me le permettra?

— Certainement, si vous le désirez, Milord.

— Puis j'aurai un bateau, et on me conduira sur ce magnifique lac partout où je voudrai? Malcolm dit que cela me secouera beaucoup moins que la voiture. Pourrai-je aller à l'église chaque dimanche et voir tout le monde, et lire autant de livres qu'il me plaira? Oh! que je vais être heureux! aussi heureux qu'un roi!

— Dieu te garde, mon agneau! se dit tout bas

Madame Campbell, tandis que M. Menteith tournait son visage fixement vers le lac et prisait avec obstination.

A cet instant ils atteignirent le porche de l'église, où toute la congrégation était déjà rassemblée, s'agitant, suivant la coutume des paysans écossais, jusqu'à ce que le service commençât; mais ce service et ce dimanche, si remarquables pour tous, c'est au chapitre suivant que nous laissons le soin de les raconter.

# CHAPITRE III

# CHAPITRE III

L'équipage du comte de Cairnforth, la livrée de sa maison, depuis si longtemps oubliée, produisirent une profonde sensation parmi les gens simples qui composaient la congrégation ; mais ils avaient trop de respect pour le château et les grands personnages qui l'habitaient pour témoigner leur étonnement d'une manière indiscrète ; d'ailleurs la timidité nationale et l'esprit d'indépendance auraient seuls suffi à empêcher toute servile démonstration. Quelques paysans s'écartèrent pour laisser la place aux deux grands valets de pied venus d'Edimbourg, qui sautèrent de leur siége afin de rendre aux personnes assises dans la voiture l'assistance accoutumée.

Madame Campbell et M. Menteith descendirent les premiers, puis les deux valets de pied se regardèrent embarrassés, ne sachant ce qu'ils devaient faire. Mais à l'instant Malcolm se trouva devant eux, Malcolm qui n'avait jamais permis à personne de rendre le plus léger service à son jeune maître quand il était là lui-même, Malcolm qui le veillait, qui le soignait constamment, ne le quittait ni jour ni nuit, le nourrissait de ses propres mains, et qui en réalité depuis une année joignait les devoirs de la bonne d'enfant à ceux d'un domestique, et remplissait tous ces offices avec la tendresse, la délicatesse et le dévouement d'une femme. Les yeux de lord Cairnforth brillèrent de plaisir lorsqu'il l'aperçut; et, porté dans ses bras, — les derniers retardataires de la communauté s'éloignant pour lui laisser le passage libre, — le jeune comte fut conduit jusque sous le porche de l'église où tant de générations de ses ancêtres étaient venus adorer Dieu.

Deux anciens, vieux fermiers à la tête blanchie, qui se rappelaient le dernier seigneur et celui qui l'avait précédé, tenaient la bourse.

— Voilà le comte, se dirent-ils tout bas, puis ils s'avancèrent respectueusement; mais, comme saisis par ce spectacle inattendu et digne de pitié, ils reculèrent presque aussitôt. Soit que l'enfant n'eût pas fait attention à ce mouvement, soit qu'il fût habitué à produire cette impression, il ne témoigna aucune surprise. On entendit une petite voix douce dire :

— Ma bourse, Malcolm.

— Oui, Milord ; que faut-il mettre dans le plat ?

— Aujourd'hui, ce n'est pas trop d'une guinée !
je suis si heureux d'être ici !

Cette réponse, que les deux anciens comprirent,
fut répétée le jour suivant à tout le village, et on s'en
souvint longtemps dans ces simples contrées.

L'église de Cairnforth, comme la plupart des anciennes églises d'Ecosse, était dénuée de tout orne-
ment à l'intérieur comme de toute architecture à
l'extérieur ; l'assemblée se composait alors presque
uniquement de fermiers, de bergers et de gens des
campagnes, qui arrivaient en famille, les enfants et
les chiens ensemble ; ces derniers entraient toujours
dans l'église, et s'y comportaient tout aussi convena-
blement que leurs maîtres. Ces braves gens faisaient
quelquefois huit, dix, et jusqu'à douze milles de
marche, s'ils étaient de la partie la plus éloignée de
la paroisse, pour entendre le sermon ; pendant les
heures qui séparaient les deux services, ils se tenaient paisiblement sous le porche ou dans le cimetière ; ou bien par les jours de pluie, ce qui arrivait
fréquemment, ils se réunissaient sans cérémonie
dans la cuisine de la cure.

Comme je viens de le dire, l'assemblée était uniquement formée de paysans, à l'exception des per-

sonnes qui occupaient le banc du ministre, ou celui
du château. Celui-ci avait été dernièrement réparé
et rembourré à neuf; c'est là qu'était assis en ce
moment le petit comte sur de moëlleux coussins, où
Malcolm l'avait respectueusement déposé; assis,
toujours assis, même pendant les prières, ce qui
provoqua les regards désapprobateurs de quelques
membres du troupeau. On ne voyait qu'une délicate
petite personne, toute enveloppée de manteaux,
et un doux et pâle visage, enfantin malgré son
expression sérieuse, encadré de longs cheveux
noirs bouclés et animé par de grands yeux intelligents.

Quoi qu'il en fût de la personne du « laird » et des
bruits qui avaient couru sur son compte, ce n'était
certainement pas son esprit qui était défectueux,
car jamais on n'avait vu une physionomie plus vive
et plus expressive; le pasteur fut tout à fait im-
pressionné par l'intensité de son regard, qui ne cessa
de s'attacher à lui dès qu'il fut monté en chaire;
M. Cardross eut peine à dominer les sentiments qui
l'agitaient; il lui semblait, tellement la ressemblance
était frappante, voir sortir de son tombeau, sous les
traits étranges et diaphanes de cet enfant, la défunte
comtesse. Ce souvenir en évoqua bientôt un autre;
lady Cairnforth, malgré la différence de rang et de

position, avait été tellement associée à la vie de
Madame Cardross qu'elle la traitait comme une
amie et une égale, et leurs deux images, celle de la
noble dame telle qu'il l'avait contemplée pour la
dernière fois dans son cercueil, et celle de sa femme,
lorsqu'il dut se séparer d'elle pour toujours, se con-
fondirent dans sa pensée et le remuèrent profondément. Le digne pasteur n'était pas cité pour l'éloquence de ses discours, qu'il écrivait et confiait à sa
mémoire pour les répéter ensuite par cœur, suivant
la coutume monotone de la plupart des pasteurs
écossais de son temps; mais ce dimanche-là tout ce
qu'il avait laborieusement appris lui glissa hors de
la mémoire. Il parla comme on ne l'avait jamais
entendu parler, et comme cela ne lui arriva jamais
plus, avec originalité, force et éloquence : les paroles
coulaient de ses lèvres comme si une puissance sur-
naturelle les lui eût inspirées, ce dont, du reste,
avec une conviction qui approchait de la foi la plus
sublime, il affirmait solennellement plus tard être
entièrement convaincu.

Le texte était tiré de ce verset : « Toutes choses
contribuent au bien de ceux qui aiment Dieu. »
C'était là le canevas primitif de son discours, mais
le pasteur s'égara sur ce thème que tous savaient lui
être constamment près du cœur, savoir : soumission

à la volonté de Dieu, quelle que fût cette volonté,
quelque incompréhensible qu'elle parût à des yeux
mortels.

— Ce n'est pas, mes amis, disait-il après avoir
longtemps prêché sur ce sujet, — on pourrait plutôt
dire causé que prêché, ce à quoi, comme beaucoup
d'esprits cultivés mais peu originaux, il était très-
enclin ; — ce n'est pas que je veuille encourager ni
excuser le lâche consentement au malheur, qui ressemble à de la soumission et qui n'est en réalité que
de la faiblesse, par lequel on se résigne à tout comme
à un décret de la fatalité, sans essayer de distinguer
dans le malheur qui nous frappe quelle est la part
de la volonté de Dieu et quelle est la nôtre. Lorsque
nous sommes intimidés par la première apparition
du malheur, nous n'essayons pas de lutter contre
elle ; cela arrive particulièrement dans les mé-
comptes qui traversent notre vie terrestre, où souvent nous sommes les seuls à blâmer ; il y a donc
la soumission à la nécessité et la soumission vis-à-vis
de Dieu. Autant cette dernière est divine, autant la
première est méprisable ; nous ne devons pas nous
soumettre au tout-puissant Créateur comme des
êtres aveuglés ou écrasés, mais lui offrir une obéis-
sance clairvoyante et de franche volonté, semblable
à celle que nous réclamons de nos propres enfants,

désirant les traiter comme des enfants et non comme des esclaves.

Mes enfants (je m'adresse à tous ceux qui sont ici présents, aux plus jeunes comme aux plus âgés de l'assemblée, car je puis vous appliquer à tous ce nom), essayez de me comprendre, je vous prie. Il est juste, et c'est la volonté de Dieu, que vous résistiez de toutes vos forces à toute épreuve qui n'est pas inévitable. Il y a dans ce monde d'innombrables douleurs, qui, autant qu'on en peut juger, sont uniquement attirées sur nous ou sur autrui par nos propres folies, notre méchanceté ou notre faiblesse, défaut, hélas! aussi fatal que la méchanceté; de suite nous accusons la Providence et nous tombons dans le désespoir; mais il est d'autres circonstances où la main de Dieu s'appesantit sur nous par quelque épreuve visible, irrévocable, contre laquelle nous ne pouvons lutter, et dont aucune assistance humaine ne peut nous sauver. C'est alors qu'il nous reste à apprendre la plus dure de toutes les leçons que le Seigneur puisse nous enseigner : la soumission. Se soumettre; puis, en répétant : « Sa volonté soit faite ! » s'efforcer de l'accomplir. Nous eût-il tout ôté, ne nous laissant qu'un talent, oh ! alors même, mes amis, n'allons pas l'enfouir dans la terre; plaçons-le plutôt, abandonnant à Dieu le soin

de décider ce qu'il rapportera, car ce sera suivant
l'usage fait du talent reçu et non suivant ce que nous
n'avons pas, que nous serons jugés, et que nous en-
tendrons la bonne parole : « Cela va bien, bon et
fidèle serviteur. » Oui, après le long combat de la
vie, il nous invitera à « entrer dans la joie de notre
Seigneur. »

Et le ministre s'assit sur cette péroraison ; il observa dans cet instant, de même qu'il l'avait remarqué pendant tout le temps de son sermon, les distin-
guant parfaitement au milieu de la congrégation,
ces deux grands yeux qui, du banc du château, dar-
daient sur lui un regard attentif.

Les enfants de dix ans n'ont pas l'habitude d'é-
couter beaucoup les sermons, mais le petit comte,
quoiqu'il en eût entendu fort peu, à cause de la difficulté de le transporter à l'église où il attirait l'attention de tout le monde, n'en écouta pas moins
celui-ci comme s'il en comprenait chaque mot. C'é-
tait un discours simple, clair, parfaitement approprié à l'intelligence de bergers ignorants et de petits
enfants. S'il n'en saisit pas le sens entièrement alors,
il le comprit plus tard.

Le service terminé, le laird resta assis, contemplant toute l'assemblée qui se dispersait; il remarqua en particulier un groupe de jeunes garçons

qui occupaient le banc à côté du sien; ils n'avaient ni père ni mère avec eux; mais une grande jeune fille de quinze ans, qui paraissait être leur sœur aînée, les faisait marcher en ordre devant elle sans leur permettre de regarder une seule fois ni à droite ni à gauche, ni surtout de se retourner avec curiosité, comme beaucoup de gens l'avaient fait, vers le pauvre petit comte. En quittant l'église, cette jeune fille s'arrêta à la porte de la sacristie, apparemment pour échanger quelques mots avec le pasteur, car aussitôt après on vit M. Cardross sortir, sa robe sur son bras, et s'approcher de M. Menteith.

— Où est lord Cairnforth? j'ai été bien heureux de le voir ici.

— Merci, Monsieur Cardross! répondit une voix faible mais joyeuse qui sortait de l'épaule de Malcolm.

Le bon ministre en fut si saisi que pendant quelques minutes il ne put trouver un seul mot; enfin, il dit en hésitant : •

— Hélène vient précisément de me rappeler que le comte et la comtesse avaient l'habitude de venir se reposer à la cure entre les deux sermons. Serait-il agréable à lord Cairnforth de faire de même? Il y a assez loin d'ici au château. Mais peut-être

4

est-il trop fatigué pour revenir au service de l'a-
près-midi ?

— Oh ! non, j'aimerais beaucoup y assister. Oui,
nourrice, je serais charmé de voir les enfants de
M. Cardross. Et Hélène, quelle est cette Hélène ?

— C'est ma fille ; viens, Hélène, et parle au laird.

Elle s'approcha, la grande jeune fille qu'il avait
remarquée à la tête de ces six garçons; elle s'avança
avec son maintien doux, sérieux, tout maternel, car
c'est elle, hélas ! qui est maintenant la mère, la maîtresse au presbytère. Elle avança la main, mais la retira de suite instinctivement, car ces misérables petits doigts tordus qu'il tendait vers elle lui inspiraient une vive répulsion. Elle réussit à se vaincre
cependant, puis aussitôt, par un mouvement instan-
tané du cœur, oubliant tout à fait le rang du comte,
ne voyant en lui que le pauvre orphelin estropié,
Hélène, comme si elle voulait consoler l'un de ses
petits frères aussi privé des caresses maternelles, se
baissa vers lui et l'embrassa.

Le petit lord en fut si·étonné qu'il en rougit jusqu'aux cheveux ; mais dès cet instant il aima Hélène
Cardross, et ne cessa jamais de l'aimer jusqu'à la fin
de sa vie. Hélène prit le chemin du presbytère qui
était à deux pas de l'église; plusieurs des fenêtres de la maison avaient vue sur le cimetière, mais

sur le devant s'étendait une magnifique pelouse et
le plus charmant petit jardin qu'on pût voir. La
jeune fille le traversa d'un pas léger et rapide, traî-
nant un enfant à chaque main, se retournant souvent pour parler à Malcolm ou au laird; celui-ci la
suivait des yeux et pensait qu'elle ressemblait à un
tableau qu'il avait admiré quelque part, d'un ange
gardien conduisant deux enfants. Hélène Cardross
avait pourtant aussi peu de l'ange que possible,
au moins dans son extérieur. C'était une de ces
grosses filles écossaises au visage rose, aux cheveux blonds couleur de lin, qui sont loin d'être
jolies, même toutes jeunes, et qui souvent en prenant des années deviennent tout à fait laides et vul-
gaires. Cela ne devait certainement pas arriver
à Hélène, car une âme aussi parfaitement pure et
aussi élevée que la sienne communique à tous les
traits, même dans la vieillesse, quelque chose de
serein, de radieux, qui, sans être la beauté, en est
du moins le reflet. Souvent cette indéfinissable expression crée, autour des visages les moins favorisés
de la nature, comme une auréole de lumière et de
gloire semblable à celles qui entourent les types
idéals des maîtres de l'Art

Elle s'assit au haut bout de la table du presbytère,
cette place qu'avait occupée sa pauvre mère; on

réussissait généralement le dimanche à maintenir
plus de tranquillité que les autres jours, et ce dimanche-là particulièrement il ne fut pas difficile d'y
parvenir, car les enfants étaient tout intimidés et
impressionnés par la présence de leur nouvel hôte.
Hélène les avait pris à part, leur expliquant qu'ils
ne devaient faire aucune remarque sur le comte ;
que c'était un pauvre petit enfant infirme qui n'avait
ni père, ni mère, ni frères, ni sœurs ; qu'il fallait
être très-aimable avec lui, mais ne pas beaucoup le
regarder, et sous aucun prétexte ne demander la
moindre explication sur sa manière d'être.

Aussi, quoiqu'il fût placé dans la grande chaise de
« baby, » quoique Malcolm fût obligé de le faire manger comme un enfant, lui qui, à peine plus grand
qu'un enfant, était en réalité un garçon de dix ans
avec lequel leur père s'entretenait, et qui parlait presque aussi bien qu'Hélène ; cependant, les enfants de
la cure se comportèrent si sagement qu'il n'arriva
rien de désagréable pour personne pendant le repas.
Quant au petit comte, il paraissait s'amuser royale-
ment. Il était là, assis dans sa chaise élevée, regardant la table bien garnie avec un mélange de curiosité et d'étonnement ; il demanda le nom de tous les
enfants, parut prendre un vif intérêt au chien, aux
lapins et aux deux petits chats qui furent introduits

successivement après le dîner pour l'amuser. En
partant il invita tout le monde à venir au château
le jour suivant et promit aux jeunes Cardross de les
promener dans son jardin.

— Mais comment pouvez-vous vous promener?
s'écria un des plus jeunes étourdis, en dépit des fron-
cements de sourcils d'Hélène. Nous pouvons courir, nous, mais vous....

— Il est vrai, je ne puis courir; mais j'ai une petite voiture dans laquelle Malcolm me traîne; ou
bien Malcolm me porte, et de cette façon je puis voir
une quantité de choses. Autrefois on ne me laissait
rien voir, j'étais tout le jour couché sur un canapé,
les médecins étaient continuellement autour de moi
et ils me faisaient bien souffrir! ajouta le petit comte
confidentiellement, lorsque les garçons s'étant sau-
vés les uns après les autres, il fut resté seul avec
Hélène.

— Est-ce qu'ils vous faisaient vraiment tant de
mal? demanda celle-ci avec compassion.

— Ah! oui, je souffrais horriblement; mais je ne
l'ai jamais dit. Vous comprenez, c'était inutile; cela
ne pouvait être évité, et je n'eusse fait que cha-
griner ma bonne qui pleure quand je souffre. Je
crois que c'est pour cela que j'aime mieux Malcolm,
c'est qu'il m'encourage toujours et ne pleure jamais.

Mais me voilà grand maintenant, j'ai eu dix ans la semaine dernière.

Dix ans! Sans l'expression âgée de son visage, il en eût paru à peine plus de cinq; mais Hélène garda cette remarque pour elle et dit simplement qu'elle espérait que les docteurs ne le feraient plus souffrir.

— Oh! non, tout cela est passé; D<sup>r</sup> Hamilton a dit qu'il faut laisser à la nature le soin de me guérir. Je ne sais pas trop ce qu'il veut dire par la « nature; » mais j'ai entendu ces paroles l'autre jour. Puis, j'ai prié M. Menteith de ne plus m'enfermer, mais de me laisser aller partout où je voudrai avec Malcolm, qui me porte; n'est-ce pas que c'est un grand et fort compagnon que Malcolm? Vous ne pouvez vous imaginer combien c'est agréable d'être ainsi transporté d'un lieu à un autre et de tout voir. Oh! cela me rend si heureux!

Le ton avec lequel il prononça ces mots « si heureux! » fit jaillir les larmes des yeux d'Hélène; elle se tourna vers la fenêtre d'où elle apercevait ses frères, robustes garçons, grossièrement habillés, aux traits communs, mais respirant la santé, la force et l'activité; puis elle regarda de nouveau le pauvre enfant auquel la fortune pouvait donner tout ce qu'il désirait et auquel cependant *tout* manquait! Combien de fois ces gamins tapageurs murmuraient

et se plaignaient lorsqu'on leur refusait quelque
chose! elle-même souvent n'avait-elle pas lour-
dement senti le fardeau de la vie, de toute cette
grande famille aux besoins de laquelle il fallait
pourvoir avec si peu de ressources? Il lui semblait
par moments que c'en était plus qu'elle ne pouvait
porter, elle en perdait courage. Et voilà cette pauvre créature dépendante, ne pouvant se servir ni de
ses mains ni de ses pieds, forcée d'avoir recours
constamment à la bonté ou à la compassion des autres, qui se déclarait « être si heureuse! » Depuis
cette heure une profonde tendresse que rien ne put
jamais altérer, pénétra le cœur d'Hélène Cardross
pour l'orphelin.

Ce n'était pas de la compassion, mais quelque
chose d'infiniment plus doux. Eût-il été maussade,
nerveux, désagréable, elle eût encore éprouvé pour
lui une vraie pitié et lui eût témoigné mille com-
plaisances; mais ce qu'elle sentait en le voyant si
gai, si patient, si prompt à s'intéresser au plaisir
des autres, si oublieux de lui-même, c'était un véritable respect.

Comme elle se tenait assise auprès de sa chaise,
évitant de le regarder, car elle avait encore quelque
difficulté à surmonter l'impression pénible produite
par sa difformité, elle se disait avec un battement

de cœur et des yeux humides qu'elle aurait voulu, pour rendre heureux et consoler le petit comte, avoir puissance sur tout le vaste monde.

— Pouvez-vous apprendre des leçons? demanda-t-elle, après une pause assez longue, s'apercevant qu'il avait du plaisir à causer avec elle. Il m'a semblé aujourd'hui à dîner que vous paraissiez déjà instruit pour votre âge.

— Vraiment? c'est bien étrange, car je trouve que je ne sais rien et je désire vivement apprendre tout ce que M. Cardross voudra m'enseigner. J'aimerais être toute la journée occupé à lire; je pourrai très-bien le faire par moi-même, maintenant que j'ai trouvé le moyen de tenir le livre et d'en tourner les pages sans le secours de nourrice. C'est Malcolm qui a inventé ce moyen. Il est si intelligent et si bon, Malcolm!

— Est-ce qu'il est toujours avec vous?

— Oh! oui, comment pourrais-je me passer de Malcolm? Etes-vous bien sûre que votre père pourra m'enseigner tout ce que j'ai envie de savoir? poursuivit l'enfant avec vivacité.

Hélène en était tout à fait sûre.

— Et puis, il y a autre chose qu'il faut que j'essaye d'apprendre si c'est possible, c'est à écrire, quand ce ne serait que pour signer mon nom. Dans

onze ans d'ici, quand je serai un homme, M. Menteith dit que je serai souvent forcé de signer mon
nom. Croyez-vous que je pourrai y parvenir?

Hélène considéra un instant les pauvres petits
doigts crispés et parut en douter beaucoup. Cependant elle dit d'un ton de confiance :

— Ce sera toujours une bonne chose d'essayer.

— Oui, certainement, et je commencerai dès
demain; puis, avec une expression touchante de
supplication dans ses grands yeux, le petit comte
ajouta : Voulez-vous, — cela donnerait trop de
peine, je crois, à M. Cardross, — voulez-vous m'enseigner?

— Oui, mon cher enfant, certainement, répondit
Hélène avec empressement.

— Merci! Et avec un peu d'hésitation: Je vous en
prie, appelez-moi toujours « mon cher » au lieu de
« Milord! » Et moi, puis-je vous appeler « Hélène? »

Ainsi se conclut une alliance entre eux, entre le
misérable enfant estropié, incapable de se mouvoir,
et la jeune fille brillante de force et de santé, entre
le fils du seigneur et la fille du pasteur : une de ces
alliances qui procèdent de ces profondes affinités in-
térieures qui triomphent de tous les autres con-
trastes. L'alliance fut conclue et jamais ils ne la
rompirent tant qu'ils vécurent.

— Est-cè que mon agneau s'est amusé? demanda Madame Campbell avec sollicitude lorsqu'elle sortit de la cuisine de la cure; mais se reprenant tout aussitôt avec dignité : Je vous demande pardon, Mademoiselle Cardross, mais c'est la première fois que Sa Seigneurie dîne en ville.

— Oh! nourrice, combien j'aimerais dîner en ville tous les dimanches! Certainement ce jour a été le plus beau de ma vie.

# CHAPITRE IV

# CHAPITRE IV

Dès le lendemain, de bonne heure, tandis qu'Hélène s'occupait activement à ranger de ses propres mains les six bols vides de leur « porridge[1], » et l'unique tasse à thé qui avait contenu la boisson préférée du pasteur, le thé étant un luxe beaucoup trop grand pour être permis au reste de la famille, l'ombre épaisse de Malcolm Campbell vint tout à coup obscurcir la fenêtre près de laquelle se tenait la jeune fille.

— Voici le comte ! s'écria Hélène, qui d'un rapide coup d'œil avait déjà aperçu la petite figure pâle, entièrement enveloppée dans le plaid de Malcolm, et dont les boucles soyeuses tombaient sur l'épaule du fidèle serviteur, toutes chargées de pluie et tant soit peu mises en désordre par le vent, car il faisait, suivant l'expression usitée dans le pays, une rude journée sur le Loch-Beg.

— Milord était décidé à venir, dit Malcolm en

---

[1] Soupe au lait.

manière d'explication, et quand Milord a mis quelque chose dans sa tête, il le fait, soyez-en sûr.

— Nous sommes très-heureux de voir Milord, répliqua le ministre, qui n'en parut cependant pas moins légèrement embarrassé, car il venait justement, en finissant son déjeuner, de confier à Hélène qu'il se sentait un peu préoccupé ce matin de ses nouveaux devoirs au château ; il se disait qu'il serait pénible d'avoir à enseigner un enfant aussi infirme, et il regrettait de n'avoir pas réfléchi davantage avant d'accepter cette tâche. Sa fille avait essayé de lui donner du courage en lui racontant tout ce qui s'était passé la veille entre elle et l'enfant : il paraissait si intelligent et si désireux d'apprendre ! Mais le simple fait qu'il avait été question entre eux de son enseignement ne fit que rendre M. Cardross plus perplexe ; d'ailleurs les hommes ont encore plus de répugnance que les femmes pour les difformités ou les souffrances physiques ; puis, à l'exception de leur courte entrevue à l'église, c'était presque la première fois que le pasteur voyait lord Cairnforth ; car le dimanche il ne se réunissait point à la famille pendant les heures qui séparaient les deux sermons ; il ne la rejoignait même à table qu'au moment du thé. Ce fut donc en hésitant, comme s'il n'était pas bien sûr de dire la vérité, que M. Cardross répéta :

— Nous serons toujours heureux de voir Milord à la cure.

— Oui, très-heureux, ajouta vivement Hélène à son tour, s'imaginant découvrir dans les regards de l'enfant comme une certaine conscience qu'il n'était pas tout à fait le bienvenu dans ce moment. Mon père se préparait précisément à partir pour le château.

— Milord ne voulait pas donner la peine à monsieur le pasteur de sortir par ce mauvais temps, reprit Malcolm avec sa naïve politesse de highlander. Sa Seigneurie a pensé qu'au lieu de faire venir M. Cardross, elle ferait mieux d'aller le trouver elle-même.

— Non, Malcolm, interrompit la petite voix, ce n'est pas précisément cela. J'ai voulu venir à la cure pour ma propre satisfaction, afin de m'informer si je pourrais y venir tous les jours prendre mes leçons. C'est si triste, dans cette grande bibliothèque ! Je vous assure, Monsieur, que je ne vous dérangerai pas beaucoup, continua-t-il d'une façon caressante. Malcolm me portera, et je puis rester assis sur n'importe quel siége à présent : avec cette baguette mince dans ma main, je puis tourner la page de mes livres moi-même; vous verrez que cela m'est possible.

Le ministre se dirigea vers la fenêtre, et fut littéralement incapable de parler pendant quelques minutes; il se sentait profondément ému et au fond
de son cœur un peu honteux de lui-même.

Quand il se retourna, Malcolm avait installé le
petit personnage dans un fauteuil près du feu, et
s'occupait à dérouler les innombrables plis du plaid
dans lequel il l'avait enveloppé. Hélène, après un
ou deux coups d'œil jetés à la dérobée, se donna
l'air d'être très-occupée de son office accoutumé, —
l'occupation de toutes les ménagères d'Ecosse de
cette époque, celle de laver de ses propres mains la
porcelaine délicate et de la ranger soigneusement
dans l'armoire du salon. — Comme nous l'avons dit
précédemment, le revenu de M. Cardross était très-
modique, et, comme celui de tous les ministres de
campagne, très-incertain, son montant variant chaque année selon le prix du grain; on avait une fille à
tout faire pour aider, mais Hélène devait agir beaucoup par elle-même dans le ménage. Elle vaquait
donc activement à ses affaires, comme elle l'aurait
sans doute fait en toute occasion, à la fois beaucoup
trop simple et trop fière pour en être humiliée. Du
reste, elle était très-contente de paraître affairée, le
jeune laird ne pouvant s'imaginer ainsi qu'elle le
surveillait.

Son instinct féminin ne la trompait pas. Pour la première fois de sa vie tiré de sa « nursery [1] » solitaire, où chacun n'avait été occupé que de lui, où il n'avait point eu de compagnons de jeu, ni d'autre société que celle des personnes attachées à son service ; transporté aujourd'hui dans le cercle animé d'une famille, le pauvre enfant sentait, et il était impossible qu'il en fût autrement, la triste différence qui existait entre lui et le reste du monde. Des rougeurs furtives couvrirent son visage, lorsqu'en regardant avec anxiété et d'un air suppliant M. Cardross, il dit de nouveau :

— J'espère, Monsieur, que vous n'êtes pas mécontent que je sois venu aujourd'hui ? Je vous dérangerai très-peu ; du moins je tâcherai de vous donner le moins de peine possible.

— Mon enfant, reprit enfin le pasteur, traversant la chambre et posant sa main avec affection sur sa tête, vous ne me causerez aucune peine. Si vous deviez m'en donner, je la supporterais avec plaisir à cause de vos parents et... et à cause de vous-même, ajouta-t-il à demi-voix.

C'était la vérité. La nature, qui n'est jamais sans compensations, avait jeté sur cet enfant, à peine âgé

[1] Appartement réservé aux enfants.

de dix ans, si disgracié sous tant de rapports, un charme étrange : l'irrésistible attrait qui découle d'une âme aimante. Tous ceux qui en sont doués ne sont pas pour cela capables de l'exprimer; mais lui le pouvait, et lorsqu'il regarda le ministre en face avec sa touchante expression de gratitude, l'excellent homme sentit son cœur déborder de tendresse pour l'orphelin.

— Je ne vous déplais donc pas, quoique je ne sois pas comme les autres garçons ?

M. Cardross sourit; ses yeux étaient humides et sa voix peu claire lorsqu'il répondit avec effusion à cette question ; avec ce sourire s'évanouit pour toujours la légère répulsion qu'il avait pu éprouver pour le pauvre petit être; il lui donna désormais une place dans son cœur, et son jeune élève comprit à l'instant qu'il en était ainsi. Son visage s'illumina.

— Eh bien, Malcolm, porte-moi maintenant à ma place, je suis tout prêt, dit-il d'un ton qui indiquait qu'il possédait déjà une volonté à lui.

C'était un spectacle à la fois touchant et singulier que la manière dont il commandait à Malcolm et le respect féodal avec lequel ce robuste highlander lui obéissait. C'était ainsi que ses pères avaient servi les ancêtres du comte.

— Allons, mets-moi dans la chaise d'enfant dans laquelle j'étais hier à dîner, puis cherche-moi un oreiller... ou plutôt ne dérange pas Mademoiselle Cardross, et roule un de tes plaids derrière moi; je serai tout à fait bien ainsi. Tire mes livres de ton sac, et étends-les sur la table, Malcolm; ensuite tu pourras aller casser des noisettes avec tes vieux amis du village; tu viendras me chercher dans deux heures.

Il paraissait étrange de voir ce petit personnage s'installer, donner des ordres aussi précis que s'il eût été un homme fait prenant place devant sa table de travail. Cette décision eut pour effet d'éloigner la pénible timidité et l'embarras que chacun éprouvait, particulièrement M. Cardross. Celui-ci s'assit dans son fauteuil et envisagea avec un mélange de calme et d'étonnement son jeune élève, à la fois si faible et si fort.

Les leçons commencèrent. Lord Cairnforth était remarquablement intelligent, et même d'une précocité extraordinaire. M. Cardross en fut de suite frappé, lui qui, comme beaucoup de pères très-instruits, se trouvait précisément doté de garçons assez bornés, qui préféraient n'importe quoi à l'étude, et auxquels il avait toute la peine du monde à faire comprendre la grammaire anglaise, les rudi-

ments du latin et quelque peu de grec. Quelle différence! celui-ci paraissait tout intelligence, ses joues
s'animaient, ses yeux brillaient; il écoutait comme
si c'était pour lui une jouissance que d'apprendre.
M. Cardross découvrit bientôt que les connaissances
de son disciple n'étaient pas celles qui sont dues à
une éducation routinière; il ignorait souvent les
choses les plus simples, mais la somme de savoir
qu'il avait amassée en dehors du cours régulier des
classes, la recueillant à toutes les sources profitables, était tout à fait merveilleuse. C'était pour le
bon ministre un plaisir si nouveau que d'enseigner
un élève pour lequel l'étude paraissait une faveur
au lieu d'être un tourment, une récréation au lieu
d'un châtiment, qu'il oublia bientôt et son infir-
mité et ses mains inertes et maladroites qui essayaient péniblement, avec la petite baguette tail-
lée qu'on lui avait donnée, de tourner les pages de
son livre; le pauvre enfant y employait quelquefois les dents. M. Cardross oubliait tout, ne s'a-
percevant pas que le délicat visage de son élève devenait parfois pâle et fatigué; c'était en vain que
celui-ci tentait de reprendre toute son énergie et
de lutter contre sa faiblesse en concentrant son attention sur son devoir; en réalité, il était épuisé.

A midi, Hélène entra apportant le goûter de son

père; il consistait en une tasse de lait écumant tout chaud et qui venait d'être trait. Le petit comte la considéra avec des yeux avides.

— Vous en apporterai-je une aussi? demanda Hélène?

— Oh! volontiers; j'ai si soif! cela me ferait grand plaisir. Puis, si vous aviez la bonté de me relever un peu? je ne suis pas habitué à être si longtemps assis dans la même position; seulement un peu, j'espère que cela ne vous donnera pas trop de peine?

— Oh! non, pas du tout, si vous voulez seulement m'indiquer comment je dois m'y prendre, balbutia Hélène en devenant toute rouge; mais, surmontant son hésitation et sa crainte de le blesser, elle souleva tendrement et soigneusement le pauvre enfant, secoua ses oreillers et l'arrangea de son mieux; puis elle sortit promptement de la chambre pour cacher son émotion; il s'y mêlait cependant un sentiment de grande sollicitude : c'était quelque chose de bien différent de ce qu'elle avait éprouvé pour ses frères dans leur première enfance. Oui, c'était une compassion qui lui prenait tout son cœur et qui faisait disparaître tout sentiment de répulsion pour sa difformité.

Elle rapporta bientôt une tasse d'excellent lait et

5.

un morceau de gâteau de seigle qu'elle plaça devant le petit comte; il regarda ces mets d'un air soucieux.

— Que ce lait a bonne mine ! Je suis si fatigué et j'ai si soif ! Je vous prie, ayez la bonté de m'en donner; seulement il faut tenir un peu la tasse, c'est cela, cela ira très-bien ainsi.

Hélène porta la tasse à ses lèvres; c'était la première fois qu'elle le faisait, mais ce ne devait pas être la dernière. Bien des années après, quand elle fut devenue tout à fait une vieille femme, elle se souvenait encore de lui avoir donné cette tasse de lait et elle avait encore présente l'expression si tendre, si reconnaissante avec laquelle deux grands yeux s'étaient tournés vers elle, comme si le pauvre estropié, en recevant de ses mains cette humble boisson, y avait puisé bien au delà d'un rafraîchissement pour son corps fatigué, et s'y était abreuvé à longs traits aux sources les plus pures des affections humaines. Dieu n'a-t-il pas montré qu'elles ne sont point taries, même pour des êtres aussi disgraciés que l'était celui-ci ?

— Est-ce que les leçons ne sont pas terminées pour aujourd'hui, mon père? dit la jeune fille, observant que, bien que le petit comte parût tout ardeur, son visage portait des traces de lassitude; elle remarqua en même temps avec joie que celui de son père sem-

blait plus animé et plus gai qu'il ne l'avait jamais
été depuis leur deuil.

— Elles sont terminées, Hélène, certainement,
si mon élève est fatigué.

— Mais je ne suis pas fatigué, Monsieur.

Hélène secoua sa tête maternelle avec dignité :

— C'est assez pour aujourd'hui. Vous pourrez
revenir demain.

En effet, le lendemain, puis le surlendemain,
puis jour après jour, par le beau comme par le
mauvais temps, on vit le robuste Malcolm, le beau,
l'actif Malcolm, de son pas alerte, un vrai pas de
highlander, traverser le jardin de la cure, portant
son frêle et précieux fardeau. Les habitants du village avaient cessé de le regarder avec curiosité ; tous
lui tiraient leurs berets ou relevaient leurs épaisses
chevelures dès qu'il approchait.

— C'est le petit lord, vous savez, disaient-ils, et
ils considéraient avec le plus profond respect la délicate créature, dont on n'apercevait autre chose
qu'un doux visage d'enfant sortant du milieu des
nombreux châles dont on l'entourait, et toujours
prêt à sourire à la vue des autres enfants.

Il était vraiment surprenant de voir combien peu
de jours il avait fallu au village et à tout le voisinage
pour s'accoutumer à l'extérieur du comte et à sa

triste histoire. Ceci était dû en partie à Hélène et à
M. Cardross qui, ne voyant plus aucune raison
pour en faire un mystère, regrettant même qu'on en
eût fait le moindre, saisissaient toutes les occasions
pour dire à tout le monde la pure vérité.

Il y avait peu de détails à raconter : quoique si
tristes, ils étaient bien simples et bientôt dits. Le
comte, le dernier comte de Cairnforth, était un im-
potent, sans espoir pour le reste de ses jours; toutes
les consultations des docteurs n'avaient abouti qu'à
cette cruelle conclusion : il était très-peu probable
que l'on pût jamais obtenir aucune amélioration
à son état physique. Mais, quant à ses facultés in-
tellectuelles, elles ne présentaient certainement
aucune lacune. On ne pouvait là-dessus, comme
M. Cardross l'expliqua soigneusement à chacun,
conserver le plus léger doute : au contraire, son
esprit était pénétrant à un degré qu'il était presque douloureux de constater; la rapidité avec laquelle il apprenait ses devoirs surpassait celle que
le ministre eût jamais remarquée chez aucun enfant
de son âge. Le petit comte observait tout ce qui se
passait autour de lui avec tant d'attention, faisait des
réflexions si sagaces que l'on pouvait presque causer avec lui comme avec un homme fait. Avant
que la première semaine se fût écoulée, M. Car-

dross commença positivement à jouir de la société
de l'enfant, au point qu'il considérait l'heure de
ses leçons comme la plus agréable de la journée.
Pour comprendre cette impression du bon ministre, il faut se rappeler que, depuis que le château
avait été fermé, M. Cardross avait eu le sort inévitable de tout pasteur de campagne ; sa paroisse contenait d'excellentes personnes qui témoignaient
pour lui la plus grande révérence, et auxquelles il
rendait la sincère considération qu'attire toujours
la vertu, mais avec lesquelles il ne pouvait avoir aucun commerce intellectuel. En réalité, depuis la
mort de sa femme, le pasteur s'était complétement
renfermé en lui-même et avait trouvé bien peu
d'intérêt hors de son cabinet de travail.

Aujourd'hui, après les leçons, on parvenait parfois à le persuader de quitter ce cher cabinet, pour
faire une promenade le long du lac ou à travers la
lande, afin de montrer à son pupille le pays dont il
était le propriétaire et le seigneur. Ce fut d'abord
par pure bonté, pour préserver l'enfant de l'indiscrétion des villageois, mais ensuite avec un réel plaisir
en contemplant sa joie naïve. Pour le jeune Cairnforth, monté, on pourrait dire, sur les épaules de
Malcolm et mis en contact pour la première fois
avec le monde extérieur, tout était nouveau et déli-

cieux; rien n'échappait à sa perception rapide; il paraissait tout étudier avec amour dans la nature, depuis la lumière et les grandes ombres qui passaient sur les montagnes jusqu'aux petites fleurs qui croissaient à ses pieds et qu'il demandait à Malcolm de lui cueillir. Tous les êtres vivants le charmaient aussi : depuis le jeune lapin fuyant à travers le sentier à leur approche, jusqu'à l'alouette qui montait en chantant dans le ciel bleu; il voyait tout, il admirait tout. Mais il ne fit jamais à Hélène, qui les accompagnait aussi souvent que ses occupations le lui permettaient et qui était enchantée de faire partie de ces expéditions, la remarque à laquelle elle s'attendait sans cesse :

« Pourquoi Dieu a-t-il donné à toutes ces créatures intelligentes des jambes pour courir, des ailes pour voler, la force, la santé, l'activité pour jouir de l'existence tandis qu'il m'a refusé à moi tous ces biens? Pourquoi me les a-t-il refusés, non pas pour une semaine, pour un mois, pour une année, mais pour toute ma vie..., une vie qui sera courte peut-être, — courte de jours, — mais pleine de chagrins? N'aurait-il pas pu la rendre plus heureuse? »

Combien de milliers de créatures humaines se sont fait, sous une forme ou sous une autre, cette question toujours la même, toujours restée sans réponse !

Hélène elle-même, jeune comme elle était, se l'était déjà souvent posée; quand sa mère mourut, lorsqu'elle vit son père s'abattre lentement sous le poids de sa douleur, le monde entier lui parut plein de ténèbres et de tristesse. Quel aspect devait-il donc avoir pour ce pauvre jeune garçon? Mais il est étrange de dire que ce doute amer, qui montait parfois au cœur d'Hélène Cardross, ne s'échappa jamais des lèvres de l'enfant estropié. Ou il était trop ignorant et acceptait la vie comme il la voyait, sans chercher la solution de ses mystères, ou bien, quoique si jeune, il était déjà assez fort pour garder ses doutes pour lui-même, pour porter seul son fardeau et n'en fatiguer personne.

Quand elle étudiait ce visage dont aucune comparaison ne peut rendre la douceur, — il avait celle que l'on voit quelquefois chez les aveugles, celle d'une paix que rien ne peut troubler, — Hélène était forcée de croire que Dieu, qui lui avait tout refusé, lui avait donné une vue intérieure si profonde et si claire qu'il était heureux par elle en dépit de son épreuve; elle ne le regardait jamais sans penser involontairement à ce texte tiré du seul livre qui fût vraiment familier à la jeune fille assez peu classique : « Les anges dans le ciel regardent toujours la face de mon Père qui est aux cieux. »

Après un séjour de quelques semaines au château, M. Menteith acquit la conviction que son expérience avait réussi; désormais il pouvait être tranquille en laissant son pupille sous la direction de M. Cardross. C'était là un grand soulagement à sa lourde responsabilité de tuteur.

— Rappelez-vous seulement, dit-il au ministre dans un de leurs derniers entretiens, que si ces Bruce essayaient d'arriver jusqu'à lui, vous devez me le faire savoir à l'instant même. Je puis me fier à vous, n'est-ce pas ?

— Certainement. Est-ce que l'on n'a rien appris d'eux dans ces derniers temps ?

— Très-peu de chose, à l'exception de leurs réclamations continuelles pour obtenir des avances sur la somme annuelle que le dernier lord leur accordait, et que j'ai continué de leur payer uniquement pour les tenir hors de mon chemin.

— Sont-ils encore sur le continent ?

— Je le suppose, mais j'entends très-peu parler d'eux; ils étaient, vous le savez, parents de la comtesse : c'est elle aussi qui a apporté toute la fortune. Pauvre enfant ! comme cette fortune va s'accumuler jusqu'à ce qu'il atteigne sa majorité, et combien elle lui sera peu utile !

Et le digne homme soupira comme il achevait ces paroles en apercevant depuis la fenêtre de la salle à manger de M. Cardross le petit comte assis dans sa chaise à roulettes, sous un arbre touffu du jardin de la cure. Cette chaise remplaçait parfois les bras de Malcolm; l'enfant y était installé dans ce moment avec un livre sur ses genoux. Son visage exprimait cet air de parfait contentement qui était si touchant à observer en lui. Hélène était assise sur l'herbe, cousant auprès de lui. Elle cousait toujours, la courageuse fille; en vérité, son aiguille ne pouvait guère être inactive si elle devait suffire à l'entretien de toute cette nombreuse famille.

— Vous avez là une bonne fille, dit M. Menteith, et Sa Seigneurie paraît s'en arranger parfaitement; j'en suis bien aise, car, sauf mistress Campbell, il n'avait jusqu'ici autour de lui aucune société féminine, et tout excellente que soit cette brave personne, ce n'est après tout qu'une paysanne, — vous comprenez. Ah! Monsieur Cardross, quelle femme distinguée était sa mère! Nous ne reverrons jamais une femme comparable à la défunte comtesse. Non, suivant toutes les probabilités humaines, nous ne reverrons pas une autre comtesse de Cairnforth.

Le pasteur fit un signe d'assentiment.

— Et cependant, continua M. Menteith après une longue pause, le D<sup>r</sup> Hamilton pense qu'il pourra vivre bien des années. C'est singulier, sa santé au fond est vigoureuse, et sa douce et calme nature lui permettra de lutter avec avantage contre les maladies qui pourront l'attaquer. C'est le caractère de sa mère; ne trouvez-vous pas qu'il lui ressemble d'une manière étrange parfois? Si on peut le rendre heureux, comme vous et Hélène y parviendrez, je n'en doute pas, on réussira à l'élever; avec une vie de campagne simple et salutaire, il n'est pas impossible même qu'il atteigne l'âge d'entrer en possession de ses domaines. Et quant à l'avenir, il est entre les mains de Dieu.

— Il est heureux pour nous, reprit le ministre avec sérieux, que Dieu seul sache ce qui nous est réservé.

Les deux excellents personnages continuèrent ainsi à discourir pendant plus d'une heure sur la destinée présente et future de cet orphelin qui, par un étrange enchaînement de circonstances, avait été confié à leurs soins exclusifs. Tous deux étaient pères de famille; ils avaient leurs soucis personnels; ils avaient traversé, chacun dans son temps, bien des perplexités, bien des chagrins : l'un sur la scène active du monde, l'autre en dehors de ses agitations.

— C'est une lourde charge, Monsieur Cardross, disait l'homme de loi, et je me trouve presque égoïste en la transférant de mes épaules sur les vôtres.

— Je suis tout à fait disposé à l'accepter ; ce sera peut-être une utile diversion pour moi, répondit le ministre avec un léger soupir.

— Et vous lui donnerez la meilleure instruction qu'il vous sera possible ; en un mot, vous lui communiquerez votre savoir qui est plus que suffisant pour un lord de Cairnforth. Cette instruction sera en tout cas bien supérieure à celle que possédait le dernier seigneur ou son grand-père.

— Peut-être, dit M. Cardross, qui se rappelait les deux derniers lords, hommes aux membres athlétiques, grands amateurs de courses, d'exercices du corps, mais peu adonnés aux livres. Cet enfant ne paraît tenir sous aucun rapport de ses parents ; voyez-le plutôt, Monsieur Menteith, plongé dans son Virgile ; j'ai promis de commencer Homère avec lui demain ; cela fait du bien de voir un garçon de son âge aimer à ce point les livres, ajouta-t-il, s'échauffant avec le sujet, au grand bonheur de son interlocuteur, qui se frottait les mains et se félicitait tout haut de l'heureux succès de son plan.

— Oui, oui, reprit M. Menteith, c'est une bonne affaire pour tous deux décidément. On ne pouvait pas trouver pour le « laird » un meilleur tuteur que vous. Il n'ira jamais beaucoup en société, il n'atteindra peut-être même pas sa majorité; cependant, aussi longtemps qu'il existera, il faut essayer de lui rendre la vie agréable, — je veux dire aussi peu pénible que possible; puis, s'il y a moyen, le mettre en état de remplir quelques-uns des devoirs de sa position. Quant aux joies, hélas!... il ne les connaîtra jamais.

— Ce n'est pas sûr, interrompit M. Cardross; il aime les livres, il peut devenir un étudiant accompli, de première force, qui sait même, un homme de lettres! Avoir soif de science et posséder toutes les facilités pour l'acquérir, ce n'est pas un si mauvais lot ici-bas. Il sera assez riche, continua le pasteur en jetant un regard sur les rayons de sa bibliothèque maigrement fournie et dont chaque volume lui avait coûté un repas, il sera assez riche pour remplir d'un bout à l'autre ces grands meubles vides du château, et quelle occupation délicieuse pour lui!

M. Menteith sourit de l'air d'un homme qui ne comprend pas parfaitement ce genre de bonheur.

— Quoi qu'il en soit, ajouta-t-il, lord Cairnforth paraît posséder un cœur excellent, ce qui peut lui

être tout aussi utile que de belles facultés intellec-
tuelles. Il ne se replie pas sur lui-même avec mélancolie, il prend part à tout ce qui l'entoure. Voyez
dans ce moment comme il rit de bon cœur à quelques remarques plaisantes de votre fille. Vraiment,
ils ont l'air tous deux d'être heureux ensemble.

— Hélène rend tout le monde heureux, répondit
son père avec tendresse.

— Je le crois; en vérité, quelque jour j'enverrai
un de mes grands garçons lui faire la cour; j'en ai
huit, Monsieur Cardross, qu'il faut élever, établir et
marier. C'est une tâche difficile, je vous en réponds.

— Je le sais, mais elle a ses compensations.

— Oui, grâce à Dieu, mes fils sont tous forts,
bien portants; ce sont de vaillants compagnons, capables de se pousser dans le monde et de faire leur
chemin eux-mêmes; ils ne ressemblent guère à...,
et il s'arrêta en désignant le petit groupe installé
sur l'herbe.

Dans ce moment cependant, on entendait des
éclats joyeux, un véritable rire enfantin qui semblait repousser bien loin les sombres pronostics des
deux pères de famille.

— Le petit comte a certainement une charmante
nature, une faculté remarquable de partager les
plaisirs des autres, lui à qui ils sont interdits.

— Oui, il a toujours été ainsi depuis sa plus tendre enfance; le D^r Hamilton, qui avait remarqué ce trait de son caractère, l'a considéré comme un augure favorable.

— J'en suis convaincu, répliqua M. Cardross avec chaleur, et j'ai la certitude que si Dieu prolonge les jours de lord Cairnforth, il ne mènera pas une vie inutile ni malheureuse.

— Espérons-le, et pourtant..., pauvre petite créature! être le dernier comte de Cairnforth, et être ce qu'il est...

— Il est ce que Dieu l'a fait et ce que Dieu veut qu'il soit, répondit le ministre avec fermeté. Nous ne savons pas pourquoi il en est ainsi. Ce que nous savons, c'est que nous n'y pouvons rien changer. Nous ne pouvons pas lui ôter cette lourde croix; mais il me semble que nous pouvons l'aider à la porter.

— Vous êtes un excellent homme, Monsieur Cardross, répondit l'avoué d'Edimbourg d'une voix émue, comme il se levait de son siége et refusait un second verre de « claret » que lui offrait le pasteur: c'était du claret que, sous un léger prétexte, l'avoué avait envoyé dans la cave dégarnie de la cure; puis M. Menteith traversa la pelouse et passa le reste de la soirée auprès de son pupille et d'Hélène Cardross.

# CHAPITRE V

# CHAPITRE V

Les jours, les mois, les années glissent doucement sur les rives du Loch-Beg. Même aujour-
d'hui que la main de la civilisation les a effleurées
en les dotant de gracieuses villas, en sillonnant les
ondes de bateaux à vapeur aux longs panaches de
fumée, et que bientôt elle va effrayer jusque dans ses
profondeurs l'innocent brochet en y jetant le fil télé-
graphique ; même aujourd'hui le Loch-Beg est un
lieu de paisible retraite. Mais quand le dernier lord
Cairnforth n'était encore qu'un enfant, c'était l'asile
du repos le plus absolu ; à peine en été quelques
rares touristes, détournés de leur route, venaient-
ils errer sur ses plages et admirer ses beautés si peu
connues. En hiver, le pays était en quelque sorte
privé de toute communication avec le reste du
monde. Le presbytère, le château, le village, quelques fermes composaient toute la population de
Cairnforth : et la petite presqu'île, battue des flots

6

sur ses trois côtés, bornée du quatrième par une
ceinture de montagnes, était suffisamment inabor-
dable et isolée pour pouvoir assurer à ses habitants
cette existence calme, simple, que les gens des
villes appellent « végéter dans l'ennui, » tandis que
ceux des campagnes la désignent sous le nom
« d'heureux repos. » Quel que soit le repos qui
règne dans une vie champêtre, on ne peut certainement pas le taxer de monotonie, car le perpétuel
changement des saisons, l'aspect de la nature et du
sol, qui varie chaque mois, chaque semaine, offrent
un spectacle plein d'intérêt à tout esprit attentif,
particulièrement à certains enfants intelligents
qui, couchés sur le sein de la bonne mère nature,
n'ont point encore été désenchantés par le sombre
et triste tableau des passions et des émotions humaines.

Le petit comte de Cairnforth était de ce nombre,
et que de fois plus tard, en regardant à travers
toutes les années de sa vie, il se rappela avec douceur ce premier été passé à Cairnforth! Désormais
affranchi de son équipage et de ses longues promenades entre les murs et les toits de la capitale, il
apprit, avec l'aide de Malcolm et d'Hélène Cardross,
à compter le temps d'une manière différente.

D'abord c'était la saison des hyacinthes et des

primevères; puis celles-ci, s'évanouissant, faisaient
place à l'églantine sauvage, l'églantine aux fleurs
rouge foncé, qui appartiennent tout spécialement
à cette partie du pays; puis ensuite dans les bois, —
ses bois à lui, — venait le chèvrefeuille aux sua-
ves parfums, enfin la bruyère sur la lande, cette
fleur de l'Ecosse tout entière, qui couvre les collines et les montagnes de somptueux vêtements de
pourpre et remplit toute l'atmosphère d'aromes bal-
samiques. A ces teintes éclatantes qui se perdaient
peu à peu dans des tons d'un brun rougeâtre, succé-
daient, comme couronnement de la saison, les
ronces avec leurs petites feuilles jaunes et leurs délicieux petits fruits. Qu'il était joyeux, le rude Malcolm, quand après avoir laissé son jeune maître à la
garde de Mademoiselle Cardross, sur quelque riant
coteau, il allait errant au loin et revenait, les mains
toutes déchirées et tout en sang, chargé de mûres
qu'il offrait à l'enfant ravi!

— Il n'est pas malheureux, je suis sûre qu'il n'est
pas malheureux, répétait Hélène souvent à son père,
lorsque, selon sa coutume, M. Cardross tombait
dans des crises d'incertitude et de découragement et
s'imaginait qu'il allait tuer son pupille à force
d'études, ou tout au moins compromettre sa santé
en le laissant travailler autant que son esprit et sa

volonté énergique le portaient à le faire. Faisons-lui seulement aimer la vie, disait Hélène; courte ou longue, qu'elle soit bien remplie, et ce ne sera jamais une vie perdue.

— Hélène, répondait alors le pasteur en caressant les cheveux blonds de sa fille ou en serrant ses grandes mains brunes, des mains actives, utiles, qui n'étaient pas dénuées de quelque beauté, des mains faites pour soigner les enfants, les malades ou pour soutenir la vieillesse, Hélène, vous n'êtes pas bien savante; mais vous êtes une bonne et sage petite femme.

Elle n'était pas jolie, Hélène Cardross; ceci a déjà été dit. Elle avait un visage rond, haut en couleur, tout brûlé du soleil, sans aucun caractère particulier, mais qu'il faisait bon regarder; il faisait bon aussi vivre auprès d'Hélène Cardross. C'était une nature si saine, si complétement à l'abri de tout caprice, de toute fantaisie : les quintes de la mauvaise humeur et de la mauvaise santé, — celle-ci n'est quelquefois due qu'à un caractère malheureux et n'a d'autre cause que l'égoïsme, — lui étaient totalement étrangères, car il n'y avait pas un atome d'égoïsme chez elle. Sa vie était celle de la plante, aussi naturelle, aussi inconsciente, aussi fraîche, aussi pure. Elle recevait toute bonne influence et répandait la sienne sans effort, donnant tout ce qu'elle avait à donner, ne désirant rien de mieux que ce qu'elle possédait, et croissant et prospérant là où Dieu l'avait mise.

Rien d'étonnant que le petit comte l'aimât et que, au contact de cette âme heureuse, la sienne s'épanouît comme elle n'eût pu le faire dans toute autre atmosphère où sans doute elle se fût affaissée sur elle-même, et fût devenue ce quelque chose de triste, d'imparfait, d'inachevé, qui n'a pas de nom. Dans un sens, il est vrai que toute âme se complète seule et agit sur elle-même indépendamment de toute cause; cependant il y a un grand et beau mystère dans la manière dont une vie influe sur une autre vie, quelquefois pour le mal, mais souvent, — beaucoup plus souvent, — pour le bien.

Le petit comte ne fréquentait pas beaucoup les autres enfants Cardross; il les aimait, et évidemment soupirait après leur société; mais c'étaient eux plutôt qui se trouvaient intimidés par sa présence. Quelquefois il permettait à Malcolm de le porter dans leur bateau, et ceux-ci, à leur tour, daignaient le promener pendant de longues heures sur le lac en ramant de toutes leurs forces, mode de locomotion parfaitement agréable au pauvre enfant infirme.

6.

Ce fut même une découverte charmante pour lui que de passer des cahots du grand carrosse ou des épaules de Malcolm sur la poupe de la barque de la cure et de voguer ainsi, doucement bercé sur les ondes paisibles en contemplant les montagnes et les rivages pittoresques. A la vérité, il ne pouvait pas remuer d'un pouce de l'endroit où on l'avait déposé; mais il était là étendu si satisfait, si charmé de tout ce qu'il voyait, qu'il avait vraiment l'air, suivant son expression favorite, d'être heureux comme un roi.

Peu à peu, à l'aide des encouragements et des re-montrances d'Hélène, ses frères finirent par se ré-concilier avec la société du jeune lord et trouvè-rent qu'après tout elle n'était pas si mauvaise, car souvent, quand ils étaient fatigués de ramer et qu'ils laissaient leur barque aller à la dérive dans quelque anse tranquille ou qu'ils jetaient l'ancre paresseuse-ment au milieu du lac, le petit comte prenait la pa-role et racontait des histoires qui captivaient bien-tôt l'attention des fils du ministre. C'étaient soit des fragments des livres qu'il avait lus et qui parais-saient innombrables aux jeunes Cardross, soit, — et il préférait de beaucoup ces histoires, — des con-tes tirés de sa propre imagination. Chose étrange! ces contes étaient toujours du même genre, le

dernier qu'on eût pu attendre de lui : c'étaient de
sauvages aventures, des voyages dans les prairies
de l'Amérique du Sud, des naufrages sur des îles
désertes, des tours de force, des scènes d'équitation
ou de combat; toutes choses, en somme, qui appartiennent à une vie énergique, actions dont l'auteur
n'avait pas ni ne devait jamais avoir, selon toute
probabilité, la moindre expérience. Peut-être
était-ce la raison pour laquelle son imagination s'y
complaisait.

Ses histoires étaient fort appréciées par ceux qui
les entendaient, et ce relief d'admiration qu'il inspirait ne manquait pas d'en augmenter le charme
pour lord Cairnforth; aussi, quand l'hiver arrivait
et que les jours navigables étaient passés, le comte
reprenait-il, le soir, autour du feu ou dans l'impo-
sante bibliothèque du château, ses merveilleux récits d'aventures par monts et par vaux; la jeunesse,
formant un grand cercle, se réunissait autour de sa
chaise à roulettes, et les vieux eux-mêmes s'y glis-
saient parfois furtivement.

— Pourquoi ne les écrivez-vous pas de suite et
par ordre? demandaient souvent les jeunes Cardross,
oubliant ce qu'Hélène, elle, n'aurait jamais oublié.

Alors le jeune comte se contentait de sourire en
regardant ses pauvres doigts informes.

Cependant il était parvenu, après beaucoup de difficultés et d'efforts, à apprendre à tenir une plume, c'est-à-dire qu'il pouvait signer son nom et composer une très-courte lettre à M. Menteith ou à tel autre, ce qui, lorsqu'il devint plus âgé, lui fut utile dans certaines circonstances; mais écrire fut toujours pour lui une grande fatigue. Heureusement qu'à cette époque il était peu d'usage de prodiguer la correspondance. Si lord Cairnforth fût venu au monde un siècle plus tard, peut-être eût-il pu embellir sa triste vie en fixant, dans quelque bel ouvrage, les riches effluves de son imagination et devenir un grand talent littéraire; mais les circonstances étant ainsi données, il se contentait de répéter ses contes pour son propre plaisir et celui des autres : qui sait, d'ailleurs, s'il n'y avait pas là pour lui plus de jouissances que dans la renommée?

La gaieté ne faisait pas défaut dans ses récits; parfois, avec sa manière tranquille et sérieuse, il disait les choses les plus plaisantes et faisait mourir de rire les jeunes Cardross, car il possédait à un haut degré la rare qualité d'apercevoir le côté comique des questions sans que la moindre parcelle de malveillance se mêlât à sa plaisanterie. Son esprit voltigeait d'un sujet à l'autre, aussi brillant, aussi inoffensif que ces feux follets du Nord, qui

dansent pendant les nuits d'hiver sur les montagnes
et le long des lacs. Les garçons du presbytère, solides Ecossais, un peu lourds, qui se transformaient
peu à peu en adolescents, s'étonnaient souvent de
ce que le comte, malgré la vie misérable qu'il menait, fût capable de les égayer au lieu de les at-
trister.

Ils ne se doutaient guère que, seul avec Hélène, et
plus spécialement lorsqu'il sortit de l'enfance, tout
en conservant l'apparence de ce premier âge, lord
Cairnforth laissait souvent échapper des paroles qui
montraient combien il était sensible à sa condition
et à tout ce qu'elle entraînait de pénible. Il était
évident qu'il avait réfléchi sérieusement à l'avenir qui s'ouvrait devant lui. S'il atteignait l'âge
d'homme, comme cela paraissait de plus en plus
probable, sa vie ne pouvait être qu'un long mar-
tyre, rendu plus cruel encore à supporter parce
que, dans ce corps inerte, habitait une âme douée
de facultés plus actives que celles qui sont accordées
au commun des hommes, une âme ouverte à tout
ce qui était beau, noble et grand.

Hélène était sa seule confidente; il était naturellement réservé, et les autres n'avaient pas le don
d'attirer ses épanchements, quelques soins qu'ils y
prissent d'ailleurs. Son existence ne devait-elle pas

être exceptionnellement solitaire? C'était inévitable; ainsi le voulait la nature des choses. Il acceptait donc ce fait et n'essayait ni de s'y soustraire ni de s'en plaindre. Tout en prenant un vif intérêt aux affaires des autres, il ne semblait pas attendre d'eux qu'ils le payassent de retour, et, par une compensation providentielle, son âme paraissait assez forte pour pouvoir se passer de cette sympathie.

Sept années s'écoulèrent de la sorte dans cette vie paisible, sans autres événements que les visites de M. Menteith et du Dr Hamilton; pendant ce laps de temps le disciple du pasteur acquit tout le savoir que son professeur était capable de lui communiquer. Bientôt les relations de maître à élève se transformèrent en celles plus douces de compagnon et d'ami. Ces relations devinrent, pour M. Cardross, si intimes et si précieuses, que, comme la plupart de ceux qui approchaient le jeune comte, il oubliait complétement la triste position de ce dernier, et il trouvait tout naturel de le voir assis dans sa petite chaise, immobile, absolument passif. Cependant l'esprit était toujours éveillé, et, soit au presbytère, soit au château, c'était lui qui tenait la plus grande place dans le cercle de la famille. Consulté par celui-ci, appelé par celui-là, plaisanté par un troisième, auquel il donnait la réplique, il était toujours prêt à assaisonner la conversation d'une joyeuse saillie; ce n'était guère que quand des étrangers l'apercevaient par hasard et qu'ils paraissaient saisis de pitié à son aspect que ses amis s'apercevaient qu'il fût différent des autres personnes.

Un jour, il avait dix-neuf ans environ, Hélène arriva pour le voir et lui porter un message de son père concernant quelque affaire de la paroisse. Elle trouva lord Cairnforth méditant profondément devant une lettre qu'il glissa aussitôt dans sa poche et ce ne fut que lorsque toute la question qui amenait Hélène eut été discutée à fond et résolue, comme cela arrivait souvent entre eux deux, car ils arrangeaient seuls les affaires de la paroisse, que le jeune comte sortit de nouveau la lettre de sa cachette, et qu'il dit, l'agitant dans ses pauvres doigts nerveux:

— Hélène, je désire que vous preniez connaissance de ceci et que vous m'en disiez votre opinion.

C'était une lettre quelque peu pénible à lire, avec le comte assis à côté d'elle et l'observant; mais Hélène avait appris depuis longtemps à vaincre ses impressions. Quant à lui, il était habitué à regarder en face toutes les difficultés.

La lettre était du Dr Hamilton, écrite au retour d'une visite récente de trois jours au château de

Cairnforth. Elle expliquait, après un long préambule dont la substance était que le comte était maintenant assez âgé et assez réfléchi pour qu'on pût aborder avec lui ce sujet délicat, qu'il y avait à Londres un habile mécanicien qui déclarait pouvoir inventer un appareil au moyen duquel lord Cairnforth serait rendu, non pas capable de marcher, cela était impossible, mais infiniment plus indépendant. Pour atteindre ce but, il était nécessaire d'aller à Londres et de se soumettre à beaucoup de dérangements et d'essais, peut-être même à de grandes souffrances physiques.

« Je vous dis cela en dernier lieu, mon cher lord,
« poursuivait le bon docteur, parce que je ne veux
« pas vous tromper, et parce que, autant que je vous
« connais, vous êtes un brave et courageux garçon,
« presque déjà un homme. Je dois aussi vous aver-
« tir que ce n'est là qu'une tentative, et qu'elle peut
« ne pas réussir; mais, dans ce cas, vous n'en seriez
« ni mieux ni plus mal qu'auparavant, sauf le sou-
« venir de ces ennuis et de ces douleurs passa-
« gères ? »

— Et si cela réussissait ? dit Hélène, en baissant la voix lorsqu'elle lui rendit la lettre.

Le comte sourit, — un brillant sourire, plein d'espérance.

— Je serais un peu plus capable d'agir, ma vie serait moins pénible pour les autres et pour moi-même. Eh bien! Hélène, vous ne parlez pas, mais il me semble que vos yeux disent : « Essayez! »

— Oui, mon cher ami, répondit enfin la jeune fille.

Quelquefois, moins fréquemment maintenant, car elle craignait de le blesser en ayant l'air de le traiter comme un enfant, Hélène lui parlait ainsi familiè-rement.

La conversation en resta là. Hélène ne communi-qua à personne ce qui venait de se passer entre eux, elle n'y fit aucune allusion pendant les jours qui sui-virent, quoiqu'elle ne cessât d'y penser; elle en cal-culait avec émotion toutes les conséquences.

Une semaine après, M. Menteith arriva inopiné-ment au château, et après avoir longuement conféré avec M. Cardross, il fut décidé qu'on mettrait à exécution le projet qui paraissait être devenu l'i-dée fixe du jeune comte et que celui-ci partirait immédiatement pour Londres, accompagné de M. Menteith et de ses deux fidèles serviteurs.

Un pareil voyage était bien différent à cette époque de ce qu'il est aujourd'hui, et pour un voyageur in-firme comme l'était lord Cairnforth, les difficultés en étaient doublées. Il devait accomplir tout le

7

trajet en poste, dans une voiture disposée exprès pour lui, et où il pût au besoin passer la nuit, car les mauvaises auberges étaient inabordables pour une personne dans son état. Né dans une autre position de fortune, il est probable qu'il eût succombé, par suite des fatigues physiques qu'on n'aurait pu lui épargner.

Heureusement on était en été, ce qui facilitait bien les choses. Il différa son départ jusqu'après la célébration de sa fête : « Car, disait-il avec un sourire de mélancolique indifférence, il est possible que je ne la célèbre plus à Cairnforth. » Enfin on partit, lui avec son air de sérénité habituelle, M. Menteith et mistress Campbell pleins d'anxiété, et Malcolm accablé des plus sinistres appréhensions.

Il sembla à Hélène et à son père, quand après lui avoir fait leurs adieux, ils suivirent tristement du regard l'équipage qui franchissait lentement les cours du château, qu'ils voyaient le comte se mettre en route, non vers Londres, mais vers l'autre monde.

Ce ne fut que lorsqu'il se fut éloigné qu'ils reconnurent combien il leur manquait ; dans le parloir de la cure, où la chaise roulante du comte avait sa place fixée, dans le petit jardin où les roues de cette chaise avaient laissé leur empreinte sur les allées sablées et où Hélène ne pouvait se résoudre à les effacer, dans son banc à l'église, où M. Cardross était habitué chaque dimanche à rencontrer son visage intelligent et sympathique, partout ils le cherchaient en vain. Le bon pasteur avait cessé depuis longtemps de redouter sa visite quotidienne au château ; au contraire, une heure ou deux tranquillement passées dans la bibliothèque, à former avec lord Cairnforth des plans pour l'embellissement et l'achèvement de cette pièce si remarquable, composaient une de ses plus douces récréations.

— Père, quel vide nous a laissé son départ ! s'écriait Hélène, comme elle se promenait un jour avec le ministre dans les bois de Cairnforth. Qui aurait jamais pu s'imaginer de quel prix il serait pour nous ?

— Oui, en effet, qui l'aurait jamais pensé ? répondit M. Cardross qui précisément à cette heure se reportait par la pensée à vingt ans en arrière, alors que suivant ces mêmes sentiers, il se demandait pourquoi la Providence avait envoyé ce pauvre enfant dans le monde et s'il n'eût pas mieux valu pour lui être couché sur le sein glacé de sa mère, cette belle jeune mère dont les traits calmes et purs, sur l'oreiller de son cercueil, étaient toujours présents à la mémoire du pasteur.

« Fais-moi tomber dans les mains de l'Eternel et non entre celles des hommes, » c'est là, Hélène, une sage maxime du roi David, murmura le digne homme revenant au présent et songeant à une longue narration que lui avait récemment faite M. Menteith, des ennuis que lui causaient les Bruce.

Puis, pensant aussi aux querelles intestines qui surgissaient quelquefois dans sa paroisse et qu'il était chargé d'apaiser :

— N'est-il pas singulier, ma chère enfant, d'observer quelle merveilleuse paix on goûte souvent au milieu des plus grands maux ? Qu'ils sont différents de ces petites misères que nous nous causons à nous-mêmes !

— Oui, je le crois comme vous, mon père. Mais, dites-moi, quelle opinion avez-vous de ce voyage à Londres ? Il est impossible de savoir ce qui en résultera. Cependant, il était légitime de le tenter; vous-même, il me semble, vous l'avez encouragé.

— En effet.

Et la brave et pratique Hélène, se disant que la chose était maintenant accomplie, ne répliqua rien de plus; elle jugea qu'il était raisonnable de faire taire ses inquiétudes et ses perplexités.

Personne ne fut surpris de voir plusieurs semaines s'écouler sans qu'on eût aucune nouvelle des voyageurs. Enfin M. Menteith écrivit : il annonçait leur arrivée à Londres, ce qui répandit une grande joie dans toute la paroisse, car, naturellement, chacun savait où était lord Cairnforth; plusieurs même connaissaient les motifs qui avaient provoqué cette absence; aussi ne se passait-il pas de semaine que quelques paysans du domaine, sans en excepter ceux qui vivaient au delà des montagnes et de l'autre côté de la petite péninsule, ne fissent plusieurs milles dans l'unique but de s'informer à la cure si l'on avait des nouvelles récentes de Milord.

Mais elles se bornèrent à celles que contenait la première lettre; du reste, on n'en attendait pas d'autre. M. Menteith devait avoir repris le chemin d'Edimbourg, et personne, à cette époque où le timbre-poste était inconnu, ne se complaisait à la correspondance. Hélène se disait bien par moments avec une vague tristesse que si le comte avait eu une bonne nouvelle à donner, il l'eût sûrement communiquée, tant il était porté à rendre les autres heureux.

Les longs crépuscules de l'été touchaient à leur fin, et une ou deux rafales de l'équinoxe avaient déjà fouetté les eaux du lac, les faisant ressembler « à de sauvages et blancs coursiers, » et cependant lord Cairnforth ne revenait pas. Enfin, un lundi soir, Hélène et son père, en rentrant chez eux, après une absence de trois jours consacrés à la communion de septembre dans une paroisse voisine, aperçurent, en s'approchant du bac, les fenêtres du château qui brillaient sur l'autre rive.

— Oh! mon père, je crois que lord Cairnforth est de retour! s'écria Hélène.

— Oui, Miss Hélène, dit Duncan le batelier, Sa Seigneurie a passé avec moi aujourd'hui et m'est avis, Monsieur le pasteur, ajouta le vieillard confidentiellement, que vous feriez bien de monter au château, d'aller le trouver un petit moment, car c'est mon opinion que Milord revient absolument de même qu'il est parti, ni pis, ni mieux.

— Qu'est-ce qui vous fait croire cela, Duncan? a-t-il laissé échapper quelque parole qui puisse vous le faire supposer?

— Pas un mot; il a seulement dit : « Comment allez-vous aujourd'hui, Duncan? » puis il s'est assis d'un air sombre en regardant les montagnes et le lac, et deux grosses larmes ont roulé sur sa pauvre et pâle figure; il est devenu de plus en plus maigre, et il est blanc, voyez-vous, comme ce linge (Duncan désignait le mouchoir du pasteur). Alors j'ai dit : « Milord, c'est fièrement bon de revoir Votre Seigneurie; vous ne vous en irez plus de sitôt à Londres, j'espère? » — Oh! non, non, a-t-il dit, non, Duncan; je suis mieux, bien mieux à la maison! — Et quand Malcolm l'a emporté, il a poussé un petit cri comme s'il lui faisait mal. Ah! Monsieur le pasteur, je voudrais avoir tous ces docteurs de Londres là sous la main, auprès du lac, grommela Duncan entre ses dents et en ramant avec énergie.

M. Cardross garda le silence.

Hélène et son père, sans échanger un mot, rentrèrent à la cure; puis, n'y trouvant aucun message pour eux, ils reprirent aussitôt le chemin du château.

# CHAPITRE VI

# CHAPITRE VI

La pénétration du vieux Duncan était justifiée :
le voyage de Londres, ce voyage si pénible, si difficile, avait été sans résultat. Lord Cairnforth revenait exactement dans le même état; l'expérience
n'avait pas réussi. Hélène et son père comprirent
cela à première vue lorsqu'ils le trouvèrent assis
sur son fauteuil, dans son coin favori de la bibliothèque; il les reçut avec un sourire, le même sourire, absolument comme s'il venait de les quitter.

— Est-ce bien vous, Monsieur Cardross? et vous
aussi, Hélène? Que vous êtes bons tous deux de
venir me voir sitôt!

Mais en dépit de cette réception animée, ses amis
s'aperçurent bien vite de l'expression de souffrance
qui était empreinte sur le pauvre pâle visage.
Ainsi que l'avait dit Duncan, lord Cairnforth était
en effet d'une pâleur extraordinaire. Il avait les
joues amaigries et flétries comme celles d'un homme

vieilli. Le changement était d'autant plus frappant qu'un léger duvet couvrait maintenant ses joues et son menton ; une expression de mâle maturité répandue sur l'ensemble de sa physionomie en rendait le contraste plus étrange avec son frêle corps d'enfant, ni moins infirme, hélas ! ni moins dépendant que par le passé ! Décidément, l'essai avait totalement manqué.

La chose était tellement évidente que ni M. Cardross ni sa fille n'osèrent faire la moindre question à cet égard, et instinctivement ils maintinrent la conversation sur toutes sortes de lieux communs : le voyage, les merveilles de Londres d'une part et de l'autre les petits événements qui avaient eu lieu dans le paisible village de Cairnforth pendant trois mois d'absence.

Ce fut lord Cairnforth qui, le premier, mit fin à toute hésitation et alla au-devant de leur embarras en abordant le pénible sujet.

— Oui, dit-il, avec effort, et avec un triste sourire, je suis d'accord avec le vieux Duncan : je ne retournerai jamais à Londres, je resterai ici et finirai mes jours au milieu de vous, au milieu des miens.

— Ce sera un grand bonheur pour eux, observa le pasteur avec affection.

— Croyez-vous? Eh bien! nous verrons, je ferai ce que je pourrai pour qu'il en soit ainsi ; mais je ne suis toujours que ce que j'étais avant mon départ, comme l'a dit le pauvre docteur Hamilton, et il en est bien désolé!

M. Cardross ne demanda pas de quoi le docteur était désolé; il se tourna vers la table et commença à couper activement les feuillets d'un livre. Quant à Hélène, elle s'approcha silencieusement du fauteuil de lord Cairnforth et posa sa douce main sur la sienne maigre et décharnée.

Les larmes jaillirent alors des yeux du jeune comte :

— Ne m'en parlez pas, murmura-t-il; tout est fini à présent, mais cela a été bien cruel.

— Je le sais.

— Oui, c'est-à-dire vous le savez en partie.

Hélène resta muette, accablée sous la conscience du lourd fardeau de souffrances dont il avait plu à Dieu de charger une seule de ses créatures, souffrances devant lesquelles ceux qui l'aimaient le plus tendrement ne pouvaient que se tenir à distance et les contempler sans qu'il leur fût possible de les soulager.

— Oui, reprit-il, tout est fini; je n'ai plus besoin de tenter de nouvelles expériences, je vais mainte-

nant me tenir tranquille. Je n'ai plus qu'à me soumettre.

Les détails du traitement qu'il avait subi, combien de douleurs physiques il lui en avait coûté, et
contre combien de douleurs morales il avait dû
lutter pour en arriver à une amère déception, il
épargna ce récit à Hélène. Il tourna la conversation vers les ouvrages que M. Cardross était en
train de parcourir, parla des nouvelles publica-
tions, dont il avait apporté une voiture pleine pour
le ministre, et ce fut tout. Ni dans cette première
entrevue, ni depuis, il ne fit d'allusions à son voyage
de Londres.

Cependant il n'échappa point à l'observation
d'Hélène que, pendant un fort long espace de temps,
des semaines, des mois même, il évita tout entretien qui pouvait attirer l'attention sur lui : il était
légèrement irritable. On remarquait de grandes variations dans son humeur; il se tenait enfermé dans
son château, lisant, ou paraissant lire, du matin au
soir; cet état dura jusqu'à ce qu'une maladie passagère de M. Cardross l'eût en quelque sorte forcé
de reparaître à la cure; alors il revint à ses anciennes habitudes, reprit ses études avec le pasteur
et ses promenades avec Hélène; ces dernières
avaient lieu soit en voiture, soit dans sa chaise à

roulettes, car il cessa désormais d'aimer à être porté par Malcolm.

— Je suis homme à présent ou au moins devrais-je l'être? dit-il un jour pour expliquer ce changement : après quoi personne ne fit plus de remarques sur ce sujet. Malcolm garda sa place de compagnon fidèle du comte, ne le quittant pas plus que son ombre, et presque aussi silencieux qu'elle.

L'année suivante apporta une transformation importante dans la personne de lord Cairnforth. Il n'avait guère grandi, car jamais sa taille ne dépassa celle d'un garçon de dix ou douze ans; mais le charme enfantin de son visage avait disparu; ses traits s'étaient allongés et formés; ils devenaient peu à peu ceux d'un jeune homme; une barbe noire, douce et frisée donnait du caractère à sa belle tête. Bien loin d'avoir cette expression pénible si souvent empreinte sur le visage des personnes difformes, on l'aurait volontiers comparée à une de ces têtes de jeunes martyrs qu'on admire en si grand nombre en Italie; et il aurait pu poser pour un de ces Saint-Sébastien que nos peintres célèbres se sont tant complu à reproduire; une teinte de mélancolie voilait ses regards et son front quand il était immobile; mais la conversation les illuminait promptement et sa figure alors était une des plus souriantes et des plus sereines qu'on pût voir.

Hélène Cardross contribuait plus qu'une autre à dissiper ce voile sombre; personne ne pouvait être triste longtemps auprès d'elle; cependant que d'efforts il lui fallut, après le voyage de Londres, pour réussir à ramener la sérénité dans cette âme blessée! Peu à peu, avec son aide, et aussi par sa propre force de volonté, le comte parut secouer le sentiment d'amertume que la perte de ses espérances lui avait inspiré; il revint à lui-même, à sa nature joyeuse; ce n'était plus la gaieté d'un enfant, mais l'égalité d'humeur d'un homme réfléchi.

Son éducation pouvait être considérée comme terminée; il l'avait poussée jusqu'aux dernières limites auxquelles M. Cardross pût la conduire; mais l'élève insista pour lui conserver nominativement et pécuniairement sa position au château.

Que d'heures le bon ministre et lui passaient maintenant dans la bibliothèque, occupés à classer les livres qui venaient remplir du plancher au plafond les innombrables rayons de ce magnifique meuble! Qu'il était heureux, M. Cardross, de pouvoir satisfaire son goût pour les livres, cette marotte de sa jeunesse! A chaque nouvelle caisse qui arrivait, ses yeux un peu

ternis par l'âge, car il commençait à avoir l'apparence d'un vieillard, s'éclairaient d'un feu nouveau. A son ardeur juvénile, le comte et Hélène
souriaient avec affection. Celle-ci n'était pas la dupe
de toutes ces tendres ruses; elle attachait alors ses
regards sur lord Cairnforth avec émotion; il se donnait l'air d'être si parfaitement heureux dans son
fauteuil, examinant les ouvrages, dirigeant leur clas-
sement, s'informant de tout, mais toujours sans
agir. Hélas! que pouvait-il faire? Un témoin inattendu de ces scènes aurait bientôt découvert le lien
secret qui unissait ces trois paisibles vies, secret
béni par lequel il leur était donné de se communiquer réciproquement ce qui leur manquait, et d'être,
par la sympathie la plus délicate, le mutuel soleil de
leurs âmes.

En dehors des habitants de la cure, le comte
n'avait aucune relation et ne semblait pas en désirer. Son rang l'élevait au-dessus des petits proprié-
taires; ceux de ces derniers qui habitaient à une
distance assez rapprochée du château n'avaient jamais essayé de lui faire visite. De temps en temps,
un passant était apparu, attiré par une curiosité mal
déguisée, et Madame Campbell avait toujours trouvé
des raisons ingénieuses pour ne pas la satisfaire;
l'excessive timidité de lord Cairnforth et sa répu-

gnance à paraître devant des étrangers avaient fait
le reste. Il est surprenant combien peu le monde
s'inquiète de cultiver ceux dont il n'a rien à tirer : aussi le groupe peu nombreux des personnes
établies à Cairnforth, ainsi que son chef presque
invisible, cessèrent bientôt d'être un objet d'intérêt
pour qui que ce fût, au moins dans la sphère de la
société où le comte aurait été appelé à se mouvoir.

Pour ses fermiers et ses vassaux épars sur les
rives des deux lacs, sa longue minorité, sa mystérieuse épreuve, avaient fait de lui presque un
inconnu. Ils avaient la coutume, à la Pentecôte et à
la Saint-Martin, de payer leurs termes à M. Menteith, de s'informer de la santé de Milord et de
boire en son honneur force rasades de wiskey; quant
à Milord lui-même, ils ne le voyaient jamais, aussi
leurs sentiments pour lui étaient-ils mêlés de respect et de crainte.

Il en était autrement des voisins immédiats
du comte, des humbles habitants du « clachan. »
Ceux-ci, pendant les neuf dernières années qui
s'étaient écoulées, s'étaient graduellement familia-
risés avec la petite figure enfantine que Malcolm
portait si tendrement dans ses bras, et plus tard
avec cette forme toujours dissimulée au milieu d'amples manteaux et promenée dans une chaise-poney

par le même Malcolm, parfois par Miss Cardross. A
l'église, en particulier, quoiqu'il y fût soigneusement conduit le premier et qu'il en sortît après
toute la congrégation, son aimable et doux visage
était connu de tous, et les enfants apprenaient de
bonne heure à tirer leur chapeau devant Milord.

Ses biens déjà immenses s'accumulaient chaque
année, confiés à la direction exclusive de M. Menteith; le comte lui-même n'y prenait aucun intérêt.
Comment aurait-il pu se rendre populaire parmi les
paysans, à la façon des précédents héritiers de Cairnforth, qui allaient et venaient au milieu d'eux,
chassant et se livrant au plaisir de la pêche ou de
l'équitation? Aussi ses fermiers les plus éloignés
ne se rappelaient-ils guère plus son existence que
lui-même ne s'inquiétait de la leur, lorsque, quelques mois avant sa majorité, un de ces incidents
indifférents par eux-mêmes, mais qui souvent dé-
terminent des changements importants, vint im-
primer un autre cours à la carrière du jeune lord.

C'était précisément le jour du payement des
fermages. On avait attendu M. Menteith toute la
journée, mais en vain. Le comte venait de faire une
longue promenade avec Hélène et M. Cardross
dans les bois de Cairnforth : les narcisses commen-

çaient à succéder aux perce-neige; l'alouette faisait
déjà entendre ses notes joyeuses, prélude plein d'espérance du printemps à son aurore, du déploiement
de toutes les richesses et de toutes les gloires de la
création. La petite société éprouvait ce sentiment
doux et vague qui éveille dans l'âme, surtout quand
on est jeune, toutes sortes d'aspirations vers un inconnu plein de charmes... hélas! se réalisent-elles
jamais? Tous trois étaient assis et causaient ami-
calement dans la bibliothèque autour d'un feu que
l'on endurait encore très-bien.

— Comme Alick va nous manquer! disait Hélène en se reportant au sujet qu'avait en ce moment
fort à cœur toute la famille : le départ du fils aîné
pour l'étude de M. Menteith, à Edimbourg.

Ce n'était pas un garçon bien instruit; mais il
avait du bon sens, de l'application et il était doué
d'un esprit naturel qui pouvait suppléer à bien des
lacunes; le pasteur, quoiqu'il se fût souvent la-
menté du peu de latin et de grec que possédait son
fils, le comparant désavantageusement avec le
comte, n'en était pas moins fier de son Alick, ni
moins plein d'une confiance anticipée en cet héritier
de son nom; il comptait bien qu'Alick le porterait
honorablement, ce nom irréprochable, dans un
cercle du monde plus étendu que le sien, et qu'il le

transmettrait intact à une troisième génération.

— Oui, ajouta M. Cardross, après qu'on eut fait
et défait d'innombrables châteaux en Espagne fondés sur l'avenir d'Alick, je ne nie pas que mon fils
ne soit un bon garçon. Il est l'espoir de la famille
et il le sait. L'argent qu'il gagnera d'ici à longtemps ne sera pas lourd, il faudra qu'il travaille du
matin au soir pour l'obtenir; mais cette perspective
ne l'effraye pas : il en a plutôt l'air content.

— Ce n'est pas étonnant, on doit être si heureux
de travailler! dit avec un soupir le jeune comte de
Cairnforth.

Hélène se reprocha d'avoir laissé prendre cette
tournure à la conversation; ces allusions pénibles
étaient inévitables, car leur longue familiarité avec
le comte leur faisait naturellement oublier qu'il y
avait des devoirs, des jouissances et des travaux
dans le monde qui ne seraient jamais pour lord
Cairnforth qu'un mot, un mot dépourvu de sens.
Après avoir considéré d'un regard affectueux l'expression, non pas triste, mais grave, qu'elle avait
provoquée sur ce cher visage, Hélène reprit :

— Voyez comme mon père est heureux au milieu
de tous ces livres que vous avez rassemblés pour
lui! Votre projet de terminer l'arrangement de la
bibliothèque fait le bonheur de sa vie.

— Vraiment? j'en suis enchanté, répondit le comte, dont la figure s'éclaira subitement; comme c'est heureux que j'y aie pensé!

— Vous pensez toujours à tout ce qui peut faire plaisir aux autres, dit Hélène doucement.

— Merci! dit-il; et le nuage passa.

Quelquefois Hélène aimait à se représenter quel homme distingué, actif, généreux et sage eût été le comte s'il avait ressemblé aux autres hommes. Qui ne sait que les circonstances créent et développent les caractères? On devine souvent, dans l'inaction même, des qualités qui ne demandent qu'une occasion pour se montrer.

— Hélène, reprit au bout d'un instant lord Cairnforth en rapprochant sa chaise à roulettes tout près de celle de la jeune fille, — un des perfectionnements qu'il avait rapporté de Londres, et une de ses joies, c'était un fauteuil qu'il pouvait facilement manœuvrer seul, — je me demande si, il y a trente ans, votre père prenait autant de plaisir aux livres. Croyez-vous que quelqu'un puisse remplir sa vie uniquement avec la lecture et l'étude?

— Je n'en sais rien, je ne suis pas très-instruite moi-même, vous savez.

— Ah! si; vous avez des moyens pratiques, et Alick vous ressemble en cela. Ah! qu'il doit être heureux, Alick! S'en aller dans le monde avec tant d'occupations devant soi! Qu'il avait l'air joyeux ce matin!

— Il ne voit que le côté riant des choses, il est encore si enfant!

— Pas tant, il a un an de plus que moi.

Hélène ne sut guère que répondre; elle devinait trop bien quel était, en dépit de ses efforts, le courant que reprenaient les idées du comte. Hélas! elle ne les avait elle-même que trop souvent, ces idées. Que de fois elle observait avec tristesse son regard fatigué ou distrait, tandis qu'il essayait de fixer son attention sur les discours ou les lectures de M. Cardross! Comment combler la distance entre les soixante ans de l'un et les vingt ans de l'autre? Sa vie, à lui qui avait soif de connaître les hommes et les choses, commençait pleine d'ardeur; tandis que son précepteur s'avançait dans la vieillesse et que son âme entière était comme penchée sur les ossements desséchés de l'antiquité : il y avait entre eux, en un mot, toute la différence qui sépare l'étudiant du savant, de celui qui, en possession d'une certaine mesure de science, ne s'en sert plus que comme un moyen de se perfectionner et de compléter son existence.

Hélène sentait tout cela avec son instinct féminin

si prompt et si sûr; mais elle ne pouvait cependant entièrement définir cette situation. Elle en était à formuler d'une manière un peu confuse cette théorie : que toute personne devait toujours rencontrer l'occupation qui lui était propre, pour laquelle elle était faite et y trouver sa satisfaction, lorsqu'à son grand soulagement Malcolm entra. Malcolm, ce personnage si indispensable à son maître, allait et venait sans que celui-ci, ni qui que ce fût, y prît garde; mais, dans ce moment, il sembla à Hélène qu'il lui faisait des signes particuliers. Lord Cairnforth s'en aperçut presque en même temps.

— Que se passe-t-il? Malcolm. Parle, ne me cache rien, je ne suis plus un enfant!

Il y avait précisément dans l'inflexion et le ton de sa voix le degré de commandement nécessaire pour faire obéir Malcolm.

— Je ne voulais pas vous déranger, Milord, c'est seulement ce pauvre vieux homme Douglas Mac Dougal, du bout du Loch Mhor, une pauvre vieille tête sans cervelle, qui prétend avoir un mot à dire à Votre Seigneurie; mais je lui ai répondu que vous ne pouviez pas voir ses pareils.

— Ce n'était ni aimable ni juste, Malcolm, surtout dit à un vieillard! Où est-il?

— Il est devant la porte. Ah! le voici qui entre,
le drôle mal élevé! s'écria Malcolm en colère, et il
se plaça au devant de l'importun.

Ce dernier était un homme grand, décharné, enveloppé dans le plaid des bergers, ayant son béret
enfoncé sur sa tête grisonnante, d'un air d'indépendance opiniâtre; il avait quelque chose de
rude et de grossier dans toute sa personne, un
air hérissé, épineux comme un vrai chardon écossais. Cet extérieur est celui de presque tous les
paysans de ces contrées; mais pénétrez sous l'é-
corce, et vous trouverez un cœur d'homme, chaud
et loyal.

— Je ne suis pas un effronté, j'ai seulement par-
couru la grande maison pour trouver Milord, dit le
vieillard en secouant Malcolm par les épaules avec
une force que ses soixante et dix ans ne semblaient
pas comporter. Je ne souhaite de mal à personne;
mais il faut que je parle au « laird. » Ce n'est pas un
gamin maintenant, il aura vingt et un ans le
30 juin. Je me rappelle bien la date, car ma femme
est accouchée de son dernier né le même jour que
la comtesse, et notre Dougal est un fameux com-
père à présent, allez. Si le « laird » est seulement
sain d'esprit, ce dont bien des gens doutent, il doit
être capable aujourd'hui de m'entendre. Oui, il faut

8

que je lui parle à lui-même, à moins qu'il ne lui manque quelque chose dans la tête.

— Voulez-vous bien vous taire, misérable! s'écria Malcolm, lui coupant la parole avec indignation; ne voyez-vous pas Milord?

Le vieux berger recula d'un pas, car, dans cet instant même, une flambée subite dans l'âtre lui découvrit, assis dans l'angle de la cheminée, le petit être que désignait Malcolm. Cette personne, appelée Milord, était soigneusement habillée, d'après la mode des seigneurs du temps, d'un riche costume de velours noir; des bas de soie de même couleur, d'élégantes chaussures couvraient ses pieds inertes, et de blanches manchettes de dentelle cachaient ses poignets et ses mains déformées.

— Oui, c'est moi qui suis le comte de Cairnforth; qu'avez-vous à me dire?

Il fut si troublé, ce rude berger, qui avait passé toute sa vie dans les bruyères et n'avait jamais vu ni imaginé un spectacle aussi triste que celui-là, qu'au premier moment il ne put trouver un mot; il recula d'un pas puis il dit d'un ton humble et confus :

— Je demande bien pardon à Votre Seigneurie; mais je ne savais pas....., je ne veux pas la déranger aujourd'hui.

— Mais vous ne me dérangez pas du tout.
M. Menteith n'est pas encore arrivé, et je ne connais pas grand'chose aux affaires; cependant, si
vous désirez me parler, faites-le; je suis lord Cairnforth.

— Vraiment? dit le berger, évidemment encore
si étonné, qu'il en oublia son respect féodal pour
son supérieur. Etes-vous vraiment l'enfant de la
comtesse? Vous devez avoir précisément l'âge de
notre Dougal. Dougal est un des gardes-chasse,
vous savez? Ah! quel brave garçon! il a six pieds de
haut, vous l'avez peut-être remarqué?

— Non, mais j'aimerais le connaître; et vous-
même, vous êtes sans doute un de mes fermiers.
Que désirez-vous de moi?

Encouragé par cette voix bienveillante et poussé
d'ailleurs par l'intérêt qui reprenait peu à peu le
dessus, le vieux Dougal raconta son histoire : toujours la même, hélas! des moutons perdus sur les
montagnes, un malheur succédant à un autre, enfin une trop nombreuse famille, de petits enfants
orphelins de son fils laissés à sa charge, jusqu'à ce
que, tombé dans un véritable abîme de pauvreté, il
lui fallût avoir recours aux soupes de la paroisse.
C'était le tableau d'une misère telle que jamais le
comte, dans sa vie renfermée, n'en pouvait avoir vu

de semblable. Et pourtant le vieillard, dans sa fierté native, ne demandait rien que la remise d'une année de fermage après avoir payé honnêtement et régulièrement ses redevances pendant toute sa vie. Cette résignation silencieuse, cet indomptable courage, qui font qu'un mendiant est chose si rare en Ecosse, l'avaient soutenu jusqu'au bout.

Le comte paraissait profondément ému; naturellement il accorda tout ce qui lui était demandé et renvoya heureux et reconnaissant le vieux berger; mais longtemps après le départ de Douglas Mac Dougal, il resta pensif et grave.

— Se peut-il vraiment qu'une telle situation existe sur mes domaines et que je l'ignore? Dites-moi, Hélène, sont-ils nombreux parmi mes paysans ceux qui sont aussi pauvres que cet homme? Ils sont à moi, j'en ai la responsabilité, puisque la terre m'appartient?

— Hélas! oui, ils sont nombreux, quoique mon père les visite et autant que possible les soulage. Dougal est en dehors de sa paroisse, autrement il l'eût connu. Mon père connaît toutes ses ouailles et a soin de chacune d'elles.

— C'est ce que je devrais faire; oui, c'est ce que je ferai quand je serai plus âgé, reprit le jeune comte d'un ton sérieux.

— Cela vous sera facile quand vous aurez atteint votre majorité et que vous serez entré en possession de vos domaines.

— Sont-ils très-vastes ? car je n'en ai jamais entendu parler, et s'il faut dire la vérité, je ne m'en suis jamais informé.

— Ils sont immenses.

— Voyons, montrez-moi quelles en sont les limites : voici la carte.

Hélène la prit et dessina avec un crayon les bornes des terres de Cairnforth ; elles s'étendaient tout le long de la presqu'île, puis bien au delà dans l'intérieur de la contrée.

— Voyez, lord Cairnforth, tout ce territoire est à vous.

— Pour en disposer comme il me plaît?

— Oui, sans doute.

— C'est là une très-grande, très-sérieuse responsabilité.

Son interlocutrice garda le silence.

— Qu'il est étrange, continua-t-il après une pause, que tout cela m'ait réellement appartenu dès le premier instant de ma naissance! Et quand je serai majeur, il me faudra prendre soin de toute cette propriété, la diriger comme il me plaira, comme je pourrai?

8.

— Certainement, et je suis convaincue que si vous essayez, vous réussirez parfaitement.

Ce n'était pas la première fois qu'Hélène avait réfléchi à ces choses, car n'étant ni très-instruite, ni très-poétique, n'ayant pas le moindre fonds de légèreté ou d'égoïsme, son esprit, dans ses heures de loisir, était généralement occupé du côté pratique des questions, surtout quand ces questions concernaient ceux qu'elle aimait.

— *Essayer* devrait être la devise des Cardross, en tout cas la vôtre, répondit lord Cairnforth en souriant; j'aimerais la prendre au lieu de la mienne, « *Virtute et fide*, » qui m'est de peu d'utilité. Comment pourrais-je être, moi, brave et fidèle?

— Vous pouvez être l'un et l'autre, et vous le savez bien, dit doucement Mademoiselle Cardross.

Plus tard Hélène se souvint de ses paroles et comment elles furent réalisées.

Quelques instants après, tandis que le ministre était plongé dans ses livres chéris, le jeune comte ramenait Douglas Mac-Dougal sur le tapis.

— Le vieux bonhomme avait raison : si je dois jamais avoir de l'esprit, il est temps de le montrer. J'ai presque vingt et un ans; il y a longtemps que les autres sont des hommes à cet âge, et je veux être un homme. Pourquoi pas? la virilité n'est pas seulement dans l'extérieur. Il y a, je n'en doute pas, plus d'un lâche et d'un imbécile ayant six pieds de haut?

Hélène fit un signe d'acquiescement.

— Et si je n'ai pour moi que ma tête, je crois qu'elle vaut autant que celle de mes voisins. Ils ne peuvent pas dire maintenant qu'il me manque quelque chose dans le cerveau. Allons, Hélène, n'ayez pas l'air si indigné, le pauvre homme n'avait pas mauvaise intention, c'était tout naturel de sa part; mais, je le sens, Dieu m'a laissé de quoi être reconnaissant envers lui !

En prononçant ces dernières paroles, le jeune comte releva la tête avec un geste plein de noblesse; ses yeux lancèrent des éclairs sous leurs longs cils. C'était bien un front d'homme qu'ornaient ces noirs sourcils, et tout observateur attentif pouvait lire dans ces lignes larges, accentuées, le jugement solide, l'active énergie et l'indomptable persévérance qui font l'homme véritable; dépourvu de ces qualités, l'individu le plus robuste n'est qu'un être nul, un corps sans âme.

— Je me demande comment il me sera possible de diriger mon domaine. Ce devoir vous le savez, ne sera pas aussi facile pour moi que pour un autre, ajouta-t-il tristement; cependant, si j'avais un se-

crétaire, un homme connaissant à fond l'affaire, qui
pût me donner des explications et me mettre au courant de tout, peut-être, en l'ayant continuellement
à mes côtés, réussirais-je à accomplir ma tâche.
Puis il m'est beaucoup moins pénible maintenant
de me promener en voiture, il me sera donc possible
de parcourir tout le pays, de me familiariser avec
mes paysans, de connaître leurs besoins, et de m'en-
quérir comment je puis leur être utile. De leur côté,
ils s'habitueront à moi ; avec le temps, je prendrai intérêt à l'amélioration de mes terres, et je deviendrai
un « laird » tout à fait respectable.

— Il y a, pour le devenir, des raisons très-ur-
gentes, je le sais, répliqua Hélène.

Et elle répéta une conversation qu'elle avait
entendue dernièrement entre son père et M. Menteith. Celui-ci avait décrit longuement les grands
changements qui étaient décrétés pour le paisible
Cairnforth : comment un bateau à vapeur allait
parcourir le lac, comment de nouvelles terres allaient être défrichées, distribuées aux populations,
et comment tous ces bouleversements amèneraient
le propriétaire du sol à opérer des réformes considérables et à réaliser de nouvelles améliorations ; il faudrait créer des routes, construire de
nouvelles fermes, des églises, des écoles, etc.

— En somme, continua-t-elle, M. Menteith a déclaré que le monde était en train de se transformer si rapidement, que le lord actuel de Cairnforth serait bien loin d'avoir la vie facile de son père et de son grand-père.

— Vraiment, c'est là ce que M. Menteith a dit? s'écria le comte avec animation.

— Oui, certainement, je l'ai entendu de mes oreilles.

— Et paraissait-il croire que je serais capable de mener à bien ces entreprises?

— Je ne sais, répondit la véridique Hélène avec une légère hésitation. Il n'a point exprimé d'opinion ni dans un sens, ni dans l'autre; il a simplement dit que ces travaux devraient être accomplis.

— Eh bien, j'essayerai et, Dieu aidant, je les mènerai à bonne fin.

Le jeune comte prononça ces paroles avec calme; mais ses yeux brillaient et ses lèvres tremblaient.

Hélène, très-émue, lui prit la main.

— J'ai toujours affirmé que vous étiez courageux; cependant, il vous faut y réfléchir à deux fois, car c'est une lourde responsabilité. M. Menteith a assuré à mon père que cette tâche emploierait toutes les forces d'un homme pendant vingt ans.

— Je me demande si j'ai ce temps-là devant moi? Quoi qu'il en soit, je suis enchanté, Hélène, cela vaudra la peine de vivre.

# CHAPITRE VII

# CHAPITRE VII

Cette phrase de Malcolm « Quand Milord a mis quelque chose dans sa tête, c'est qu'il y tient, vous savez, » se trouva par la suite aussi vraie, aussi pleinement justifiée que lorsque le comte était enfant.

M. Menteith s'aperçut à peine comment la chose eut lieu ; il s'y était d'abord opposé, regardant les infirmités de son pupille comme un obstacle insurmontable à ce qu'il pût s'occuper de la direction de sa fortune : mais un jour ou deux suffirent à lord Cairnforth pour se mettre au courant de tout ce qui concernait le règlement des fermages ; il se rendit un compte exact de l'étendue de ses domaines, il voulut savoir comment ils étaient divisés, à qui ils étaient affermés ; et le jour du terme, il proposa lui-même, avec un effort visible qui toucha profondément le vieil avoué, d'assister à côté de lui aux payements que les tenanciers venaient faire entre ses mains. Il voulait se faire ainsi connaître personnellement de chacun d'eux.

Plusieurs de ceux-ci témoignèrent, comme Douglas Mac-Dougal, une grande surprise à la vue de ce petit être difforme, le dernier descendant des nobles comtes de Cairnforth, dont l'aspect contrastait d'une manière si lamentable avec la haute stature de son père et la tournure élégante de sa jeune mère, qu'ils avaient tous connus; mais le premier étonnement passé, ils subirent bientôt le charme de ce sérieux et doux visage et n'emportèrent que le souvenir des observations sensées et intelligentes par lesquelles le nouveau maître sut montrer son autorité et qui toutes indiquaient une finesse, une pénétration à laquelle M. Menteith lui-même n'était pas préparé. Ce dernier en fit l'aveu quand la séance fut levée, aveu qui fit sourire le jeune comte évidemment très-flatté.

— J'espère qu'ils ne diront plus que je suis « toqué, » répondit-il.

Et le soir en causant avec Hélène, il confessa qu'il avait trouvé les affaires presque aussi intéressantes que le grec et le latin, peut-être davantage, car c'était entrer en contact avec son prochain, s'occuper de créatures humaines auxquelles on pouvait être utile. Faire du bien aux autres, est-il un plus noble privilége ?

— Je crois, ajouta-t-il, qu'il ne me sera pas désagréable d'être appelé un homme d'affaires.

Il réclama si instamment des instructions plus étendues sur tout ce qui concernait la direction de son domaine, que M. Menteith consentit à lui consacrer deux semaines, deux semaines de sa vie si active d'Edimbourg. Pendant ce temps, ils restèrent enfermés une grande partie du jour, compulsant tous les vieux titres et les parchemins, M. Menteith expliquant au comte une foule de choses qui entrent ordinairement dans l'éducation, mais qui jusqu'alors avaient été mises entièrement de côté pour lui.

— Car, disait son tuteur avec tristesse, je confesse que je n'ai jamais songé à lui comme à un jeune homme; il ne m'était pas entré dans l'esprit qu'il pût avoir les facultés de l'homme fait; néanmoins il en est doué, et ce jugement calme et sain qu'il possède vaut à lui seul tout l'esprit réuni de ses ancêtres.

Hélène ne manqua pas de répéter cette phrase à lord Cairnforth, chez qui elle provoqua un de ses plus rayonnants sourires; il en resta pendant plusieurs jours tout joyeux, tout serein.

Dès que M. Menteith fut rentré chez lui, il envoya au château un de ses plus vieux clercs, un homme qui avait été pendant près d'un demi-siècle au courant des affaires de Cairnforth et qui fut aussi très-frappé de la capacité que montrait le jeune comte. Naturellement celui-ci était peu libre physiquement; sa petite fourchette de bois était sans cesse en mouvement, tournant avec vivacité les pages des parchemins; il n'écrivait qu'avec une très-grande difficulté, mais il avait le don des combinaisons, de l'ordre, et cette rare puissance, plus rare qu'on ne l'imagine, de diriger, de gouverner; ce qu'il ne pouvait pas faire lui-même, il l'indiquait aux autres et atteignait parfaitement son but, au point d'étonner ceux qui l'entouraient et qui voyaient le résultat obtenu.

Bientôt il prit un plaisir infini à ses travaux : il embrassa avec une grande ardeur toutes sortes de plans pour affermer les terres aux bords des lacs; il fallait trouver le genre de maisons qui seraient construites sur chaque nouveau domaine, combiner les routes qu'il y aurait à tracer et tout spécialement la grande jetée de bois que, d'après l'avis de M. Menteith, il fallait ériger très-promptement à la place du petit quai en pierre du bac, le seul lien jusqu'alors entre Cairnforth et le monde civilisé : tout cela l'occupa désormais activement.

Si parfois M. Cardross et Hélène gémissaient un peu sur ce flot montant de civilisation qui allait faire disparaître plus d'une des beautés agrestes du Loch Beg, ils se consolaient en voyant les yeux du comte briller de plaisir et en l'entendant parler, avec un enthousiasme nouveau chez lui, de tout ce qu'il allait entreprendre lorsqu'il aurait atteint sa majorité.

Une chose était à remarquer dans tous ses projets, particularité assez peu commune chez un jeune héritier de vingt ans : l'absence totale de toute pensée de jouissance personnelle. Sans doute il possédait les conforts qu'il pouvait désirer : ses fidèles amis, ses domestiques s'appliquaient à ce que sa position reçût tous les adoucissements qu'il est au pouvoir des richesses de procurer ; mais les plaisirs après lesquels soupire la jeunesse, il n'y songeait même pas.

Et ainsi s'écoulèrent plus vite que d'ordinaire, étant si bien remplis, les semaines et les mois qui précédèrent la date mémorable du 30 juin, époque à laquelle expirait l'autorité légale de M. Menteith. De ce jour allait commencer pour lord Cairnforth une libre vie d'homme, chargée de devoirs et de responsabilités.

Pendant ce temps on tenait conseil sur les rives des deux lacs et bien au delà : Mac-Dougal avait porté son récit de la générosité du comte jusqu'aux dernières limites du territoire de Cairnforth. Tout le mois de juin la cure fut littéralement assaillie de tenanciers qui venaient de tous côtés afin de consulter le ministre, ce grand conseiller universel, sur la manière dont on pourrait le mieux célébrer l'événement qui, depuis les siècles les plus reculés, avait été joyeusement fêté sur la petite péninsule. Le cas différait un peu toutefois en ce qu'on n'avait jamais vu de comte atteindre sa majorité étant déjà en possession de son titre. Les Montgomerie étaient d'une race renommée par la longévité de ses membres; les héritiers de cette maison n'en devenaient donc guère les chefs que lorsqu'ils étaient déjà de respectables pères de familles.

— Mais vous comprenez, il nous faut faire les choses grandement cette fois-ci, disait un vieux fermier au pasteur, car je doute que nous ayons jamais un autre comte de Cairnforth.

A mesure que la majorité du seigneur approchait, le ministre se sentait pris d'une sorte de répulsion pour ces démonstrations joyeuses dont on faisait partout les préparatifs; un instant il fut même tenté de réprimer l'enthousiasme cha-

leureux qui montait au cœur de tous pour le jeune
maître; mais en y regardant de plus près et après
avoir pris conseil de la sage Hélène, M. Cardross décida que tout se passerait pour le « lord »
actuel absolument comme pour ses prédécesseurs
et qu'on l'aiderait à agir et à représenter comme
eux.

Il arriva donc que dans la brillante matinée du
30 juin, le comte s'éveilla au son de la musique
des fifres nationaux qui jouaient sous ses fenêtres
leurs plus éclatantes fanfares; tous les habitants du
village, jeunes et vieux, hommes et femmes, unis-
saient leurs voix et criaient de tout leur cœur :
« Vive le comte de Cairnforth! longue et joyeuse
vie au comte de Cairnforth. »

Le cœur du jeune homme fit-il écho à ce souhait ?
Qui pourrait le dire ? C'est là un de ces secrets so-
lennels que l'âme a le droit de garder pour elle seule
et qui reste entre elle et son créateur.

On le vit bientôt apparaître roulant lui-même
son fauteuil sur la terrasse, répondant en souriant aux félicitations de tous, évidemment charmé
de cette belle matinée, du soleil, du parfum des
fleurs qui s'exhalait du jardin toujours désigné
sous le nom du : « Parterre de la comtesse. » Bien
des gens remarquèrent ce jour-là sa ressemblance si

frappante avec la noble dame, et plus d'une femme du village, qui se souvenait combien Milady avait été bonne et gracieuse lorsqu'autrefois elle arrêtait son petit équipage à la porte de toutes les chaumières, l'une après l'autre, pour s'informer des besoins de chacun, déversa sur ce fils unique, dernier héritier de la dernière comtesse de Cairnforth, des regards de compassion et de respectueuse tendresse.

Oui, il était certainement heureux ; on n'en pouvait douter et surtout quand plus tard, dans la journée, il découvrit la conspiration tramée entre la cure et le village pour lui donner une grande fête sur la pelouse du château, il parut tout à fait enchanté.

— Tout cela pour moi, s'écria-t-il avec un plaisir presque enfantin ! Combien vous êtes bons tous !

·Puis il insista pour se mêler à la foule, pour voir les paysans de près, s'asseoir à leur banquet, les regarder manger comme ils n'avaient jamais mangé de leur vie, boire comme des Highlanders seuls peuvent boire.

Mais avant que le wiskey commençât à devenir turbulent, le plus âgé de tous les fermiers, qui déclarait se souvenir de trois comtes de Cairnforth, proposa la santé du lord ; ce toast fut accueilli par

de longues et bruyantes acclamations : les musiques
jouèrent l'air de famille, la ronde de Montgomerie,
air remarquable en ce qu'il n'avait ni commencement, ni milieu, ni fin.

Lord Cairnforth inclina la tête en signe de reconnaissance.

— Quelqu'un ne devrait-il pas prononcer un discours pour les remercier ? dit-il à l'oreille d'Hélène
Cardross, qui se tenait debout derrière sa chaise.

— Mais oui, sans doute, c'est à vous de le faire ;
vous le pouvez parfaitement, fut la réponse de
celle-ci.

— Eh bien ! je vais essayer.

Et de sa voix faible, qui tremblait un peu, mais
qui était cependant claire et distincte, le jeune comte
adressa quelques brèves paroles aux personnes qui
l'entouraient. Il les remercia avec effusion de toute
cette fête donnée en son honneur, les assurant que ce
jour le rendait extrêmement heureux. Son intention
était de rester toujours à Cairnforth et d'exécuter
dans ses domaines toutes sortes d'améliorations,
aussi profitables pour ses fermiers que pour lui-
même. Il espérait être un maître juste et bon, et consacrer ses forces et son temps à rendre heureux tous
ses vassaux ; « c'est-à-dire, ajouta-t-il en finissant et
en laissant tomber légèrement sa voix, dans la me-

9.

sûre des facultés qu'il a plu au ciel de me dispenser. »

Après ce discours, il y eut quelques minutes de silence dans l'assemblée, silence touchant et respectueux, puis s'éleva dans les airs un hourra tel que jamais les rives du petit lac n'en avaient entendu de pareils à aucune majorité des comtes de Cairnforth.

Quand la foule se fut dispersée pour aller allumer ses feux de joie sur les montagnes et se livrer à toutes les réjouissances d'usage, on se réunit en petit comité pour dîner dans la grande salle à manger du château. Jusqu'à ce jour on l'avait tenue fermée, car le comte préférait la bibliothèque, qui était de niveau avec sa chambre à coucher et où il pouvait se transporter lui-même; mais aujourd'hui la table de famille était dressée, l'antique vaisselle étalée, et pour la première fois les portraits des seigneurs de Cairnforth considérèrent leur dernier rejeton qui se dirigeait lentement, ou plutôt que l'on conduisait à travers la longue pièce jusqu'à son siége. Malcolm poussait son fauteuil vers un côté de la table bien abrité du soleil, lorsque son maître l'arrêta en lui disant :

— Par ici, Malcolm! Rappelle-toi que j'ai aujourd'hui vingt et un ans. Je crois qu'il est temps que j'occupe ma place au haut bout de ma table.

Malcolm obéit, et ainsi, pour la première fois depuis la mort du défunt lord, la place du seigneur fut remplie.

— Monsieur Cardross, voulez-vous dire les grâces?

Le ministre essaya une fois, deux fois, mais la voix lui manquait; lui qui avait supporté tant de pertes, ne voyait-il pas dans ce jour tout le passé revivre devant lui? Alors le comte, de son siége au bout de la table, prononça d'un ton simple et naturel les paroles que tout chef de maison, prêtre de sa famille, peut et doit répéter à chaque repas :

« Pour cette grâce que tu nous fais, comme pour toutes les autres, Seigneur, rends-nous reconnaissants! »

Après quoi, M. Menteith prisa avec énergie. M. Cardross s'essuya ostensiblement les yeux, et si Hélène n'en fit pas autant, les siens n'en parurent pas moins brillants pour cela; avec son cœur religieux de femme, elle regardait au delà de la souffrance noblement supportée et considérait la beauté morale renfermée dans cette souffrance même, comme la foi voit, à travers la tombe et la mort, les gloires de l'immortalité. Hélène, au fond de son âme, était-elle donc mélancolique? Non certes, elle était heureuse et fière, elle apercevait le triomphe après la lutte!

Le jour qui suivit la majorité de lord Cairnforth, M. Menteith résigna officiellement ses fonctions. Il avait si bien dirigé la propriété pendant sa longue tutelle, que lui-même fut surpris du résultat obtenu et de l'augmentation considérable du revenu et du capital dont le nouveau seigneur se trouvait possesseur; possesseur absolu, sans réserve ni restriction, libre de tout contrôle.

— Oui, Milord, dit l'avoué au jeune homme qui paraissait comme subjugué, presque épouvanté par l'étendue de sa fortune, tout ceci est bien véritablement à vous. Vous pouvez en faire tout ce qu'il vous plaira; vous n'en êtes responsable vis-à-vis de personne, si ce n'est vis-à-vis de Celui... Ici l'excellent homme qui, en vieillissant, devenait plus grave et plus religieux, fut interrompu par le comte de Cairnforth.

— Si ce n'est vis-à-vis de Celui auquel il faudra en rendre compte? j'espère que je ne l'oublierai jamais.

Et tout en continuant à clore leurs comptes, lord Cairnforth observa :

— Il est étrange que je sois ainsi seul dans le monde, un être isolé, sans une âme sur la terre qui puisse se réclamer de moi.

— En effet, personne n'a aucun droit, aucune autorité à exercer sur vous, et cependant vous n'êtes pas absolument sans famille.

Lord Cairnforth parut surpris.

— J'ai toujours cru que je n'avais aucun proche parent.

— Vous n'avez pas de proche parent, il est vrai, mais seulement quelques cousins éloignés, dont je ne vous ai jamais parlé pour plusieurs raisons, et sur lesquels j'ai prié M. Cardross de garder également le silence.

— Je crois qu'on aurait dû m'en informer.

M. Menteith expliqua alors les motifs très-plausibles qui avaient dirigé sa conduite : les désagréments que la famille Bruce avait causés au dernier lord, à lui-même, et la nécessité où il s'était trouvé de préserver son pupille de leur influence et de tout rapport avec eux jusqu'à ce qu'il fût assez âgé et que son caractère fût assez formé pour juger par lui-même de la conduite qu'il convenait de tenir vis-à-vis d'eux. Il était d'autant plus indispensable de prendre ces précautions que, si éloignée que fût cette parenté, — puisqu'elle offrait même quelque difficulté à être prouvée, — si l'on en établissait l'authenticité, ces Bruce devenaient incontestablement ses héritiers directs.

— Mes héritiers directs! s'écria le comte... Naturellement il faut que j'aie un héritier. Je m'étonne de n'y avoir jamais pensé. Si je mourais, il faut que quelqu'un succède à mon titre et au domaine.

— Non pas à votre titre, interrompit M. Menteith en hésitant, car il voyait s'entamer un sujet des plus délicats; il fallait bien qu'il fût abordé une fois ou l'autre, et le vieillard était trop honnête homme pour reculer devant cette nécessité, mais elle n'en répugnait pas moins à son excellent cœur.

— Pourquoi pas au titre ?

— Parce qu'il ne peut se transmettre que dans la ligne directe seule.

— C'est-à-dire qu'il descend de père en fils?

— Précisément.

— Je comprends, reprit le jeune homme après une longue pause; alors, je suis le dernier comte de Cairnforth.

M. Menteith ne répondit rien. Au prix de sa vie, il lui eût été impossible de dire un mot. D'ailleurs, aucune réponse n'était nécessaire. Le comte avait simplement établi un fait qui était sans appel, et il ne semblait attendre ni désirer aucune contradiction ou réfutation.

— Eh bien, reprit le comte d'un ton calme, changeant subitement la conversation, revenons à ces

Bruce, qui, dites-vous, pourraient un jour succéder à ma fortune et qui probablement en feraient
un très-mauvais usage.

— En mon âme et conscience, je le crois, répondit
M. Menteith avec vivacité; autrement je ne me sen-
tirais pas justifié de les avoir tenus écartés de vous
comme je l'ai fait.

— Que sont-ils ? Je veux dire de combien de personnes se compose la famille?

— D'un vieillard qui s'intitule le colonel Bruce
et qui a une très-mauvaise réputation dans toutes
les villes de jeu du continent, de toute une tribu de
filles et d'un seul fils, — j'ai oublié s'il est l'aîné ou
le cadet, — qui a été envoyé dans les Indes au
moyen de protections dont je me suis servi pour en
débarrasser votre père : du reste, il peut être mort
actuellement. Je n'ai eu affaire à la famille dans
ces dernières années que pour lui payer la rente
qui lui a été accordée par votre père ; légalement je
n'avais pas le droit de continuer cette rente, mais je
l'ai fait par charité, comptant que le seigneur actuel
ne me le reprocherait jamais.

— Je vous approuve complétement.

— Eh bien, si vous voulez écouter un conseil,....
excusez-moi de vous déranger encore quelques instants.....

— Vous excuser ? Mais je suis reconnaissant, mon cher vieil ami, pour chacune des paroles de sagesse qui sortent de votre bouche.

De nouveau, le digne avoué hésita.

— Il y a un sujet dont il m'est excessivement difficile de parler, mais qu'il est indispensable de toucher cependant, car vous pourriez n'y pas penser de vous-même. Lord Cairnforth, le seul moyen par lequel vous puissiez mettre vos domaines à l'abri de ces Bruce, c'est de faire de suite votre testament.

— Faire mon testament ! s'écria le comte, qui parut bouleversé devant la nouvelle perspective de responsabilité qui s'ouvrait devant lui.

— Tout homme qui possède quelque fortune doit faire son testament dès qu'il a atteint sa majorité. C'est en vain que j'ai prié votre père d'en écrire un.

— Mon pauvre père ! Qu'il soit mort si jeune et si fort... et que je vive... comme cela est étrange ! Vous croyez alors..... peut-être aussi le D^r Hamilton pense-t-il que ma vie est fort précaire?

— Je ne saurais dire, mon cher lord ; qui peut le savoir ?

— Après tout, cela ne me fera mourir ni un jour plus tôt ni un jour plus tard, si je fais mon testament. Ce devoir que vous dites que tous doivent remplir, il est plus obligatoire pour moi que pour

qui que ce soit, car mon existence est plus incertaine que celle de la plupart des hommes. C'est
une responsabilité sérieuse que de posséder une fortune aussi considérable que la mienne.

— Oui, répondit M. Menteith, la somme de bien
ou de mal auquel elle pourrait servir d'instrument
est incalculable.

— Je sens cela, du moins je commence à le comprendre.

Pendant quelques instants le comte resta silencieux et pensif; le vieil homme de loi s'agitait
comme pour mettre en ordre toutes sortes de papiers et de dossiers qui couvraient la table; il trouvait embarrassant de reprendre la conversation.

— Monsieur Menteith, êtes-vous prêt? Pour moi,
je suis tout à fait décidé. La question doit se résoudre de suite, comme vous l'avez dit; est-ce possible?

— Certainement.

— Eh bien, asseyez-vous donc, je vais vous dicter
mon testament; mais d'abord promettez-moi que
vous ne ferez aucune opposition aux dispositions
que je jugerai nécessaire de prendre.

— Je n'en aurais pas le moindre droit, lord Cairnforth.

— Mon cher vieil ami! comment commencerons-
nous?

— Je vous recommanderai d'abord d'inscrire tous les legs que vous désirez faire à vos subordonnés, à vos domestiques, par exemple à Madame Campbell, à Malcolm, et puis ensuite vous ferez bien de mettre tout l'ensemble de vos biens sur la tête de quelqu'un de jeune, qui, selon les probabilités humaines, doive vous survivre, quelqu'un sur qui vous puissiez compter pour continuer vos projets, suivre vos intentions et faire un aussi bon usage de votre fortune que vous l'auriez fait vous-même. Voilà mon avis, quant au choix d'un héritier. Il y a des situations où le sang parle bien peu; un ami est souvent bien plus cher, plus digne et vous tient plus au cœur que des parents.

— Vous avez parfaitement raison.

— Cependant, il faut prendre aussi en considération les droits de la famille. Vous devriez laisser une certaine somme à ces Bruce, et si, après information, vous trouviez parmi eux quelque enfant digne de votre intérêt, vous pourriez l'adopter pour votre héritier et lui faire porter le nom de Montgomerie.

— Non, non, répondit le comte d'un ton sec. Nous venons de le dire, ce nom est éteint. Je dois m'inquiéter uniquement du bien-être de mes tenanciers et de mes serviteurs. Après moi celui qui

me succédera dans mon domaine doit les connaître
tous et être pour eux tout ce que j'ai été..., c'est-à-
dire tout ce que j'espère être un jour ici...

— Peut-être, dit l'avoué, pensez-vous à M. Cardross comme à votre héritier?

— Oh! non pas précisément, répliqua lord Cairnforth en rougissant légèrement; il est un peu trop
âgé : d'ailleurs, ce n'est pas la personne que je sou-
haiterais; il est trop doux, trop distrait, trop peu
pratique.

— Un de ses fils peut-être?

— Non, pas davantage, cher Monsieur Menteith,
ni eux ni même aucun des vôtres, que, par parenthèse, je vous prie d'inscrire pour vingt-cinq
mille francs chacun. — Allons, ne prenez pas cet air
scandalisé, cela ne leur fera pas de mal, que je
sache. Mon héritier doit être quelqu'un que je connaisse à fond, que je respecte complétement, que
j'aime; or, il n'y a qu'une personne au monde...
une personne jeune, qui réponde à toutes ces condi-
tions.

— Qui est-elle donc?

— Hélène Cardross.

M. Menteith fut passablement surpris; quoiqu'il
eût certainement une grande affection pour Hélène
Cardross, cependant l'idée d'en faire l'héritière d'un

aussi vaste domaine était nouvelle pour lui et bien
capable de l'étonner. Il ne se permit pas de critiquer
le choix du comte, mais il le trouvait singulier. A
la vérité Hélène était une femme pleine de bon
sens et d'énergie ; ce n'était plus une jeune fille depuis longtemps, elle qui depuis l'âge de quinze
ans était le bras droit de son père, dirigeait sa maison, elle que tous ses frères avaient pris l'habitude
de consulter et de prendre pour guide ; puis n'avait-
elle pas un de ces caractères qui, sans être absolument virils, sont cependant dépourvus de toute faiblesse féminine, chez lesquels la force ne va jamais
jusqu'à l'audace, ni la douceur jusqu'à la mol-
lesse ! Elle était douée de fermeté, elle avait une
opinion bien à elle et qu'elle savait suivre ; sans
être savante, elle était bien élevée, son jugement
était sain, elle connaissait les hommes et les choses
et en outre avait de précieuses habitudes d'ordre et
de régularité. Les paysans disaient quelquefois que
Miss Cardross gouvernait non-seulement la cure,
mais toute la paroisse ; si cela était, elle le faisait
d'une façon si peu ostensible et si délicate que jamais personne ne fit la moindre objection à son
gouvernement.

Il fallut peu d'instants à M. Menteith pour faire
toutes ces réflexions ; enfin il dit :

— Je crois, Milord, que vous faites bien. Hélène n'est pas favorisée sous le rapport de la beauté,
mais c'est une personne exquise; elle a une tête
d'homme et un cœur de femme; elle vaut tous ses
frères ensemble, et, dans les circonstances actuelles,
je crois qu'ayant à choisir un héritier vous ne
pouviez faire un meilleur choix.

— Je suis bien aise que vous pensiez ainsi.

Telle fut la réponse assez brève qu'obtint M. Menteith; mais il vit bien, par l'expression particulière que prit le regard du comte, qu'approuvée ou
non, sa détermination était irrévocable. Il en sourit intérieurement, l'excellent homme, mais il ne
fit aucune opposition; il savait qu'une des plus
précieuses qualités que possédait lord Cairnforth,
une de celles qui devaient lui être le plus utiles par
la suite, comme elle l'est du reste à toute personne,
était celle de se résoudre promptement et d'agir en
conséquence avec une calme persévérance bien distincte de l'obstination, cette dernière forteresse des
peureux, cette dernière arme défensive des esprits
légers !

— Il n'y a qu'une objection à faire à votre plan,
Milord. Mademoiselle Cardross est jeune; elle a
vingt-six ans, je crois.

— Vingt-cinq ans et demi.

— Elle peut ne pas toujours rester Mademoiselle
Cardross; elle peut se marier, et nous ne savons
pas quelle espèce d'homme sera son mari et s'il
sera digne qu'on lui confie une aussi grande fortune.

— Une aussi excellente femme ne peut pas choisir un homme indigne d'elle, répondit lord Cairnforth après une pause : cependant ma fortune ne
pourrait-elle pas être fixée sur sa tête sa vie durant
pour revenir ensuite à ses héritiers, c'est-à-dire à
ses enfants !

— Cher lord, vous pensez à tout; quel esprit
prévoyant est le vôtre!

— Vous oubliez, mon ami, que je n'ai rien autre
chose à faire qu'à penser.

Ces paroles furent prononcées avec une intonation de mélancolie qui affecta M. Menteith. Il ne
répliqua rien et s'occupa à rédiger le testament
que lord Cairnforth paraissait désirer ardemment
voir s'achever dans la journée.

— Si quelque accident survenait, disait-il, si je
mourais cette nuit par exemple ! Non, il faut que ce
qui doit être fait le soit dans le plus bref délai
et aussi secrètement que possible.

— Ah! vous désirez que l'affaire soit tenue secrète,
demanda M. Menteith?

— Mais sans doute.

Au bout de quelques heures, le testament était dressé; ce document un peu volumineux contenait de nombreux legs : personne n'avait été oublié de ceux auxquels le comte pensait devoir être utile; mais la majeure partie de sa fortune était laissée en toute propriété à Hélène Cardross. Malcolm et un autre serviteur furent appelés comme témoins. Le comte leur dit avec un sourire aimable qu'il faisait son testament, mais qu'il ne comptait pas pour cela en mourir un jour plus tôt; puis il le signa de cette signature incorrecte et incertaine qui lui avait coûté tant de peine à acquérir, résultat auquel il ne serait peut-être jamais parvenu sans sa grande persévérance et l'infatigable patience d'Hélène Cardross.

— Elle m'a appris à écrire, vous vous rappelez, dit lord Cairnforth en se tournant vers M. Menteith, lorsque les témoins furent partis et en jetant un coup d'œil sardonique sur son paraphe.

— Elle n'aura pas à regretter l'usage que vous venez de faire de ses leçons. Ce n'est pas une bagatelle qu'un revenu net de dix mille livres sterling; mais elle en fera un bon usage.

— J'en suis sûr. Voilà donc qui est en règle

et à l'abri : je puis mourir quand Dieu voudra.

Il rejeta sa tête en arrière d'un air fatigué ; son visage se couvrit de ce sombre nuage de tristesse qui venait quelquefois l'obscurcir et faisait comprendre à ceux qui l'entouraient que la vie était bien un fardeau pour lui..... En pouvait-il être autrement ?

— Allons, reprit le comte au bout d'un instant en surmontant cette impression pénible, nous avons encore une foule de choses à discuter et sur lesquelles il me faut votre avis avant votre départ.

Et là-dessus le jeune homme proposa une si grande quantité d'entreprises, principalement dans le but de favoriser ses tenanciers et d'en faire profiter tout le pays, que M. Menteith en fut pour ainsi dire effrayé.

— Mais, Milord, vous êtes un des lords de Cairnforth les plus entreprenants qui aient jamais porté ce titre. Il faudrait trois vies au lieu d'une, et trois vies de soixante et dix ans chacune, pour accomplir tout ce que vous voulez faire.

— Vraiment ? Eh bien, espérons alors que tous ces braves gens ne se sont pas enroués hier en vain à me souhaiter « une longue et joyeuse existence... » et quand je mourrais..., mais nous ne voulons pas aborder ce sujet, mon cher vieil ami, car j'espère vous recevoir à Cairnforth pendant un grand nombre d'anniversaires de ma majorité. Maintenant allons faire une bonne promenade ensemble, puis nous irons inviter tous les habitants de la cure à venir dîner au château.

# CHAPITRE VIII

# CHAPITRE VIII

Ce même soir le comte et ses hôtes étaient assis
après le dîner dans le lieu ordinaire de leurs réunions; c'était par une belle soirée de juin, un de
ces longs crépuscules du Nord qui ne sont nulle
part plus agréables que sur les bords des lacs écossais. Malcolm, qui était quelquefois trop soigneux
de la santé de lord Cairnforth, venait d'entrer apportant les flambeaux, insinuation timide destinée à
faire comprendre à son maître qu'il était temps pour
lui de se retirer, lorsque survint un incident qui
mit toute la petite société en émoi.

Malcolm, en se dirigeant vers la fenêtre, sauta subitement en arrière en poussant un cri d'effroi.

— Je la reconnais, cela devait être ainsi. Oh! Milord, Milord!

— Qu'y a-t-il? dit M. Menteith d'un ton sévère. Etes-vous fou, jeune homme?

10.

Le robuste Highlander tremblait comme la feuille.

— Chut! n'en parlez pas. C'est l'ombre de Milord, j'en suis sûr; elle a seulement jeté un coup d'œil dans la chambre, puis elle a disparu.

— Quelle folie!

— Moi, je crois, en effet, que j'ai vu quelque chose, dit à son tour lord Cairnforth.

— Vous l'entendez! s'écria Malcolm. Oh! oui, il l'a vue lui-même : il faut donc que ce soit vrai. Oh! mon cher lord!

Et le pauvre Malcolm tomba sur ses genoux aux pieds de son maître en proie à une telle agitation que M. Cardross, qui avait fini par lever le nez de dessus son livre, et Hélène qui avait laissé glisser son ouvrage de ses doigts, demandèrent des explications.

— Il croit, reprit l'avoué d'un ton dédaigneux, qu'il a vu l'ombre de son maître; et parce que le comte a signé son testament ce matin, il est convaincu que c'est là un présage de mort, surtout lord Cairnforth ayant cru voir la même chose. Pouvez-vous dire, Milord, ce que vous avez vu?

— Vraiment, Monsieur Menteith, je crois que j'ai aperçu un homme qui regardait vers la fenêtre.

— Ce n'était pas un homme, c'était un esprit, interrompit Malcolm en poussant un gémissement. C'était l'ombre de Milord, j'en suis sûr.

— Je ne crois pas, Malcolm, car c'était une forme élancée, grande, qui paraissait se mouvoir avec agilité et qui n'a fait que paraître et disparaître; bien peu semblable à la mienne, à moins que ce ne soit l'ombre de ce que j'aurais dû être.

Personne ne répondit à cette observation jusqu'à ce qu'Hélène prît la parole :

— Et qu'était-ce donc alors ?

— Un homme parfaitement authentique, en chair et en os, quoiqu'il ne parût pas posséder une quantité surabondante ni de l'un ni de l'autre; car il m'a semblé excessivement maigre et maladif. Mais, comme dit Malcolm, il n'a fait que jeter un coup d'œil et s'est enfui.

— Quel singulier incident ! reprit M. Menteith. Ne serait-ce pas un voleur ? Je crains beaucoup plus les voleurs que les fantômes.

— Nous ne volons jamais à Cairnforth, répondit le comte; nous sommes de très-honnêtes gens ici. Non, je crois plutôt que ce sera quelque touriste égaré, amené par les bateaux à vapeur; ces messieurs prennent quelquefois de très-grandes libertés, se promènent dans les jardins et les cours du château et peut-être l'un d'eux s'est-il permis de s'aventurer jusque sous mes fenêtres.

— J'espère que c'est un Anglais; je ne voudrais pas penser qu'un Ecossais ait pu commettre un acte aussi indiscret, s'écria Hélène indignée.

Lord Cairnforth sourit de sa vivacité. En dépit de sa nature sérieuse et grave, Hélène se laissait volontiers aller aux impulsions naïves de l'enfant des montagnes, et il lui arrivait souvent d'agir et de parler avec la promptitude et l'irréflexion d'un enfant, surtout quand c'était un sentiment généreux ou charitable qui la poussait.

— Eh bien, Malcolm, le seul moyen de résoudre ce problème, c'est de visiter la maison et les jardins; prends une lanterne, ton gros bâton, et qui que ce soit que tu rencontres, touriste ou vagabond, homme ou fantôme, amène-le ici à l'instant même.

Les personnes qui composaient le petit groupe attendirent environ un quart d'heure, riant et causant entre elles, mais au fond peu à leur aise. Lord Cairnforth ne voulut pas permettre à M. Cardross et à Hélène de retourner à pied chez eux; la voiture fut commandée pour les reconduire.

Enfin Malcolm parut, la tête basse, l'air honteux.

— C'est bien un homme, Milord, et non un esprit, mais il ne veut pas entrer; il dit vouloir atten-

dre le bon plaisir de Votre Seigneurie; voici sa carte,
ajouta-t-il en la posant devant le comte. Celui-ci en
y jetant les yeux fit un mouvement de surprise.

— Monsieur Menteith, voyez donc, dit-il : « Capitaine Ernest-Henri Bruce. » Quelle étrange coïn-
cidence!

— Etrange, en effet! répéta l'avoué d'un ton
ironique. Voyons cette carte.

— Le jeune homme que vous avez envoyé dans
les Indes s'appelait bien Ernest-Henri ?

— Comment puis-je m'en souvenir? Il y dix ou
quinze ans de cela. Que c'est désagréable ! Enfin,
puisque c'est un Bruce, ou du moins qu'il prétend
l'être, je présume que Votre Seigneurie fera bien de
le voir.

— Certainement, répliqua le comte de son ton
calme et décidé.

Hélène, qui avait ouvert de grands yeux pendant
toute cette conversation, offrit alors de se retirer;
mais lord Cairnforth ne voulut pas en entendre
parler.

— Non, non, dit-il, vous êtes une femme de bon
conseil, je voudrais que vous vissiez ce mien cousin
et que vous me dissiez ce que vous en pensez; c'est
un parent fort éloigné, mais qui aimerait assez, à ce
que suppose M. Menteith, devenir mon héritier.

Mais nous ne voulons pas le juger sévèrement, ni surtout avec prévention. Son père ne valait pas grand'chose ; mais que savons-nous si celui-ci n'est pas un très-honnête homme ? Ainsi donc, Hélène, asseyez-vous auprès de moi et observez-le bien.

Et le comte, lui, se mit à observer d'un air malin la contenance embarrassée d'Hélène pendant que l'étranger s'approchait. C'était un homme d'environ trente ans, quoiqu'au premier abord son extérieur fatigué et maladif le fît paraître plus âgé. Ses cheveux noirs, plats, tombaient de chaque côté de ses joues creuses et jaunes ; il portait ce que nous appelons aujourd'hui le col et le nœud de cravate byroniens ; c'était, en effet, le beau temps de ce sentimentalisme et de cette mélancolique pauvreté que Byron avait mise à la mode ; toutefois le capitaine paraissait assez misérable en réalité pour qu'il ne lui fût pas nécessaire d'y mettre la moindre affectation ; car, outre son aspect maigre et décharné, sa mise attestait le dernier degré de gêne où puisse tomber un homme comme il faut. Cependant, en dépit de ses vêtements râpés, il avait incontestablement l'air d'un homme bien né. Son visage n'était point désagréable ; il avait quelque chose d'intelligent, quoique la partie inférieure peu accentuée indiquât un caractère faible et indolent ; les yeux étaient grands, un peu enfoncés, noirs et vifs, mais très-rapprochés l'un de l'autre, particularité qui donne toujours une expression peu franche, quelquefois même sinistre, à ceux qui la possèdent. Somme toute, le visiteur inattendu avait quelque chose en lui qui excitait l'intérêt.

Hélène leva les yeux de dessus son ouvrage avec une curiosité qu'elle ne chercha pas à dissimuler; elle voyait si peu d'étrangers, d'hommes, de jeunes gens! Pourtant son regard était aussi franc, aussi modeste que celui que Miranda jeta à Ferdinand au temps jadis. Le capitaine Bruce ne s'en aperçut pas. Toute son attention paraissait concentrée sur lord Cairnforth.

— Milord, je suis vraiment fâché, désolé de vous avoir ainsi effrayé par mon indiscrétion; mais ce groupe avait quelque chose de si attrayant... et puis je suis un pauvre voyageur fatigué, malade.

— Point d'excuses, capitaine Bruce, je suis heureux de faire votre connaissance.

— Le désir de toute ma vie, lord Cairnforth, a été de faire la vôtre.

A ces mots, lord Cairnforth tourna vers lui des regards assez pénétrants pour faire comprendre à toute personne, fût-elle moins clairvoyante que ne l'était le capitaine, que la franchise réussirait mieux que la flatterie. Le jeune homme comprit l'avertissement.

— C'est-à-dire que depuis que je suis revenu des Indes, j'ai toujours désiré de vous remercier, vous et M. Menteith..., — c'est ici M. Menteith, je présume? — pour la lieutenance qu'il m'a fait obtenir; malheureusement ma mauvaise santé a frustré toutes mes espérances d'avenir et après quelques années de service dans la Compagnie civile j'ai dû échanger ma commission pour prendre du service dans l'armée. Je reviens en Angleterre malade et ayant manqué ma carrière, mais ma reconnaissance n'en est pas moindre, je vous prie de le croire ; aussi étais-je doublement désireux de vous voir et de vous remercier comme mon bienfaiteur et mon parent.

A ce long discours qui l'embarrassait un peu, lord Cairnforth se contenta de répondre par un signe de tête; comme Hélène Cardross, il avait rarement affaire à des étrangers, et ils lui étaient assez indifférents. Cependant le capitaine Bruce paraissait déterminé à ne pas être traité comme un intrus. Lorsque la courte cérémonie de sa présentation aux différents membres de la société eut été accomplie, il s'assit auprès de lord Cairnforth, déplaçant Hélène qui se recula sans bruit, et se mit à expliquer toutes les particularités qui le concernaient; il produisit comme preuve de son identité une médaille qu'il avait reçue pour un acte de bravoure dans les Indes, une lettre de son père, le colonel Bruce, dont M. Menteith reconnut immédiatement l'écriture; tout autant de détails qui démontraient suffisamment qu'il était bien l'homme qu'il prétendait être.

— Sans ces papiers, comment pourriez-vous être assuré que je ne suis pas un imposteur, un intrigant..., au lieu d'être votre cousin, ce dont j'espère que vous êtes bien convaincu maintenant, lord Cairnforth? ajouta-t-il en se tournant vers celui-ci de ce ton naturel et franc, fait pour plaire aux personnes réservées et timides, parce qu'il les sauve de leur propre embarras.

— Certainement, répondit le comte en souriant et paraissant à la fois intéressé et diverti par cette petite aventure qui rompait la monotonie de son existence habituelle.

Son cœur, naturellement compatissant, s'était tout d'abord ému de pitié à la vue de l'apparence faible et maladive du jeune voyageur, de ses vêtements râpés, de je ne sais quoi dans sa tenue qui semblait indiquer une lutte courageuse contre la mauvaise fortune, lutte plus touchante que l'infor-

11

tune elle-même. Avec un plaisir non déguisé, lord Cairnforth considérait le nouveau venu installé devant la table du souper que l'on venait d'annoncer et faisant honneur aux mets qu'on lui servait.

— Vous êtes vraiment le bon Samaritain, disait le capitaine Bruce, en se versant d'amples rasades de « claret, » boisson favorite, dès cette époque, de la classe bourgeoise en Ecosse. Je suis effectivement tombé au milieu des voleurs, car mon mince bagage m'a été volé hier à l'auberge et je ne possède, en fait de biens terrestres, que les vêtements que je porte; vous venez donc à moi, mon bon cousin, avec l'huile et le vin, et vous me mettez sur votre monture..... Je crains d'être forcé, par parenthèse, d'en réclamer une de votre obligeance, car je ne serais pas capable ce soir de faire une marche prolongée. Quelle distance y a-t-il d'ici à la prochaine auberge?

— Environ vingt milles; mais ne nous inquiétons pas de cela en ce moment. Mangez et buvez, car, en vérité, vous paraissez épuisé.

— Oui, j'en conviens! vous n'avez jamais connu la faim, vous; puissiez-vous ne jamais l'éprouver! je vous assure que c'est une dure épreuve.

Hélène Cardross, pendant ce temps, jetait des regards de sympathie sur le voyageur. Comme le ca-

pitaine Bruce ne faisait pas la plus légère attention
à sa personne, elle avait tout le temps de l'observer; la pitié que lui inspirait ce visage fatigué la
portait à l'indulgence : lord Cairnforth lut cette
impression favorable dans ses yeux et il n'en fut
que mieux disposé lui-même à bien juger l'étranger.

M. Menteith seul, plus au courant du monde et
de sa perversité, et converti par son expérience à
un scepticisme prudent, dernier degré de l'endurcis-
sement où puisse arriver un cœur généreux et bon,
M. Menteith se tint pour quelque temps sur la réserve; mais enfin, quoique le dernier, il succomba
aussi au charme de la conversation du capitaine.
M. Cardross, lui, avait été de suite fasciné, subjugué. Ne se trouvait-il pas qu'il avait récemment
étudié l'histoire de Warren Hastings? Rencontrer
quelqu'un fraîchement arrivé de cette mystérieuse
région qui paraissait alors au peuple anglais, et à
plus forte raison aux habitants des déserts de
l'Ecosse, aussi étrange et aussi séparée d'eux que
l'autre monde, c'était pour le digne ministre une
de ces bonnes fortunes trop rares dans sa vie.

Le capitaine Bruce, qui n'avait d'abord paru s'occuper que de son cousin, manifesta sa remarquable
faculté d'être « tout à tous. » Il donna carrière à ses
talents de conteur, se fit un plaisir de satisfaire la

curiosité des amis de lord Cairnforth et réussit sans peine à les intéresser.

On en oublia l'heure. L'horloge sonnait minuit que la petite société était encore réunie autour de la table du souper.

Le capitaine Bruce se leva.

— Je suis confus, lord Cairnforth, de vous avoir retenu aussi longtemps et d'avoir retardé l'heure de votre repos; quant à moi, je dors peu; une toux opiniâtre interrompt souvent mon sommeil. Peut-être, comme il n'y a pas d'auberge, un de vos domestiques pourrait-il m'indiquer quelque chaumière dans le voisinage où je trouverais un gîte pour la nuit, afin de continuer ma route demain matin. Le plus simple asile me suffira; je suis accoutumé aux privations : d'ailleurs il sera en rapport avec mes ressources; un invalide en demi-solde a assez de peine... vous comprenez?.....

— Je comprends.

— Si je pouvais seulement recouvrer la santé! on m'a dit que ce pays est particulièrement favorable aux personnes faibles et malades de la poitrine. Peut-étre, dans quelque ferme, trouverai-je un logement qui me convienne?

— Je ne saurais me prêter à cet arrangement, interrompit lord Cairnforth n'écoutant que sa géné-

rosité et sans tenir compte des signes que lui faisait
M. Menteith. Le château sera votre demeure, capitaine Bruce, aussi longtemps que vous trouverez
agréable d'y rester.

Cette invitation, faite d'une manière si inattendue
et si cordiale, parut à la fois surprendre et toucher
vivement le jeune étranger.

— Merci, mon cousin! vous me témoignez une
bonté que je n'ai pas souvent rencontrée dans le
monde. Je resterai volontiers avec vous quelque
temps; ce sera une chance de recouvrer ma santé.

— Je l'espère.

— Cependant, pour établir les choses clairement
entre l'hôte et son visiteur, permettez-moi de fixer
un terme à mon séjour chez vous; c'est aujourd'hui
le 1er juin, puis-je accepter votre hospitalité pour
une quinzaine de jours?

— Pour le temps qu'il vous plaira, répondit le
comte avec courtoisie, car il était charmé de découvrir que ce cousin, quoiqu'un Bruce, fût si aimable.

Il était charmé aussi de pouvoir lui témoigner
quelques égards, un peu de bonté; peut-être en
avait-on manqué trop longtemps envers cette branche
de la famille. D'ailleurs lord Cairnforth avait peu
d'amis, et il est si naturel à la jeunesse d'aimer la

jeunesse ! Cette occasion était la première qui s'offrait à lui de se lier avec un jeune homme dont la
naissance, l'éducation et l'âge fussent en rapport
avec les siens ; il était donc tout simple qu'il la sai-
sît avec avidité. Il trouvait d'autant plus d'attraits
à la société du capitaine qu'il pouvait se mettre au
courant de quantité de choses qu'il ignorait et
que vraisemblablement il eût toujours ignorées.
Bruce possédait la connaissance du monde, il avait
amassé un fonds d'expérience dans sa carrière
d'aventures et il savait en raconter à propos les
épisodes en les assaisonnant de saillies spirituelles.
En somme, le capitaine « était décidément inté-
ressant. » Les jeunes demoiselles du voisinage
n'auraient pas manqué d'être de cet avis ; ce pâle
visage, cet air pensif rendaient, pour les personnes
simples au milieu desquelles il était tombé, sa pose
mélancolique à la fois naturelle et touchante. — Il
est bon de noter en passant que la fièvre byro-
nienne, alors de mode en Angleterre et sur le continent, n'avait pas encore atteint la jeunesse de
Cairnforth. — Le délabrement de sa santé était un
fait incontestable ; la brillante couleur des pommettes de ses joues, indice d'étisie, la toux qui in-
terrompait continuellement ses discours, semblaient indiquer que, dans aucun cas, sa vie ne

pouvait être bien longue; n'en était-ce pas assez
pour incliner tous les cœurs vers lui?

— Que pensez-vous, Hélène, de mon nouveau
cousin? chuchota lord Cairnforth à l'oreille de celle-
ci et en interrogeant ses regards, lorsqu'elle s'approcha pour lui souhaiter le bonsoir.

— Il me plaît, répondit-elle avec franchise; il est
fort aimable, et puis il a l'air si malade!

— Ai-je eu raison de lui proposer de demeurer ici?

— Je le pense. N'est-ce pas votre plus proche parent? le sang a ses droits.

— Pas toujours.

— D'ailleurs vous serez bientôt capable de juger
s'il vous plaît ou non, et j'espère, s'il vous convient,
que vous ferez quelque chose pour lui.

— Vraiment, Hélène, c'est votre avis? Eh bien!
cela seul me décide à le traiter en ami.

Le comte tint sa parole. Bien des semaines
s'écoulèrent, le 15 juin était passé depuis longtemps, et le capitaine Bruce était toujours l'hôte du
château; il y paraissait tout à fait établi : au bout
de peu de jours, on aurait dit qu'il y était chez lui
et qu'il l'avait habité toute sa vie. Il partagea d'abord
ses attentions entre la cure et le château, mais il accorda bientôt toutes ses préférences au dernier; le
presbytère était décidément une maison assez en-

nuyeuse, les enfants bruyants à l'excès, le ministre
beaucoup trop savant; quant à Mademoiselle Cardross, c'était certainement une excellente personne,
mais elle était loin d'être une beauté; il insistait
sur ce point avec l'aisance d'un homme qui se connaît en femmes, ce qui ne laissait pas de beaucoup
divertir le comte.

Pour lord Cairnforth, ce cousin ainsi retrouvé
était le plus attentif et le plus affectueux de tous
les parents, plein de respect, de discrétion, lui of-
frant de sa société tout juste autant qu'il en fallait
pour être agréable; jamais fatigant, toujours prêt
quand son aide était réclamée, il se montrait
exactement le compagnon dont le comte avait besoin; aussi celui-ci aimait-il à l'avoir constamment près de lui. Malcolm, si tendre et si fidèle,
n'était, après tout, qu'un domestique; mais un ami
qui, tout en étant un homme bien élevé, ne dédai-
gnait pas de rendre ces mille petits services, ces
soins matériels, triste nécessité, hélas! pour lord
Cairnforth; c'était là une acquisition inappréciable.
Les deux parents, à les voir réunis, offraient un
frappant contraste : d'une part, le jeune étranger, à
la taille élancée, aux mouvements gracieux et aisés,
car on remarquait que le capitaine Bruce, depuis
qu'il était mis avec soin, avait un extérieur émi-

nemment distingué et élégant; de l'autre, cette
forme chétive, immobile, dépendante et inerte dans
son fauteuil, faisant penser à quelque image antique
sculptée dans la pierre, et qui cependant était le comte
de Cairnforth, le seul maître et possesseur du château portant ce nom.

Le tact avec lequel le capitaine reconnaissait ce dernier fait, n'était pas un de ses moins sages procédés;
il avait soin de rendre à son cousin tout respect et
toute déférence : l'acquiescement tacite et délicat
qu'il donnait ainsi à ses droits d'homme et de seigneur, était un hommage consolant et doux qui ne
pouvait être que profondément senti par une personne aussi disgraciée et malheureuse. Il était fort
possible — pourquoi ne pas donner une interprétation bienveillante à cette attitude du capitaine
Bruce? — que l'état de dépendance cruelle du
comte, joint à ses qualités aimables, eût fait vi-
brer, dans le cœur de l'homme du monde, une
corde restée muette jusqu'à ce jour : qu'y avait-il là
d'extraordinaire? Rien, vraiment, n'autorisait à
douter que le capitaine Bruce commençât à aimer
son infortuné parent.

Tout semblait l'indiquer dans ses rapports avec
lord Cairnforth, et celui-ci lui rendait au centuple
tout ce qu'il en recevait. Il va de soi qu'il avait été

de suite amplement pourvu à tous les besoins pécuniaires du capitaine ; ses habits usés jusqu'à la corde
avaient été remplacés sans ostentation par une
garde-robe variée et de bon goût, telle qu'il convenait à un gentilhomme, et le jeune capitaine était un
vrai gentilhomme à qui son état de santé et ses habitudes indiennes faisaient en quelque sorte une
nécessité du luxe et du confort. Au premier moment, il parut résister à toute cette générosité ;
mais son opposition une fois vaincue, et ce ne fut
pas long, il accepta toutes les douceurs qu'on mettait à sa portée comme une chose toute naturelle,
et parut visiblement en jouir ; moins cependant
que le comte lui-même. Pour le cœur chaud de ce
dernier, qui n'avait jamais eu l'occasion de faire
part de ses richesses et de témoigner sa bonté à
quelqu'un qui lui tînt de près, c'était un plaisir délicieux et exquis de voir, jour après jour, le sol-
dat malade recouvrer ses forces, monter les chevaux
de Caïrnforth, chasser sur les landes, pêcher dans
les lacs. Jamais il n'avait mieux apprécié sa fortune,
les bienfaits qu'elle lui permettait de répandre ; jamais, dans toute sa vie, il n'avait été si complète-
ment heureux.

— Hélène, disait-il un jour, comme celle-ci arrivait pour passer une heure ou deux au château, alors

que, suivant sa coutume, le capitaine Bruce en prenait prétexte pour s'échapper, car il avouait que la conversation et la société de Mademoiselle Cardross lui paraissaient monotones, Hélène, disait le comte, ce jeune homme devient tous les jours plus fort et mieux portant. Quel gai et aimable compagnon! cela fait du bien de le regarder.

Et lord Cairnforth, en prononçant ces paroles, suivait des yeux un magnifique étalon que son élégant cavalier faisait caracoler sous les fenêtres du château.

Hélène ne répondit pas.

— Je pense, continua-t-il, qu'après être heureux soi-même, il n'y a rien de plus doux que de rendre les autres heureux; peut-être est-ce là le genre de félicité que nous goûterons dans le ciel. Je me demande souvent quelle espèce de créature je me retrouverai là-haut. Mais, ajouta-t-il en s'interrompant brusquement, j'oublie que nous avons des affaires. Voulez-vous avoir la bonté de me servir, ce matin, de secrétaire à la place de Bruce?

— Volontiers, répondit Hélène avec simplicité, sans la moindre arrière-pensée, quoiqu'elle eût été, ainsi que Malcolm, un peu négligée dans ces derniers temps pour le charmant cousin.

Pas un atome de jalousie ne pouvait entrer dans

sa nature; son affection était si pure de tout
égoïsme, que, pourvu que ceux qu'elle aimait fussent heureux, peu lui importait que ce fût par
d'autres que par elle.

Aussi Hélène n'en reprit-elle pas moins, avec infiniment d'intérêt, ses anciennes fonctions. Le comte,
ce matin-là, mit en réquisition la main rapide de la
jeune fille, son jugement sain, sa mémoire si bien
meublée, pour le service de la paroisse, car Hélène était une véritable fille de pasteur, aussi indispensable dans sa sphère que le ministre dans la
sienne. Et sa place au château était-elle moins importante? N'y était-elle pas, comme en ce moment,
presque chaque jour consultée sur les travaux de
lord Cairnforth, sur la meilleure manière de dé-
penser l'immense revenu dont il commençait à jouir
et sur lequel il ne voulait faire aucune économie.

En terminant son long travail, Hélène ne put
s'empêcher de s'écrier en poussant une exclamation
d'admiration :

— Qu'il est beau d'être riche comme vous!

— Pourquoi donc?

— Que de bien ne peut-on pas faire avec une fortune comme la vôtre?

— Il est vrai. Aimeriez-vous donc être riche,
Hélène? demanda le comte en souriant.

Celle-ci secoua la tête et se mit à rire.

— A quoi sert-il de me faire cette question? je n'aurai jamais la chance d'être riche.

— Qu'en savez-vous? vous pourriez vous marier, par exemple.

— Cela n'est pas probable; mon père ne pourra jamais se passer de moi, et puis vous savez ce qu'on dit, je ne suis pas une beauté. Mais en vérité, ajouta-t-elle plus sérieusement, je ne pense jamais au mariage; si c'est la volonté de Dieu, je ne dirai pas non, mais je me trouve très-heureuse dans la position où je suis actuellement. Quant à l'argent, ne puis-je pas venir à vous toutes les fois que j'en ai besoin? n'êtes-vous pas une source intarissable où je puise sans cesse pour mes pauvres? comme le disait le capitaine Bruce l'autre soir à mon père, n'êtes-vous pas une vraie mine d'or et de charité?

— Hélène, dit lord Cairnforth, après être demeuré quelques instants pensif, je voulais vous consulter au sujet du capitaine Bruce. Quelle est votre opinion à son égard? Continue-t-il à vous plaire, car je sais qu'à première vue vous lui étiez favorable?

— Je n'ai pas changé d'avis. Il m'inspire une si grande compassion!... Il est si isolé sur la terre!...

— Mais, ma chère, interrompit lord Cairnforth, qui lui donnait quelquefois ce titre affectueux en lui parlant d'un ton de tendre supériorité, le sentiment qui fait les amis doit être plus fort que la compassion. Vous oubliez qu'il faut pouvoir les respecter. N'est-il pas indispensable d'avoir de l'estime pour ceux en qui nous devons mettre notre confiance? — S'il s'agissait, par exemple, de remettre à un ami une partie de sa fortune?...

— Voudriez-vous dire, reprit Mademoiselle Cardross allant droit au but, que vous auriez l'intention de faire du capitaine Bruce votre héritier?

— Oh! non, certainement; mais je me demande s'il ne serait pas juste de me souvenir de lui dans mon testament. Seulement, j'aurais voulu voir d'abord sa santé tout à fait rétablie. S'il avait continué à être aussi malade qu'à son arrivée ici, il eût été assez inutile de s'en occuper; vraiment il avait alors peu de chances de me survivre.

— Avec quel sang-froid vous parlez de tout cela! s'écria Hélène en frissonnant.

Elle était si pleine de force et de santé, qu'elle ne pouvait comprendre les impressions de celui qui se sent toujours sur le bord de la tombe et qui regarde vers le monde invisible comme vers le seul où il trouvera la véritable vie, le véritable bonheur.

— Je pense à tout cela avec calme, c'est pourquoi j'en parle de même; mais, ma chère Hélène, je ne

veux pas vous affliger aujourd'hui; nous avons, je
crois, encore du temps devant nous : quoi qu'il en
soit, tout ira bien et je sais que mon héritier agira
avec équité et discernement. Quant à mon cousin,
il faut le mettre davantage à l'épreuve, de peur qu'il
ne nous arrive de découvrir que l'intérêt était l'u-
nique mobile de ce parent de fraîche date.

— Cela me paraît peu probable; il parle toujours
de vous avec tant de chaleur, quand il vient à la
cure! c'est là, je crois, ce qui me le fait voir avec
bienveillance. Puis, j'avoue que je suis toujours disposée à juger favorablement les gens, jusqu'à
preuve du contraire : la vie vaudrait peu de chose si
nous étions sans cesse occupés à soupçonner tout
le monde; si nous croyons d'avance au mal,
n'est-il pas fort à craindre que nous ne parvenions
jamais à découvrir le bien chez notre prochain? Je
ne puis m'exprimer clairement comme vous; mais
vous comprenez ce que je veux dire, n'est-ce pas?

Lord Cairnforth sourit malicieusement.

— Oui, oui, Hélène, nous nous comprenons;
cela suffit. Mais nous reprendrons ce sujet une autre
fois, et en attendant, ajouta-t-il en la regardant
d'une façon significative, si jamais vous avez l'occasion de témoigner quelque bonté au capitaine
Bruce, souvenez-vous qu'il est mon plus proche pa-

rent et que vous me ferez plaisir en agissant ainsi.

— Certainement; mais quelle apparence y a-t-il qu'il soit jamais en mon pouvoir de rendre service à un homme si au-dessus de moi?

Les traits de lord Cairnforth prirent de nouveau une expression particulière; cependant, il laissa tomber la conversation.

Comme la sincérité la plus parfaite se reflétait sur ce doux et honnête visage, avec ce soleil d'automne dorant ses cheveux d'un blond pâle! avec quel calme ces yeux bleus transparents, candides comme ceux d'un enfant, s'arrêtaient sur les siens! Sans doute, la beauté était absente du visage de cette femme; mais quelle franchise, quelle vérité brillait dans toute sa contenance! Plus tard, même lorsque les soucis et les larmes eurent terni l'éclat de ses yeux, Hélène Cardross ne perdit jamais cette expression de candeur enfantine.

— Oui, se répétait lord Cairnforth à lui-même lorsqu'il fut laissé à ses réflexions dans cette solitude, nécessité inévitable de sa position, et qui avait pris une place toute naturelle dans sa vie, oui, tout est bien ainsi; aucun inconvénient ne peut en résulter. Rien ne serait en souffrance si je venais à mourir demain.

Ce « mourir demain, » qui doit arriver à chacun

de nous, combien peu de personnes l'admettent réellement et s'y préparent! Je ne veux pas parler de cette préparation à la mort dont on corrompt souvent le sens et dont on fait souvent l'usage le plus irréligieux, lorsque, par désespoir, on accomplit des actes d'humanité afin de balancer son crédit avec le ciel, car il faut en avoir juste un poids suffisant; je veux parler de la préparation qui consiste à mettre ses affaires en règle, de manière à ce que personne n'ait à les débrouiller après vous, à réparer le mal qu'on peut avoir fait, à ne jamais retarder d'un jour le bien à accomplir, à se faire pardonner et à pardonner soi-même les offenses.

Ce fut un sujet d'étonnement pour ceux qui en firent la découverte, mais on reconnut après la mort de lord Cairnforth que le véritable secret de ce calme, de cette sérénité merveilleuse qu'on admirait en lui, dans une maturité si parfaite, ne provenait que de cette constante pensée qu'il se croyait toujours à la veille de mourir. La vie ne paraissait avoir été pour lui qu'un court crépuscule voilé, triste, où il n'arrêtait pas son regard, mais au delà duquel se portaient, chaque jour, ses regards, comme dans l'attente de l'aurore éternelle.

# CHAPITRE IX

# CHAPITRE IX

L'année de sa majorité, qui parut à lord Cairnforth, ainsi qu'il se plaisait à le déclarer, la plus
heureuse de sa vie et qu'il assurait s'être écoulée
comme un songe, ne se termina cependant pas sans
lui apporter sa première grande affliction. M. Menteith, cet ami si fidèle qui avait été pour lui comme
un père, mourut subitement, à l'apogée de sa la-
borieuse carrière. Lord Cairnforth ressentit de cette
perte une douleur d'autant plus amère que, convaincu qu'il était toujours menacé dans sa frêle santé, il ne croyait pas que la mort pût frapper avant lui
ceux qu'il aimait; il considérait cette grande enne-
mie avec indifférence, quant aux objets de son affection. Ce chagrin était donc inattendu, il en fut
accablé. La nouvelle lui en parvint par une sombre
journée de novembre. — Cette saison est plus
mélancolique à Cairnforth que partout ailleurs;
les épaisses forêts en rendent l'atmosphère hu-

mide et pesante, les feuilles jonchent les routes
boueuses, les rives des lacs sont chargées de brouil-
lards continuels qui donnent à tout l'ensemble
du paysage un aspect de profonde tristesse. Les
montagnes restent invisibles pendant des jours
entiers; les eaux ont pris une teinte de plomb, et il
semble qu'on ne reverra jamais ni le soleil ni les
ondes azurées. Que de fois il en est de même dans
notre vie! Dans combien de circonstances il faut
aussi prendre patience et traverser le long hiver
avant d'atteindre le printemps.

Tout était fini pour John Menteith, l'excellent
homme. Printemps et hivers, tout avait passé; il
était recueilli avec ses pères, mais son ancien pupille le pleurait sincèrement.

M. Cardross et sa fille, en apprenant ce pénible
événement, se hâtèrent de se rendre au château; ils
trouvèrent lord Cairnforth dans l'état d'accable-
ment que nous venons de décrire. Ce qui paraissait
l'affecter le plus, comme il arrive parfois qu'au milieu des grandes douleurs on s'attache aux détails
secondaires, c'était de ne pouvoir suivre le convoi
de M. Menteith.

— Tout le monde, disait-il avec amertume, tout
homme peut accompagner ses parents, ses amis,
jusqu'à leur tombeau et, après les avoir secourus,

aimés pendant leur vie, il leur rend, après leur
mort, un dernier respect, un dernier hommage...
Je ne puis faire ni l'un ni l'autre. Je ne puis aider
personne; je ne fais, comme l'olivier de l'Ecriture,
qu'encombrer inutilement le sol. Il vaudrait mieux
que je ne fusse plus de ce monde.

— Ah, silence! Ne répétez pas ces paroles, interrompit le ministre avec un mélange de douceur et
d'autorité qui surprit les assistants; puis, il congé-
dia tout le monde et s'enferma plus d'une heure
avec le comte, remplissant l'office non-seulement de
l'ami qui sympathise, mais du pasteur qui console.

Nous avons déjà dit que M. Cardross n'était point
un homme démonstratif et qu'une sorte de langueur
et d'indifférence s'était emparée de lui depuis la
mort de sa femme, mais les circonstances pouvaient
le grandir à leur hauteur, et il était de ceux qui
savent consoler, parce qu'en traversant avec autrui
la vallée des larmes et de l'affliction, il y retrouvait l'empreinte de ses propres pas. Lorsque enfin
il ouvrit la porte de la bibliothèque et annonça à
Hélène que lord Cairnforth désirait lui parler, un
chagrin plus calme, plus solennel, se lisait sur le visage de l'affligé; on voyait que le cœur blessé essayait de se soumettre.

— Hélène, dit gravement le pasteur, lord Cairnforth désire avoir votre opinion, en même temps que la mienne, sur un voyage qu'il projette à Edimbourg, relativement à des affaires qu'il a à régler dans cette ville. Je crois qu'il aurait aussi voulu voir le capitaine Bruce; où est-il donc?

Mais le capitaine avait trouvé l'atmosphère de la maison trop pesante pour lui dans ce moment; il avait disparu sur son cheval. Mademoiselle Cardross avait paisiblement attendu seule pendant tout ce temps.

— Votre père m'assure, Hélène, dit le comte en s'adressant à cette dernière, que je ne suis pas tout à fait aussi inutile dans le monde que je me l'imaginais. — Il a des raisons de croire, d'après quelques mots échappés à M. Menteith, que la veuve de mon cher vieil ami n'est pas dans une position de fortune aisée, et qu'elle et ses enfants pourront avoir de la peine à vivre. Je puis donc leur être utile matériellement. Vous savez que j'ai fait mon testament.

— Oui, Milord, vous m'en avez parlé.

— C'est M. Menteith qui l'a dressé lui-même, lors de son dernier séjour ici. — Combien nous songions peu que ce serait, en effet, la dernière fois que nous le verrions! Ah! Hélène, si nous pouvions connaître l'avenir !

— Ce serait une science souvent funeste, reprit Hélène avec vivacité.

— Hé bien, soit! mais mon testament est fait, c'est une affaire réglée. Je n'ai pris aucune disposition en faveur de M. Menteith lui-même, trouvant cette espèce de reconnaissance pour toutes ses bontés peu délicate et m'étant aperçu qu'elle serait, d'ailleurs, très-mal reçue; mais j'ai insisté sur une compensation bien naturelle et j'ai légué à chacun de ses enfants mille livres. Ai-je eu raison? N'avez-vous aucune objection à y faire?

— Assurément non, répondit Hélène, un peu étonnée de cette question. Cependant elle avait été depuis si longtemps accoutumée à être consultée par le comte sur toutes ses affaires et à en donner son opinion en toute liberté et franchise que sa surprise ne fut que passagère.

Celui-ci reprit :

— Puisque nous sommes sur ce chapitre, je dirai en passant que je désire laisser la même somme de mille livres à mon cousin, le capitaine Bruce. Rappelez-vous cela, Hélène, veuillez vous le rappeler particulièrement dans le cas où quelque accident surviendrait qui m'empêcherait de l'ajouter à mon testament. Quant aux Menteith, votre père pense, et je suis de son avis, que l'argent que je leur destine sera beaucoup mieux employé dans ce moment, à pourvoir à la carrière de ces orphelins, que si je le leur faisais attendre jusqu'après ma mort, événement qui peut n'avoir lieu que dans plusieurs années. Qu'en pensez-vous?

Hélène répondit affirmativement; elle approuvait de tout son cœur ces dispositions. Assurément, il en résulterait une légère diminution dans les revenus du comte; mais n'avait-il pas bien au delà de ses besoins? et si cette somme n'était pas dépensée de cette manière, ne serait-elle pas employée à n'importe quelle autre œuvre de charité?

— Probablement. Quel meilleur usage pourrais-je faire de mes biens? reprit simplement lord Cairnforth. Mais afin de me procurer cet argent, continua-t-il, et de modifier les clauses de mon testament, de telle sorte que cette somme ne soit pas payée deux fois, au préjudice de mon héritier, — car il faut que je m'inquiète de mon *héritier*, fit-il en appuyant légèrement sur ces paroles, — il me semble qu'un voyage à Edimbourg est indispensable.

Hélène parut perplexe. Le dernier voyage de lord Cairnforth lui avait été si fatal, il lui avait fallu tant de mois pour s'en remettre, qu'elle avait bien vivement espéré que jamais il n'en entreprendrait un second. Elle formula cette opinion avec une grande réserve.

— Sans doute, répondit le comte, je n'aurais jamais songé à tenter une pareille entreprise dans mon intérêt personnel; tout changement est pour moi une source de fatigue et de souffrance; je n'ai aucun désir de quitter mon cher Cairnforth, jusqu'à ce que je le quitte pour... pour la demeure qu'habite maintenant mon vieil ami. Je songe quelquefois, Hélène, aux collines du paradis et je me les représente à peu près semblables à celles de nos lacs; un jour, quand vous contemplerez celles-ci, aux rayons du soleil couchant, vous penserez à moi... qui serai loin.

Hélène fixa sur lui ses yeux pleins de tendresse :

— Il est tout aussi probable que vous aurez ces mêmes impressions en pensant à moi, car je puis être rappelée la première. Ne suis-je pas l'aînée? Mais laissons tout cela entre les mains de Dieu. — Revenons à votre voyage à Edimbourg. Quand voulez-vous partir?

— De suite; bien que je sache qu'avec mon système si lent de voyager, il me sera impossible d'arriver à temps pour les funérailles; puis je ne pourrais y assister sans troubler la cérémonie, et votre père d'ailleurs m'a démontré que ce détail est peu important; l'essentiel est d'être utile à Madame

Menteith et à ses enfants. Ai-je votre approbation, ma chère?

Pour toute réponse, Hélène posa son doigt sur les versets d'une Bible qui était restée ouverte sur la table. Sans aucun doute, son père venait de s'en servir, car la page sur laquelle ses yeux tombèrent était une de celles où toutes les angoisses humaines semblent avoir été assemblées, pesées. C'était le livre de Job. Mademoiselle Cardross lut d'un ton grave les versets suivants :

« L'oreille qui m'entendait disait que j'étais bienheureux, et l'œil qui me voyait me rendait témoignage, car je délivrais l'affligé qui criait et l'orphelin qui n'avait personne pour le secourir. La bénédiction de celui qui s'en allait périr venait sur moi, et je faisais que le cœur de la veuve chantait de joie. »

— C'est là ce qu'on dira de vous un jour, lord Cairnforth ! Est-ce que cela ne vaut pas la peine de vivre?

— Oui, il est vrai, répondit le jeune comte profondément ému.

Hélène ne l'était guère moins.

Il ne fut plus question entre eux du voyage d'Edimbourg; mais lord Cairnforth, avec sa décision habituelle, donna ses ordres pour qu'on en fît immédiatement les préparatifs; il prenait avec lui, comme à l'ordinaire, Malcolm et Madame Campbell. En revenant de sa promenade à cheval, le capitaine Bruce fut étonné d'apprendre que son hôte avait l'intention de quitter Cairnforth le lendemain au point du jour. Cette nouvelle parut le déconcerter extrêmement.

Je proposerais volontiers de vous accompagner, mon cousin, dit-il, après avoir exprimé sa surprise et son regret; mais l'air d'Edimbourg est tout à fait contraire à mes poumons malades. Celui de ce pays-ci paraissait si bien leur convenir! Ainsi donc il faut que je me prépare à quitter cette ravissante contrée, cette maison où j'ai reçu tant de marques de bonté, de bienveillance, et que je commençais à considérer presque comme la mienne. Jamais, dans ma triste vie errante, je n'avais eu une plus douce idée de ce que doit être le foyer domestique. Un chagrin mal déguisé perçait dans l'accent du jeune homme, comme il prononçait ces mots; malgré son affliction et sa préoccupation, le cœur de lord Cairnforth en fut touché.

— Pourquoi vous en iriez-vous? s'écria-t-il. Pourquoi ne pas rester ici et attendre mon retour qui ne peut tarder bien longtemps? Je serai absent deux mois au plus, même en comptant sur un long voyage. Je vous donnerai une occupation en atten-

12.

dant; je vous ferai, si vous voulez, vice-roi de Cairnforth pendant mon absence, bien entendu sous la tutelle de Mademoiselle Cardross, qui seule connaît les affaires de la paroisse et les miennes. Que dites-vous de cet emploi? Sous la tutelle de Mademoiselle Cardross !

Le capitaine Bruce sourit, mais il ne parut pas très-enchanté de cette condition; néanmoins, il manifesta sa gratitude de ce que lord Cairnforth le jugeait digne de sa confiance.

— Ne faites pas le modeste, mon bon cousin et ami. Si je n'avais pas confiance en vous et si je ne vous aimais pas, je n'aurais pas songé à vous proposer de rester ici. Monsieur Cardross, et vous, Hélène, que pensez-vous de ce plan?

Tous deux donnèrent leur assentiment avec beaucoup de cordialité. On devait s'y attendre. On ne savait rien de défavorable sur le capitaine Bruce; on n'avait jamais rien remarqué de suspect en lui, rien qui fût de nature à empêcher de l'estimer. Sa famille, dont il recevait constamment des lettres, paraissait le traiter avec considération, et les passages qu'il en lisait souvent étaient faits pour dissiper les préventions qu'on avait conçues précédemment contre elle. Le comte se félicitait donc de ce qu'il avait cédé à son penchant charitable, en accueillant son cousin à Cairnforth; il était heureux de pouvoir, par une marque extraordinaire de confiance et d'estime accordée à ce représentant de tous les Bruce, réparer l'injustice qui lui semblait avoir été commise envers ses plus proches parents trop longtemps abandonnés.

C'était également le sentiment de M. Cardross, le digne homme ayant depuis longtemps oublié les préventions qu'il avait nourries autrefois contre les Bruce, ainsi que les ennuis qu'ils avaient causés au défunt lord Cairnforth.

Quant à Hélène, elle était beaucoup trop naïve pour avoir jamais eu aucun parti pris. Appelée par le comte à donner son avis, elle déclara qu'elle trouvait ce projet naturel et parfaitement convenable.

— Eh bien! mon père, ajouta-t-elle en se levant et s'apercevant, car sa sollicitude ne l'abandonnait jamais, de l'air fatigué de lord Cairnforth, je crois qu'il est temps de nous retirer et de souhaiter le bonsoir à notre ami.

Longtemps après, tous se rappelèrent cette séparation qui avait eu lieu si simplement, comme à l'ordinaire, sans qu'aucun d'eux eût le plus léger pressentiment que ce devait être plus qu'une séparation passagère.

Les événements de la journée s'étaient succédé
d'une manière si rapide, qu'on en était tout étourdi,
et il semblait à chacun qu'en s'éveillant le lendemain, il trouverait qu'il avait été le jouet d'un
mauvais rêve. D'ailleurs, un peu de confusion et
de préoccupation s'étaient mêlées à ces adieux ; lord
Cairnforth avait insisté pour que M. Cardross et sa
fille fussent reconduits chez eux en voiture, car
l'atmosphère lourde et calme de la matinée avait
fait place subitement à un de ces ouragans d'équinoxe qui, en une heure ou deux, changent complétement l'aspect de ces contrées. La nuit s'approchait; elle tombait sur une véritable tempête.

— J'exige absolument, Hélène, que vous preniez
ma voiture, vous et votre père; c'est le dernier service que je puisse vous rendre avant mon départ,
moi qui ferais tout au monde pour vous, si je le
pouvais. Un jour, peut-être, je vous le prouverai.
Adieu! adieu! ma chère Hélène, ayez soin de vous!

Ce furent là les dernières paroles du comte. Hélène n'y attacha aucune importance, lorsqu'elles lui
furent adressées. Sa bonté et sa bienveillance lui
étaient si bien acquises! mais plus tard, elles devaient lui revenir cruellement à la mémoire, lorsque toute cette bonté, toute cette bienveillance ne
furent plus qu'une illusion ou un songe.

Lord Cairnforth resta pensif, après le départ de ses amis. Son cousin, d'un ton de bonne humeur, essaya en vain de le tirer de sa mélancolie en lui proposant une partie d'échecs; souvent ils avaient trompé ainsi l'ennui des longues soirées d'hiver. Ce jeu était tout à fait approprié à l'esprit profond, réfléchi de lord Cairnford; il se plaisait aux calculs et aux combinaisons auxquels il donne lieu et il n'avait pas tardé à devenir aussi habile que son professeur. C'était un de ses passe-temps favoris, mais ce soir-là il se refusa à cette distraction; son âme paraissait en proie à mille agitations. Il continua à regarder silencieusement le feu brûler dans l'âtre, écoutant le vent dont les tourbillons s'engouffraient, avec des hurlements sinistres, dans les tourelles du château :

— J'espère qu'ils sont maintenant en sûreté, à la cure, dit-il, après avoir gardé, pendant une demi-heure, la même attitude; Malcolm, tu auras soin de me faire savoir quand la voiture reviendra. Je n'irai pas me coucher avant son retour. J'aurais préféré qu'ils fussent restés ici, par cet affreux temps; mais le ministre déteste passer la nuit hors de son toit. Quel excellent homme! n'est-ce pas, mon cousin ? On n'en trouverait pas deux sur mille comme M. Cardross.

— J'en suis parfaitement convaincu.

— Et sa fille? Votre opinion sur elle s'est-elle modifiée? Vous ne lui étiez pas, au premier abord, très-favorable, je crois.

— Quant à sa personne, non, répondit négligemment son interlocuteur.

Le comte ne put s'empêcher de sourire. Les jugements légers de son parent, son scepticisme d'homme du monde, qu'il exprimait souvent assez crûment, lui étaient maintenant familiers; il s'en amusait. Cette confession du mal, faite avec candeur, dispose toujours une âme noble à voir en bien celui qui la fait.

— J'admets que Mademoiselle Cardross ne soit pas une beauté, et qu'elle soit trop parfaite au moral pour vous plaire; cependant, j'espère que vous voudrez bien aller à la cure pendant mon absence et me donner des nouvelles de ses habitants. Sans cela, j'entendrais peu parler d'eux; car les lettres du ministre sont trop volumineuses pour être fréquentes, et Mademoiselle Cardross est peu adonnée à la correspondance.

Le capitaine Bruce promit ce qu'on lui demandait et de nouveau le silence s'établit entre les deux jeunes gens. Ils étaient là, désœuvrés, prêtant l'oreille aux sifflements fantastiques et lugubres de la

tempête; peu à peu, la mélancolie gagna aussi le
commensal du comte, et lorsqu'ils reprirent la conversation, elle avait revêtu une forme beaucoup
plus grave que celle qu'ils lui donnaient habituellement quand ils étaient ensemble.

— Je me demande, dit tout à coup lord Cairnforth, si l'ouragan qui souffle en ce moment vient
pour emporter bien des âmes sur ses ailes, suivant la superstition populaire de ces contrées.
Où s'envolent-elles? Où vont-elles, à l'instant où
elles quittent le corps? Combien elles doivent se
sentir légères et heureuses!

— Quelle étrange imagination! répliqua le capitaine en frissonnant; ce n'est pas là une idée particulièrement réjouissante.

— Cette idée ne m'est pas désagréable; j'aime à
m'occuper de ces choses. Si jamais je deviens esprit,
je crois qu'il me plaira de venir errer, la nuit, autour de Cairnforth.

— Je vous en prie, ne vous livrez pas à de si la-
mentables pensées! Puissiez-vous vivre jusqu'à cent
ans!

— Cent ans!... d'une vie pareille, oh non! Mon
ami le plus cher ne saurait le souhaiter pour moi.

Puis, s'interrompant soudain, par une impulsion
irréfléchie, par un besoin d'épanchement que les

tristes événements du jour, cette nuit orageuse et
l'approche de son départ lui inspiraient, lord Cairnford reprit avec une sorte d'abandon :

— Ecoutez, mon cousin ! Je vais m'ouvrir à vous
d'une façon particulière; il s'agit d'une affaire que
je désire communiquer aux Cardross. J'aurais dû
leur en parler ce soir, mais j'ai laissé échapper le
moment. Puis-je vous confier un message pour eux ?

— Certainement, je m'en chargerai volontiers!
De quoi s'agit-il? répondit le capitaine avec empressement. Et ses yeux noirs pénétrants prirent
une expression telle, que sans nul doute, si le comte
l'eût remarquée, il se fût repenti de sa confiance,
mais il ne pouvait pas le remarquer. Sa nature honnête et droite, quoique susceptible d'une grande
réserve, était au-dessus de toute dissimulation, de
tout soupçon et de toute diplomatie égoïste; et ce
dont il n'était pas capable lui-même, il ne pouvait
le supposer chez autrui. Il trouvait bien son cousin
assez superficiel parfois, mais il lui accordait un
bon cœur; il était léger, mondain, mais toujours
bien intentionné. Que le capitaine Bruce pût être
venu à Cairnforth autrement que par curiosité, qu'il
y fût resté pour un tout autre motif que le rétablis-
sement de sa santé, c'étaient autant de pensées qui
ne venaient point à l'esprit du comte.

— Il s'agit précisément du sujet sur lequel il vous est si désagréable de m'entendre discourir, c'est-à-dire de ma fin; c'est une éventualité à laquelle je dois réfléchir plus que personne, puisqu'elle est, paraît-il, plus prochaine pour moi. Si je venais à mourir, voulez-vous vous rappeler que mon testament est déposé à l'étude de Menteith et Ross?

— Ainsi vous avez fait votre testament? s'écria le capitaine avec vivacité. Puis, il ajouta aussitôt : Quel courage vous avez! vraiment je vous admire! Je n'oserais jamais faire le mien. Il est vrai que je n'ai rien à laisser à personne, excepté mon épée, que, par parenthèse, je vous lègue, mon bien-aimé cousin.

— Je vous en remercie, mais il est peu probable que je puisse en faire usage. Vous me faites penser que je veux vous donner une explication; par un singulier hasard, j'ai fait mon testament le jour de votre arrivée ici; si je vous avais connu alors, je vous y aurais compris pour..., je puis aussi bien vous dire la somme..., pour vingt-cinq mille francs, en souvenir de mon affection de cousin.

— Vous êtes mille fois trop bon, mais je ne suis pas un coureur de fortune.

— Je le sais, je le sais; cependant, ce petit souvenir peut ne pas vous être inutile ; je le rendrai légal aussitôt que je serai arrivé à Edimbourg. Dans tous les cas, vous n'y perdrez rien, car j'ai communiqué mes intentions à mon héritier.

— A votre héritier ? Que voulez-vous dire ? interrompit le capitaine Bruce, mis hors de ses gardes par l'excès de sa surprise.

— Il est à peine nécessaire de répondre à votre question, répondit le comte, avec une nuance de dignité dans le ton. Mon titre, vous le savez, s'éteindra avec moi ; je ne parlais que de la personne qui doit hériter de ma propriété territoriale.

— Ce monsieur m'est-il connu ?

— Je n'ai pas parlé d'un monsieur.

— Ce n'est sûrement pas une dame ?..... Ce ne serait pas..... Une perception inattendue de la vérité se fit jour tout à coup dans son esprit ; son saisissement fut si grand qu'il en perdit un instant tout empire sur lui-même et en oublia jusqu'à la politesse..... Non, s'écria-t-il, ce ne peut être Mademoiselle Hélène Cardross ?

— Capitaine Bruce, dit le comte, la rougeur de la colère couvrant son pâle visage, je vous priais simplement de vous charger d'un message, il est inutile de me questionner davantage.

— Je vous demande pardon, lord Cairnforth, re-

prit aussitôt le capitaine avec humilité, s'apercevant de la faute qu'il avait commise. Je n'ai aucun
droit à vous questionner, ni à faire des conjectures
sur celui qui sera votre héritier; je ne doute pas
que votre choix ne soit tombé sur la personne qui
vous en a paru le plus digne.

— Très-certainement! répliqua le comte, en .cou-
pant court à cet entretien qu'aucun incident ne
vint ranimer.

Peu d'instants après, Malcolm entra, annonçant
que le carrosse était de retour du presbytère; à ce
mot, les yeux perçants du capitaine Bruce essayè-
rent bien encore de pénétrer le voile impassible
qui couvrait le visage de son parent, mais ce fut
en vain; il n'y découvrit aucun indice qui pût satisfaire sa curiosité ; les deux cousins se séparèrent.

Le capitaine avait promis solennellement d'être
levé avec l'aurore, pour assister au départ des voyageurs, mais au dernier moment, il envoya ses excuses, prétextant l'influence désastreuse de l'air
humide du matin, et la recrudescence de sa toux,
qui l'avait empêché de dormir toute la nuit.

— Ce n'est pas étonnant, remarqua Malcolm
d'un ton sardonique, en s'acquittant de ce message ;
je l'ai entendu pendant des heures entières marcher en long et en large dans sa chambre, absolu-

ment comme un lion dans sa cage; aussi maintenant il n'en peut plus.

— Il est difficile à un homme malade de n'avoir
pas quelques caprices, répondit lord Cairnforth avec
douceur.

# CHAPITRE X .

# CHAPITRE X

Le comte arriva à Edimbourg au commencement de l'hiver; c'était, à cette époque, pour la capitale de l'Ecosse, une saison fort animée. La société brillante et raffinée, dont on parle aujourd'hui par tradition, était alors à son apogée d'élégance, de bel esprit, de belles manières. C'était le temps de ces fameux soupers où les célébrités littéraires, les philosophes, les femmes remarquables par leur beauté et leur intelligence, se rassemblaient en foule et formaient la société la plus distinguée et la plus aimable; chaque soir ces réunions se renouvelaient et souvent, dans ces petits cercles, se discutaient toutes les questions intéressantes, tous les sujets qui étaient à l'ordre du jour et agitaient le monde.

Lord Cairnforth résista longtemps avant de se laisser entraîner dans ce milieu si nouveau pour lui et qui avait bien, en effet, quelque chose de redoutable pour un gentilhomme campagnard; mais les affaires qui le retenaient à Edimbourg devenaient chaque jour plus compliquées; des difficultés s'élevaient à chaque pas, et cependant il était résolu à ne pas quitter cette ville avant de les avoir toutes terminées. Ce n'était plus simplement par son argent, mais par son influence personnelle, qu'il pouvait être utile aux fils de M. Menteith. Cette influence pouvait être importante et considérable; il le découvrit bientôt. La veuve de son ami, pauvre femme sans appui, d'un caractère faible et doux, venait, en toute occasion, réclamer sa protection et ses conseils. Jamais le jeune homme n'avait mené une vie plus active ni plus utile. Cependant, des heures de loisir lui restaient encore au sein de ses occupations multiples; c'est alors que l'absence de ses amis se faisait sentir, et avec elle le besoin de quelque société; son nom, son histoire avaient peu à peu fait leur chemin dans la grande cité; aussi ne tarda-t-il pas à être littéralement envahi par les relations les plus distinguées, et assailli par les visites des personnages les plus considérables. Naturellement, il dépendait de lui de faire un choix au milieu de cette foule brillante, d'aller peu ou beaucoup dans le monde; il possédait tous les avantages que le rang et la fortune peuvent y donner; mais ce qui était à lui en propre, à Edimbourg aussi bien que dans les soli-

tudes de Cairnforth, c'était l'art de se faire aimer.
La masse « de la bonne société » qui, en somme, ne
vaut pas mieux que toute autre prise en gros, court
pour un temps après la fortune, le talent ou la
beauté; mais, pour produire une popularité du-
rable, il faut des dons plus élevés, des qualités plus
sérieuses, en un mot d'une nature toute différente.

Le jeune comte était apte à jouer ce rôle; en dépit
de ses infirmités, il pouvait gagner l'affection et finir
par se rendre indispensable à ceux qui le connaissaient; on rechercha d'abord sa société par pure curiosité, quelques-uns par des motifs intéressés, mais
peu à peu, comme dans l'histoire du bon ministre dont il est dit « que ceux qui étaient venus
à l'église pour le tourner en dérision y restaient
ensuite pour prier, » les personnes qui d'abord
n'accordèrent à lord Cairnforth que les marques
d'une compassion superficielle pour un de leurs
semblables disgracié de la nature, furent complétement charmées par ses manières affables, sa patience, son oubli total de lui-même. Seuls, quelques esprits d'une trempe supérieure admirèrent
de suite en lui le plus grand, le plus noble spectacle
qu'il soit donné aux hommes de contempler, celui
d'une âme qui ne s'est laissé ni dominer, ni abattre
par le malheur.

13.

Bientôt il vit se réunir autour de lui, outre un assez grand nombre de connaissances, un noyau de véritables amis affectueux et dévoués, qui trouvèrent, dans les trésors de son esprit cultivé et dans les riches qualités de son cœur, une ample compensation aux autres dons que la nature lui avait refusés; son éloge fut promptement dans toutes les bouches : chacun vantait l'inaltérable sérénité et la soumission avec lesquelles il acceptait les plus cruelles privations.

Alors ces personnes d'élite qui, attirées comme par une influence magnétique, s'étaient peu à peu pressées dans ses salons, le contraignirent à aller dans le monde avec elles; il le pouvait au prix de quelques malaises physiques pour lui-même et de quelques légers embarras pour ses amis. Ce dernier obstacle fut le principal à surmonter. Le comte avait maintenant perdu toute timidité, toute répugnance à s'exposer aux regards d'autrui, familiarisé qu'il était avec sa longue affliction, n'ayant jamais connu d'autre existence; comme l'aveugle qui cherche à deviner ce que sont les couleurs, il en était réduit à se demander ce qu'éprouvaient ceux qui pouvaient se mouvoir librement, exécuter leur volonté en faisant usage de leurs bras et de leurs jambes et s'abandonner aux plaisirs de l'exercice. Res-

tait donc l'obstacle matériel à sa locomotion, et
celui-là devait être facilement levé pour quelqu'un
qui pouvait se procurer toutes les commodités du
luxe. Au moyen de quelques dépenses, de quelques
ingénieuses inventions, et Malcolm aidant, on parvint à transporter le comte partout dans Edimbourg aussi aisément qu'à Cairnforth; il put faire
acte de présence à l'église, aux cours de justice, aux
théâtres, aux concerts et dans toute autre réunion
de plaisir où se rencontraient les personnes distinguées par leur mérite ou leur qualité.

Au fond, lord Cairnforth aimait beaucoup la société; ses distractions étaient si rares et si limi-
tées! il ne pouvait guère se procurer par lui-même
d'autre récréation que celle de la lecture; aussi peut-
on aisément comprendre que, dans une pareille situation, des relations suivies avec des gens aimables
et instruits étaient pour lui une source de jouissances inappréciables. Il se délectait à écouter les
discussions des beaux esprits et les conversations
savantes des philosophes; lui-même possédait un
talent remarquable de critique; il se mettait rarement en avant dans les réunions nombreuses; mais
souvent, quand cinq ou six des célébrités du jour
étaient rassemblées autour de lui, il se livrait au
plaisir de l'improvisation et déployait les trésors de

sa mémoire et de son instruction. Tous les sujets
intéressaient également lord Cairnforth; la politique, les sciences morales et les théories de la phi-
lanthropie, absolument comme s'il eût été semblable aux autres hommes, au lieu d'être con-
damné — ne devrions-nous pas dire élevé ? — à
cette destinée d'isolement, de séparation !

Jamais aucune allusion à son épreuve ne venait
affliger ceux qui l'écoutaient. Combien, dans cette
génération maintenant disparue se souvinrent longtemps, avec douceur et regret, de ce petit personnage infirme, toujours immobile au milieu de leurs
cercles brillants, et dont tous les hommes importants du jour, comme les beautés à la mode, bri-
guaient l'attention et les éloges ! Ce n'était point son
titre de comte qui exerçait son prestige sur eux; la
noblesse ne manquait pas alors à Edimbourg. C'é-
tait pour lui-même qu'on le recherchait. Ne se dis-
putait-on pas le plaisir d'être assis quelques instants
auprès de lui, de provoquer ses saillies spirituelles
pleines d'*humour*, de plaisanteries de bon aloi, ou
d'écouter sa parole émue quand il s'agissait de défendre quelque cause généreuse? Le sentiment si
élevé qu'il avait de l'homme, sa virilité intellec-
tuelle attiraient à lui tous ceux qui avaient une valeur personnelle, et on pouvait dire de quiconque,

dans Edimbourg, se distinguait de ses concitoyens,
qu'il était plus ou moins des amis de lord Cairnforth.

Mais ce n'était là qu'un côté de la vie de notre
héros, vie où s'étaient si promptement développés les
dons supérieurs de son esprit; il y en avait un autre, que l'on ne découvrit que longtemps après qu'il
eut quitté pour toujours cette moderne Athènes du
Nord, et même alors, on ne sut pas complétement
tout ce qu'il avait été; ce ne fut guère qu'après sa
mort que le jeune auteur aux prises avec la misère,
l'inventeur découragé, celui dont toute la vie dépendait d'une poignée de guinées, s'aperçurent que la
main libérale, qu'ils avaient trouvée si prompte à
s'ouvrir à leurs demandes, était pour toujours fermée. Combien de solliciteurs regrettèrent les heures
passées dans le petit salon de Charlotte Square, auprès de lord Cairnforth! Quelle générosité! quel
tact! quelle délicatesse dans ses rapports avec ses
obligés! Jamais il ne blessait leur fierté, leur juste
orgueil, et le plus endurci, le plus irréligieux était
forcé de reporter sa gratitude du bienfaiteur terrestre jusqu'au céleste auteur de toutes grâces, dont
le comte ne se disait que l'intermédiaire.

En attendant, il poursuivait, avec une diligence
infatigable l'entreprise de placer les enfants de son
ami : celui-là en pension, cet autre à l'université;

les deux aînés, déjà lancés dans leur carrière, il les aidait de son crédit et de son nom. « Un titre de comte, comme il le disait avec son fin sourire, est quelquefois un talisman puissant. »

Toutes ces occupations si diverses ne lui faisaient pas oublier son ancienne vie et ses vieux amis. Aussi faisait-il la sourde oreille quand, par de pressantes sollicitations, on voulait le détacher d'eux et l'engager à se fixer définitivement à Edimbourg. C'était là, lui répétait-on, que son rang et sa fortune l'appelaient à résider. Il répondait avec politesse qu'il y était heureux, qu'il goûtait infiniment toutes les ressources et tous les agréments qu'offrait la capitale, mais que son cœur était dans son paisible Cairnforth.

Il ne les avait point négligés, ces tranquilles habitants de la cure, et plusieurs fois, malgré la fatigue que cela lui causait, il leur avait écrit. Mais, par une espèce de fatalité, il arriva que l'hiver fut particulièrement rigoureux et le service des postes fort mal fait; aussi, pendant les trois mois que lord Cairnforth passa à Edimbourg, ne reçut-il que deux missives de M. Cardross; toutes deux traitaient de sujets littéraires et contenaient beaucoup de questions sur ces grands savants avec lesquels le pauvre ministre de campagne avait, toute

sa vie, rêvé de se lier, et dont il enviait à son cher
pupille le commerce journalier. Hélène, toujours
paresseuse à écrire, ne fit qu'une seule réponse aux
lettres du comte; elle lui mandait que tout allait bien
dans le village, qu'elle suivait ses instructions en tous
points, aidée du capitaine Bruce qui se montrait
fort obligeant et aussi actif que le lui permettait sa
faible santé; en effet, il était toujours très-délicat,
disait-elle, et parlait de se rendre sur le continent,
probablement dans le midi de la France, très-pro-
chainement. Quant au capitaine lui-même, il ne
donna aucun signe de vie.

Cette conduite de son cousin surprit passablement le comte au premier abord; cependant, ce n'é-
tait pas son habitude de prendre vite la mouche
vis-à-vis de ses amis; il n'était pas du nombre de
ces personnes susceptibles à qui un amour-propre
exagéré persuade toujours qu'on a voulu leur faire
affront ou injure.

Il était heureux d'être aimé, heureux de recevoir
des témoignages d'affection; il y croyait, il s'y reposait avec la foi d'un enfant; mais si, au contraire,
on paraissait le négliger, il en concluait seulement que c'était un oubli accidentel et il n'y faisait plus attention. De simples relations de société
n'avaient pas le pouvoir de s'emparer de son cœur;

ce cœur qui paraissait bienveillant à tous ne se donnait pourtant complétement qu'à quelques-uns, et de ceux-là pouvait-il jamais recevoir de véritables offenses? Non, il croyait en eux de tout son être.

Nous ne chercherons pas à approfondir dans quelle catégorie était classé le capitaine Bruce. Lord Cairnforth passa l'éponge sur ces procédés singuliers, se réservant de les apprécier quand il serait revenu chez lui; car il commençait à soupirer après son départ et c'était là, chaque jour, son thème favori.

— Je reviendrai dans votre belle cité l'hiver prochain, disait-il à l'une de ses nouvelles connaissances, qui regrettait sincèrement de le voir s'éloigner, et je vous amènerai mon vieux pasteur, un savant, qui sera encore plus enchanté que moi, j'en suis sûr, de tous vos trésors d'érudition et d'esprit.

Et avec l'ardeur de la jeunesse, il se mit à faire des plans pour disposer une maison qui pût le recevoir, avec toute la famille Cardross, la saison prochaine.

— Comme ils se plairont ici! s'écria-t-il un jour, s'adressant à Malcolm, auquel il demandait son opinion sur les arrangements qu'il voulait faire. Te représentes-tu le ministre enseveli sous les bouquins dans les bibliothèques publiques? Et Mademoiselle Cardross, combien n'admirera-t-elle pas ces magnifiques magasins, ces beaux monuments! · Quant aux garçons, ils iront patiner sur le lac Dunsappie et pêcher dans la rivière. Oh! comme nous les amuserons ici!

Et le plaisir brillait dans ses yeux, qui n'avaient jamais plus d'éclat que lorsqu'il songeait à la joie des autres.

Enfin, après plusieurs jours d'un voyage pénible, le carrosse de lord Cairnforth s'arrêta de nouveau devant le bac, en face du château. Il était toujours là, ce fier manoir, avec sa façade blanche et ses tourelles, se détachant sur les sombres forêts qui l'entouraient. Une petite teinte rougeâtre annonçait déjà le premier effort de la végétation, celle qui précède le printemps.

Que son lac lui parut beau et limpide après tant de mois d'absence! Il était transparent et pur comme au jour qui vit naître la tempête dans laquelle son père trouva la mort! Lacs ravissants et trompeurs, vous êtes perfides comme tant de choses d'ici-bas!

— Oh! Malcolm, qu'il fait bon revenir dans son pays, retrouver son chez-soi! s'écria le jeune comte avec enthousiasme, en considérant avec amour le château seigneurial de ses ancêtres, puis, à ses pieds, l'humble église du village couverte de lierre, et les toits à pignons du presbytère. En un instant, les plaisirs et les distractions d'Edimbourg furent perdus de vue; la douce perspective de revoir ses amis, tous ceux au milieu desquels il avait passé son enfance, faisait déborder son cœur de joie. Jamais il n'avait mieux senti combien ils lui étaient précieux, indispensables à son bonheur!

— Peux-tu m'assurer, Malcolm, que tout le monde ignore notre arrivée? Je voudrais de suite descendre au presbytère et les surprendre tous.

— Cela vous sera facile, Milord, car je n'aperçois personne que Duncan, le batelier, et, à la lenteur de ses mouvements, il ne semble pas se douter que c'est Votre Seigneurie qu'il fait ainsi attendre!

— Eh bien ! comment cela va-t-il, Duncan? dit lord Cairnforth gaiement, lorsque le vieillard se fut approché et eut distingué que c'était son maître, reconnaissance qui donna lieu, de sa part, à mille démonstrations de contentement et de respect. — Tout le monde se porte bien chez toi, au château, au presbytère?

— Eh oui! Milord, assez bien, grand merci, — sauf le pasteur. Mademoiselle Hélène paraît lui manquer beaucoup.

— Miss Hélène! lui manquer! répéta le comte avec stupeur et en pâlissant.

— Eh oui, Milord! Elle est partie, il y a deux jours seulement; elle avait l'air bien triste de laisser Cairnforth et le ministre.

— Laisser son père!

— L'Evangile dit : « Un homme doit quitter son père et sa mère pour s'attacher à sa femme, » et la femme fait de même pour son mari; Votre Seigneurie le sait bien. Miss Hélène est partie pour la France, ou pour quelque endroit comme cela, avec son mari, le capitaine Bruce.

Lord Cairnforth était assis seul à la poupe du bac; il n'y avait d'autre témoin de cette scène que Duncan et Malcolm; celui-ci avait saisi le second aviron. Lord Cairnforth ne répliqua pas un mot à la communication si inattendue du vieux Duncan; il ne fit pas la moindre question, mais ces deux hommes déclarèrent dans la suite qu'à leur dernier jour, ils se souviendraient de l'expression de son visage. Au bout des dix minutes que dura le passage, Malcolm le prit dans ses bras, comme à l'ordinaire.

— Malcolm, j'ai changé d'idée, dit le comte; j'irai à la cure une autre fois. Porte-moi au château le plus vite que tu pourras, par le plus court chemin.

Et le fidèle serviteur emporta son maître, absolument comme aux jours où le comte était enfant, à travers les bois épais, jusqu'à la porte du château. Personne ne les attendait et rien n'était prêt pour les recevoir.

— Cela ne fait rien; c'est tout à fait indifférent, murmura faiblement lord Cairnforth, en se laissant déposer sur un fauteuil, près du feu, dans la chambre de l'intendant. Comme il restait là immobile, sans dire un mot, Malcolm se hasarda à dire respectueusement :

— Irai-je chercher M. Cardross? vous seriez peut-être bien aise de le voir, Milord.

— Sa Seigneurie a l'air mécontent, dit la femme de charge à voix basse à Madame Campbell, lorsque le comte, ayant appuyé la tête sur le dossier de son fauteuil et fermé les yeux, leur parut comme endormi.

— Serait-ce à propos du mariage du capitaine? N'en était-il pas instruit?

— Il n'en a pas su le premier mot.

— C'est là un grand manque de respect de la part du capitaine. Je ne comprends pas comment Mademoiselle Hélène a pu me dire, en m'annonçant son mariage, que le comte en était enchanté, et que le capitaine partait pour Edimbourg, afin

de lui en parler. Elle a ajouté qu'il lui avait écrit
que Sa Seigneurie ne voulait pas qu'il perdît un
seul jour et qu'il lui conseillait d'épouser de suite
Miss Hélène et de l'emmener avec lui. Je crois
que sans cela elle ne l'aurait jamais accepté pour
mari; oui, c'est mon opinion. Puis, le capitaine
était toujours à ses côtés, ayant l'air d'un revenant.

— Je n'en crois pas un mot, s'écria Malcolm
avec colère, puis il s'arrêta soudain, car, tandis
qu'ils causaient, le comte avait rouvert les yeux; il
les tenait fixés sur eux; sa physionomie avait une
expression étrange, terrifiée.

Ah! il comprenait tout maintenant, la dernière
soirée qu'il avait passée à Cairnforth en compagnie
de son cousin, la conversation qu'ils avaient eue
ensemble, les questions qu'il lui avait adressées et
auxquelles son silence même n'avait que trop répondu. C'était évident, le capitaine avait deviné ses
dispositions concernant son héritage.

Il eut beau passer et repasser tous les incidents
de cette soirée dans son esprit, il ne put en tirer
aucune autre conclusion que celle-là; le capitaine
Bruce avait épousé Hélène Cardross pour le même
motif qui l'avait amené au château et qui l'avait
engagé à s'y faire bien voir; son mobile, c'était la

cupidité. Lorsqu'il avait vu la fortune qu'il convoitait prête à lui échapper, alors seulement il avait conçu l'idée de son union avec l'héritière de lord Cairnforth.

Comment était-il parvenu à réaliser ce dessein ? Comment avait-il réussi à se faire aimer de l'innocente et simple Hélène ? car jamais elle ne l'aurait épousé sans amour ; le comte en était certain. Par quels moyens, par quelles insinuations ou par quels mensonges était-il arrivé à son but ? c'est ce qui restait et devait toujours rester un de ces nombreux mystères qui enveloppent tant de mariages. Maintenant tout était fini ; elle était mariée, partie ! Sans aucun doute, le capitaine avait dû prendre toutes ses précautions et lever tous les obstacles ; que ce fût un mariage parfaitement légal, malgré les antécédents si peu connus du marié, cela paraissait plus que probable, puisque le principal but de cette union eût été manqué si quelque vice de forme avait pu être prouvé. M. Bruce n'aurait-il pas en effet par là perdu la chance d'entrer en possession de la propriété qui devait échoir à Hélène Cardross, à la mort du comte ? mais qu'il fût capable d'aimer Hélène pour elle-même, ou qu'il fût capable d'aimer toute autre femme, dans le noble et véritable sens de ce mot, c'était vraiment une sup-

position que l'interprétation la plus charitable ne
pouvait admettre.

Elle l'avait aimé, oui elle avait dû l'aimer de cet
amour étrange, prompt comme l'éclair, qui vient
quelquefois surprendre, comme une révélation, la
femme qui a dépassé la première jeunesse. Et elle
avait consenti à l'épouser, à le suivre, quittant, pour
l'amour de cet inconnu, père, frère, amis... et,
parmi ses amis, celui qui aujourd'hui n'était plus
rien pour elle... non, rien...

Quelles que fussent les émotions qui agitaient le
malheureux lord Cairnforth, il serait presque im-
pie de chercher à les définir? Une chose certaine,
c'est qu'en perdant Hélène Cardross, il avait perdu
le rayon, la joie de sa vie.

Combien d'heures il resta immobile dans son fauteuil, il en eut à peine conscience; à la vérité, il
était toujours immobile, mais que ce calme maintenant était effrayant! Aucun symptôme de cette
gracieuse expression de physionomie, de cette animation de la voix et du geste qui faisaient si vite
oublier à ses visiteurs ses tristes infirmités. Lorsque
son appartement fut disposé, il permit qu'on le portât sur son lit et, pendant plusieurs jours, il refusa
de le quitter. Il n'était pas malade cependant, car il
refusa constamment de faire venir un médecin, dé-

clarant qu'il était seulement fatigué, très-fatigué, ce qui, après son long voyage, ne devait surprendre personne. Il ne voulut voir aucun de ses intendants ou de ses régisseurs; M. Cardross même ne fut pas admis; du reste, il était absent au moment de l'arrivée du comte. La vieille nourrice, Madame Campbell, eut seule la permission de rester auprès de lord Cairnforth. Il semblait s'attacher à elle comme un enfant. Pendant des journées entières elle demeura à son chevet, le veillant en silence. Lord Cairnforth garda ses yeux grands ouverts dans le vide, avec cette expression de vague stupeur qui avait frappé tout le monde lorsqu'il était assis auprès du feu chez l'intendant.

— Mon enfant! mon cher enfant! Madame Campbell répétait cette exclamation à longs intervalles. C'était une bien bonne femme que Madame Campbell, d'un esprit peu développé; mais elle aimait son maître et son affection le consolait :

— Il vous faut vivre, il vous faut vivre, mon agneau, répétait-elle encore; il ne manque pas de gens qui auront encore besoin de vous, allez.

Et la digne personne sanglotait, comme pour mieux commenter sa phrase, dont elle ne comprenait peut-être pas bien elle-même la portée; mais elle connaissait assez « son jeune maître » pour savoir que si quelque chose devait le tirer de sa torpeur, c'était le sentiment de pouvoir être utile à son prochain.

— Tu crois vraiment, ma vieille nourrice, que je puis encore être bon à quelque chose en ce monde?

— Ah! Milord, je crois bien! C'est vous qui manqueriez terriblement à tout le monde si vous veniez à mourir!

— Eh bien! je ne veux pas mourir, reprit le comte avec un faible sourire, en prononçant ces mots dans le patois familier à son enfance. Appelle Malcolm; je vais essayer de me lever, puis, bonne nourrice, tu diras qu'on prépare la voiture, la chaise-poney; je veux aller à la cure voir comment se trouve M. Cardross. Comme il doit être malheureux, séparé de sa fille!

Lord Cairnforth ne pouvait pas — il devait s'écouler bien du temps avant qu'il en fût autrement — se résoudre à appeler la nouvelle mariée par son nom; mais, à part cette légère différence, il parla d'elle à tout le monde comme à l'ordinaire. Il se leva donc, et, dès ce moment, reprit toutes ses habitudes, tous ses travaux, remplissant ses devoirs absolument comme si rien ne fût venu troubler la paisible existence que menait le solitaire seigneur de Cairnforth.

14

# CHAPITRE XI

# CHAPITRE XI.

Comme nous l'avons dit plus haut, M. Cardross avait été absent pendant les premiers jours qui avaient suivi le retour de lord Cairnforth; aussi celui-ci eut-il le temps, avant de se trouver face à face avec le père d'Hélène, d'apprendre, par différentes sources, tous les détails de ce singulier mariage, tous ceux, du moins, qui étaient connus du petit public du village.

Le ministre lui-même eut peu de choses à ajouter, si ce n'est le fait important que l'absence des jeunes mariés ne dépasserait pas six mois, le capitaine Bruce ayant solennellement promis de revenir dans la petite presqu'île et d'y vivre de sa demi-solde. M. Cardross était persuadé que jamais, sans cette condition, sa chère fille ne l'eût quitté pour l'amour d'aucun homme.

C'était, au point de vue du monde, un mariage parfaitement naturel et convenable. Les époux

14.

étaient parfaitement assortis quant à l'âge et la position ; ils se connaissaient assez bien, car il parut
que les visites quotidiennes du capitaine à la cure
avaient commencé dès le lendemain du départ de
lord Cairnforth.

— Il a toujours parlé de vous avec tant de chaleur, tant d'admiration! disait le bon ministre en
s'adressant à ce dernier; il exprimait une si grande
reconnaissance pour tous vos bienfaits, que je crois
que c'est là ce qui lui a gagné le cœur d'Hélène. Et
quand il lui demanda de l'épouser, pendant assez
longtemps elle ne voulut pas l'accepter; ce ne fut
que lorsqu'il vous eut consulté à Edimbourg qu'elle
y donna son consentement!.....

— Après qu'il m'eut consulté à Edimbourg!.....
répéta le comte avec stupéfaction.

Puis il s'arrêta soudain.

Il était indispensable, dans l'intérêt d'Hélène,
dans celui de tous, d'être excessivement prudent et
de peser chacune de ses paroles. Ne valait-il pas
mieux se convaincre que ses soupçons étaient
fondés avant de laisser pénétrer dans le cœur du
pauvre père un seul doute sur son gendre, avant
de lui laisser croire que le mariage de son Hélène
n'était ni honorable, ni heureux comme il le pensait?

— Bruce nous a dit que vous vous portiez parfaitement, continua M. Cardross; il a ajouté que vous étiez plongé dans le tourbillon du monde élégant et que vous en jouissiez infiniment. Vous lui avez assuré que rien ne serait plus selon vos idées que ce mariage, et que, s'il pouvait être célébré sans attendre votre retour encore incertain, tout le monde en serait plus heureux. N'est-ce pas là la vérité?

— Non, répondit brièvement le comte.

— Comment! vous auriez désiré qu'Hélène eût attendu votre retour?

— Sans doute.

Le pasteur parut contrarié; toutefois, il ne manifesta pas le moindre symptôme de suspicion.

— Il faut pardonner à ma fille, reprit-il simplement; elle n'a pas eu l'intention de manquer de respect à son plus cher, à son plus vieil ami; il est si aisé de donner une autre interprétation à un message! Puis, il faut faire la part de l'impatience d'un amoureux. Je crois que, dans ces circonstances, nous pouvions excuser le capitaine Bruce; est-il étonnant qu'il ait mis de l'empressement à obtenir la main de notre Hélène?

Le vieillard accompagna ces paroles d'un sourire en jetant un regard mélancolique autour du salon de la cure. L'âme d'Hélène paraissait encore y planer tout entière. Ne sentait-on pas qu'elle avait vécu dans cette atmosphère, qu'elle l'avait animée de sa présence? Là était sa jardinière, ici sa petite table, dans ce coin sa corbeille à ouvrage. M. Cardross n'avait pas voulu qu'un seul de ces objets fût changé de place.

— Elle sera bien aise de les retrouver tous au même endroit, quand elle reviendra, avait-il dit.

— Et vous, vous êtes satisfait de ce mariage? demanda le comte en présentant sa question du ton le plus naturel qu'il pût affecter.

— Certainement! Quelle objection aurais-je pu y faire? Hélène aimait Bruce; que pouvais-je désirer, sinon le bonheur de ma fille? Ma vie conjugale a été si parfaitement heureuse qu'il m'eût été impossible de priver mon enfant des mêmes joies. Je n'ai rien appris que de favorable sur son mari; vous l'aimez, vous l'estimez; Hélène a particulièrement insisté sur ce point; elle m'a rappelé que vous l'aviez même chargée, si jamais elle en avait l'occasion, de témoigner au capitaine Bruce, d'une façon toute spéciale, sa bienveillance.

Lord Cairnforth fit presque entendre un gémissement.

— Le capitaine Bruce a interprété cette parole en
sa faveur, déclarant que vous ne l'aviez prononcée
que parce que vous connaissiez déjà son inclination
pour Hélène; lui, il est vrai, n'avait pas eu jusqu'a-
lors le courage de l'exprimer; mais s'il avait paru
ne pas faire attention à ma fille, ce n'était que
pour mieux cacher ses sentiments avant d'être sûr
de votre consentement.

Le comte écouta ce discours comme s'il ne pouvait en croire ses oreilles; il était comme frappé de
mutisme. Ces mensonges étaient si artistement
tissés, si ingénieusement enchevêtrés les uns dans
les autres, ils avaient une telle apparence de vérité, qu'il se demandait comment il aurait fait
lui-même pour ne pas y être pris. Rien d'étonnant
donc que la simple et bonne Hélène y eût été
trompée et que son père, non moins confiant, fût
tombé dans le filet qu'on lui avait tendu si adroitement.

Et maintenant se présentait cette cruelle question : Jusqu'à quel point est-il permis d'ouvrir les
yeux de ce malheureux père si lâchement abusé?

Lord Cairnforth était d'un caractère réservé; la
nature et les circonstances l'avaient ainsi formé; il
ne croyait pas qu'il nous fût permis de laisser
paraître toutes nos impressions. Hélène Cardross

avait souvent discuté avec lui sur ce sujet; combien de fois elle l'en avait plaisanté! mais lui, dans ces occasions, s'était contenté de sourire silencieusement, et, instruit par son expérience, il avait gardé son opinion. Ne savait-il pas que sa vie à elle, sa vie libre, heureuse, indépendante, ne pouvait jamais ressembler à la sienne!

Hélène avait encore à apprendre cette contrainte amère, mais salutaire, cette obligation, quand nous souffrons pour les autres ou pour nous-mêmes, de souffrir seuls.

Il était heureux, dans les circonstances actuelles, que lord Cairnforth fût capable de cette précieuse abnégation; autrement, comment eût-il pu rester paisiblement assis dans le salon de la cure, écoutant avec patience le père d'Hélène, tandis qu'il s'imaginait à chaque minute entendre le pas de son amie dans l'escalier, sa voix résonner dans le corridor? Comment, sous le coup si subit de son absence, de sa perte, eût-il pu endurer d'aussi cruelles révélations? Nul doute qu'un autre n'eût succombé.

Mais il supporta courageusement le choc, conservant son héroïque dissimulation, jouant, pendant tout le reste de la soirée, le même noble rôle, et, jusqu'au moment où il prit congé de M. Car-

dross, ne se trahissant ni par un mot, ni par un
geste. Comment, en effet, dire à ce pauvre vieux
père, qui venait si généreusement de se séparer de
sa fille unique pour la seule raison « qu'elle aimait d'amour son fiancé, » que ce fiancé, ce mari,
avait menti effrontément, qu'il n'était qu'un intrigant égoïste et cupide, et que cette alliance, légale
aux yeux du monde, pouvait être considérée comme
déshonorante et indigne par les honnêtes gens.
Lord Cairnforth se chargea de cette lourde responsabilité. Hélène avait souvent agi de même dans
des circonstances moins importantes vis-à-vis de
son père ; ce dernier était si impressionnable, son
cœur se froissait si aisément, qu'elle préférait porter seule le fardeau de la peine. Ainsi fit lord
Cairnforth ; il se réfugia dans ce dernier asile de
la douleur et de l'amour blessé : le silence ! Oui,
ce devait être un silence éternel comme celui du
tombeau, que celui qui régnerait sur tout ce passé,
ainsi que sur ses anciens rapports avec le capitaine Bruce. Lord Cairnforth en prit son parti,
résolu de persévérer dans cette courageuse réserve,
tant qu'une nécessité urgente ne le forcerait pas
d'en sortir.

Une pensée pénible continuait cependant d'affliger son cœur, et il ne put s'empêcher, après une se-

maine ou deux d'attente, de la communiquer à M. Cardross. Hélène n'avait-elle rien laissé pour lui, — lui, son ami d'enfance, — aucun message, aucune lettre? Les préoccupations de son nouvel amour lui avaient-elles si complétement fait perdre le souvenir de leur ancienne liaison qu'elle fût partie sans même laisser tomber de ses lèvres ou de sa plume un mot d'adieu pour lui?

Le ministre ne le croyait pas; il était persuadé qu'elle lui avait écrit; elle en avait annoncé l'intention, et la nuit qui précéda son mariage, il l'avait entendue aller et venir dans sa chambre, longtemps après que tout le monde dans la maison fut endormi. Il avait même cru distinguer quelques sanglots. Et maintenant qu'il y réfléchissait..., oui, en y réfléchissant, il se souvenait de l'avoir vue, le matin de son mariage, donner une lettre au capitaine Bruce, en lui disant qu'elle devait être expédiée à Edimbourg.

— Vous savez que nous vous croyions tous dans cette ville, et l'on disait que vous deviez y rester quelque temps encore; autrement, j'en suis convaincu, ma fille eût attendu votre retour, afin que vous fussiez présent à la célébration de ses noces. Qu'elle sera désolée, lorsqu'elle saura que vous êtes arrivé le lendemain même!

— Croyez-vous ? fit le comte avec tristesse; mais il n'ajouta rien.

A son retour au château le soir, par un singulier hasard, il aperçut, posée sur son bureau, une lettre dont il reconnut aussitôt l'écriture ronde, ferme, un peu masculine, cette écriture qui lui était si familière depuis tant d'années, celle, en un mot, de son fidèle secrétaire.

— C'est sûrement de Miss Hélène, — de Madame Bruce, dit Malcolm, en la lui présentant. Ah! les amoureux sont peu soigneux! Voyez plutôt, Milord; elle est d'abord adressée à Charlotte-Square, à Edimbourg; puis elle a été portée à Londres, et quelqu'un, le capitaine, je crois, l'a adressée au château de Cairnforth.

— Pas de remarque, Malcolm, interrompit le comte avec une sécheresse qui contrastait avec son affabilité ordinaire; brise le cachet et place la lettre de manière que je puisse la lire, tu pourras ensuite te retirer.

Mais à peine son domestique fut sorti, que sa force l'abandonna; il ferma les yeux un instant, et tomba presque dans un accès de désespoir, car il voyait de plus en plus clairement comment la jeune fille avait été entraînée.

La lettre d'Hélène, simple, innocente lettre, datée de plusieurs semaines, écrite, comme son père l'avait présumé, dans la soirée du jour qui précéda son mariage, contenait les lignes suivantes :

« Mon cher ami,

« Je suis très-occupée, mais je me suis efforcée de
« trouver une heure pour vous écrire, car je ne con-
« çois pas qu'on oublie ses amis, parce qu'on a une
« nouvelle affection au cœur; je crois, au contraire,
« qu'un amour vrai rend les anciennes plus étroites
« et plus chères. Je n'ai fait autre chose que pleu-
« rer comme une enfant, en pensant à vous et à mon
« père, depuis qu'il est question de mon mariage.
« Pauvre père ! vous aurez bien soin de lui, quand je
« serai partie, n'est-ce pas? Mais quelle recomman-
« dation inutile je vous fais là! Six mois au plus,
« a dit le capitaine Bruce, suffiront, suivant l'avis
« des docteurs d'Edimbourg, pour remettre entiè-
« rement sa santé, s'il emploie ce temps à voyager
« sous un climat chaud ; c'est pourquoi nous som-
« mes sûrs d'être de retour en juin, pour votre jour
« de naissance, dans ce cher Cairnforth, et c'est là
« que nous passerons le reste de notre vie, car *il*
« déclare qu'*il* n'aime rien au monde comme ce
« pays.

« N'ai-je pas raison de l'accompagner pendant ces

« six mois? Mais à quoi bon vous le demander puis-
« que c'est vous-même qui me le conseillez. Il n'a
« personne que moi pour prendre soin de lui, per-
« sonne que moi! Ses deux sœurs sont des jeunes
« filles très-gaies, très-mondaines, et il a été si long-
« temps séparé d'elles qu'il leur est à peu près
« étranger. — Il me dit sans cesse qu'autant vau-
« drait l'envoyer à la mort que de le laisser partir
« seul; je pars donc.

« J'espère qu'il reviendra tout à fait bien portant,
« et qu'il pourra se mettre à bâtir notre cottage
« sur ce petit bout de terre que vous avez promis
« de lui donner. J'en suis extrêmement heureuse;
« nous vivrons tous si gaiement ensemble! nous
« nous verrons tous les jours; le château, la cure, le
« cottage seront si bons voisins!

« Quand je pense à ce retour, je suis presque con-
« solée de m'en aller, de quitter mon bon père, mes
« frères, et vous, mon ami.....

« Figurez-vous que ce cher père a été rempli de
« bonté pour nous; je ne l'oublierai jamais, ni Er-
« nest non plus. Ernest croyait qu'il se serait op-
« posé à notre mariage; mais bien loin de là, il a
« dit que je devais choisir pour moi-même, comme
« il a fait lorsqu'il a épousé ma mère; que j'avais
« été une bonne fille, qu'une bonne fille serait

« assurément une excellente femme, et qu'il était
« convaincu que, quoique mariée, je n'en rempli-
« rais pas moins mes devoirs envers lui, surtout
« devant vivre si près les uns des autres, et Ernest
« l'a promis.

« Ainsi, vous le voyez, aucun de ceux que j'aime
« ne me perdra; et moi, les oublierai-je jamais? Si
« cela pouvait arriver, je me haïrais moi-même; je
« ne serai ni une fille moins dévouée pour mon
« père, ni une amie moins fidèle pour vous. Je ne
« vous oublierai jamais, jamais, mon cher comte..., »
(Les mots qui suivaient avaient été effacés, comme
si de grosses larmes étaient tombées sur le papier,
pendant qu'elle écrivait.)

« Il est minuit; il faut que je vous dise adieu.
« Dieu vous bénisse à jamais! C'est la dernière fois
« que je signe ce nom qui va cesser d'être le mien
« et que je me dis encore

  « Votre fidèle et dévouée amie

    « HÉLÈNE CARDROSS. »

Telle était cette lettre; lord Cairnforth la lut et la
relut; celle qui l'avait écrite et celui qui la lisait
avaient été si liés, si unis! Qui sait si les anges qui
veillent sur les destinées humaines ne jetaient pas
sur eux, en ce moment, des regards de compassion?

Quant au père d'Hélène et à Hélène elle-même, si quelque juge sévère pouvait les taxer de légèreté, pour s'être laissés si facilement tromper, s'ils étaient coupables, lui d'avoir cru un homme sur son propre témoignage, elle de l'avoir aimé comme sont souvent aimés des hommes peu estimables par les femmes les plus vertueuses, sûrement leur erreur provenait uniquement de cette immense charité « qui ne soupçonne pas le mal, » de leur absence totale d'égoïsme, de leurs natures élevées, qualités trop peu communes dans ce monde pour qu'on ne doive leur pardonner. — Mieux vaut mille fois être trompé que de tromper les autres! « Mieux vaut, « comme dit le poëte, se fier à tous et être déçu, « pleurer toujours sur sa confiance abusée que de « s'exposer à douter du seul cœur qui, si on l'eût « mieux connu, eût embelli votre vie. »

Lord Cairnforth ne pouvait en ce moment admettre cette vérité sublime; mais plus tard, lorsque le temps, qui adoucit et explique tant de choses, eut accompli son œuvre, il apprit à ne plus blâmer si sévèrement les autres et à ne plus s'accuser si amèrement lui-même; il apprit à accepter avec plus de soumission le triste sort des humains, à se féliciter d'avoir à souffrir des peines, des injustices, de la part d'autrui, plutôt que d'en être la cause, ou d'endurcir son cœur par une prévoyance hors de saison ou un soupçon mal fondé. En attendant, le mariage était accompli. Tout ce qui restait à faire à l'ami le plus tendre d'Hélène Bruce, c'était d'attendre les événements. Le comte résolut de veiller en silence, mais avec vigilance. Il fit immédiatement des démarches pour se rendre compte de la position exacte du mari d'Hélène et de ses antécédents à l'étranger; car, après la découverte de mensonges aussi hardis, aussi atroces, le champ restait ouvert à tous les doutes sur chacun des faits que le capitaine Bruce avait avancés. L'immense fortune, les relations étendues de société que possédait maintenant le jeune comte, lui rendirent ces recherches faciles. Cependant les principaux détails de l'histoire racontée par le capitaine se trouvèrent, en résumé, exacts; il était bien certainement Ernest-Henri Bruce, le seul fils survivant du colonel Bruce; il avait été capitaine au service de la compagnie des Indes; ses décorations étaient authentiques, il les avait méritées par sa bravoure. Aucune preuve d'une turpitude morale absolue dans sa vie ne put être prouvée. Il avait mené une existence active, agitée, insouciante, s'inquiétant peu de payer ses dettes, prompt à vivre aux dépens d'autrui. C'était là tout autant de défauts qui ne sont ni si rares ni si sévèrement

jugés dans le monde d'une certaine classe, qu'ils
devaient l'être dans le cœur honnête et droit de
lord Cairnforth.

Ainsi donc, ces mensonges n'étaient guère que le
fait d'une imagination brillante, d'une conscience
peu scrupuleuse et d'une langue prolixe. Il avait
suivi la doctrine jésuitique, « la fin justifie les
moyens. » Pour des raisons à lui connues, le
capitaine Ernest Bruce s'était résolu à épouser
Hélène Cardross, et il avait pris ses mesures pour
atteindre ce but. Quel serait le sort de cette
union ? A cette question que lord Cairnforth se
posait cent fois par jour avec une douloureuse angoisse, il ne trouvait aucune réponse ; on en était
réduit aux suppositions. Pendant les premiers mois,
les lettres d'Hélène arrivèrent régulièrement à la
cure ; mais c'étaient des lettres banales, pleines d'affection et de tendresse pour son père, lui racontant
tout ce qui pouvait l'intéresser des pays étrangers qu'elle parcourait, mais ne faisant aucune allusion à elle-même et n'entrant dans aucun détail
sur ses propres sentiments. Après tout, n'était-ce
pas naturel qu'il en fût ainsi ? Elle était mariée à
présent ! Pouvait-on s'imaginer qu'elle conserverait
la franchise naïve de sa jeunesse ? Lord Cairnforth
essayait de se consoler par ces réflexions assez plau-

sibles; mais il ne pouvait s'empêcher d'être alarmé d'un silence aussi complet, aussi peu en rapport avec ce qu'il connaissait du caractère de son amie.

Qu'y avait-il à faire? Hélène, de sa propre main, semblait avoir verrouillé la porte de son cœur. Quel bras eût été assez hardi pour oser forcer ce secret? Qui oserait dire à une femme : « Votre mari est un misérable. » Après tout, — et lord Cairnforth s'attachait à cette espérance avec une énergie héroïque, — le capitaine Bruce était-il vraiment un misérable, indigne de pardon? Il était jeune, uni à une honnête femme, il pouvait s'amender aux yeux du monde, sa réputation n'était point perdue; il était ce qu'on appelle un « bon garçon; » il avait des qualités qui pouvaient le faire aimer.

Il lui manquait, il est vrai, les principes qui seuls donnent de la valeur à l'homme, la véracité, un esprit indépendant, le sentiment de l'honneur; mais, encore une fois, il était le mari d'Hélène, si véridique, si parfaite, d'Hélène, la fille du pauvre ministre, qui avait été élevée à croire qu'il valait mieux toute sa vie se nourrir de fromage et se désaltérer d'eau claire que de devoir une obole à qui que ce fût. Ne pouvait-on trouver là un rayon d'espoir, n'y avait-il pas là, pour lui, une planche de salut?

Qui sait même si, au dernier moment, il n'avait pas éprouvé pour elle quelque émotion approchant de l'amour? Hélène était aimable; oui, quoiqu'il l'eût dédaignée à première vue, il avait dû l'aimer. Et, tout en gémissant, le comte s'efforçait de croire à ce penchant; il recevait d'ailleurs, de temps en temps, de petits coups de poignard qui venaient confirmer sa conviction; par exemple, c'étaient des détails sur la cour assidue que lui faisait le capitaine, sur ses attentions pleines de délicatesse, sur la joie d'Hélène lorsqu'elle se vit tellement appréciée par le premier amoureux qu'elle eût rencontré, et par un amoureux dont toute jeune fille eût pu s'enorgueillir à bon droit. Alors, secouant tout sentiment personnel, ce cri plein d'angoisse sortait du cœur de lord Cairnforth :

— Dieu veuille qu'il l'aime! Dieu veuille qu'elle soit heureuse, n'importe où, n'importe par qui!

Mais, malgré ce désir et cet espoir, comme par suite d'une prévision maladive inhérente à son caractère, lord Cairnforth prit toutes les précautions pour que dans le cas le plus terrible où puisse se trouver une femme, celui où elle est forcée de traiter son mari, le père de ses enfants, le protecteur naturel de la famille, comme son ennemi et le leur, Hélène pût être mise à l'abri de tout danger. Il n'effaça pas

15.

son nom de son testament; non, il laissa les choses dans le même état qu'avant le mariage; mais il prit le soin scrupuleux de placer sa fortune d'une manière inaliénable sur la tête d'Hélène et sur celle de ses enfants.

Si le capitaine Bruce n'était pas l'homme que l'on supposait, cette précaution ne pouvait pas l'affecter, l'homme et la femme ne faisant qu'un et l'amour dédaignant tous les contrats, passant sur tous les arrangements pécuniaires; dans le cas contraire, l'avenir d'Hélène était assuré, au moins quant aux biens de ce monde, à l'abri de toutes les peines, excepté de celles dont, hélas! aucun ami terrestre ne saurait nous protéger, les déchirements d'un cœur brisé!

Mais le cœur d'Hélène était-il brisé ou était-il menacé de l'être? Nul ne pouvait le dire ni même le deviner. Ses lettres arrivèrent régulièrement depuis janvier jusqu'en mai, datées de différentes villes d'Allemagne, principalement des villes de jeu; parmi les innocents habitants de Cairnforth, le comte était le seul qui pût faire cette dernière remarque. Hélène écrivait toujours dans son même style affectueux, parlant de chacun avec une tendresse touchante, s'informant de tout ce qui se passait dans son cher, cher village; mais c'est en vain

qu'on eût cherché dans sa correspondance une
plainte, une nuance de regrets sur sa destinée. Elle
parlait peu de son mari. Lord Cairnforth crut s'a-
percevoir que ce silence augmentait graduellement.
Le jeune couple n'avait pas été dans le midi de la
France comme les médecins l'avaient ordonné et
comme le capitaine Bruce en avait manifesté l'intention; ce dernier avait préféré, disait sa femme,
se rendre dans ces villes d'Allemagne où il devait
rencontrer sa famille, son père, ses sœurs; de ceux-
ci, et le ministre lui-même finit par l'observer avec
surprise, Hélène ne donnait aucune description;
elle ne portait aucun jugement, ni favorable ni désa-
vantageux, sur les parents de son mari : on voyait
bien qu'elle vivait avec eux, mais elle n'en disait
pas un seul mot.

Le comte étudiait, avec une ardeur fiévreuse, ces
lettres immédiatement apportées au château par
M. Cardross, et dont le contenu circulait ensuite
dans toute la paroisse, car chacun mourait d'envie
d'avoir des nouvelles de Miss Hélène; toujours le
même mystère sur sa vie et sur ses sentiments. Enfin les dévorantes inquiétudes de l'ami s'apaisèrent
peu à peu; il se borna à se tenir toujours sur le qui-
vive et à suivre tous les mouvements du capitaine
Bruce; du reste, il ne se fiait à personne sur ce sujet,

si ce n'est, dans une certaine mesure, au vieux clerc qui avait été envoyé autrefois par M. Menteith et qui maintenant, sous le titre de secrétaire privé du comte, était venu s'établir à Cairnforth pour y finir ses jours, aussi fidèle, aussi dévoué que le lévrier et presque aussi silencieux que cet animal.

Le temps s'écoula, emportant sur ses ailes rapides, rapides pour lord Cairnforth comme pour nous tous, sa part de joie et de chagrin; tantôt une douce sérénité venait rafraîchir son âme, tantôt les angoisses et le vide du cœur reprenaient leur empire.

Le printemps reparut, puis l'été ramenant le soleil sur les collines, le feuillage, les fleurs, les oiseaux dans les bois; il ramena aussi la fête du lord, joyeusement célébrée par ses vassaux qui lui étaient chaque année plus attachés; seulement il ne ramena pas Hélène à Cairnforth.

# CHAPITRE XII

# CHAPITRE XII

La vie, quand nous essayons de l'analyser avec calme, ne nous paraît guère composée, pour tous les hommes, que de trois éléments assez simplement définis par ces trois mots : *joie, peine, travail*. Pour quelques-uns, ces éléments sont répartis en proportion inégale ou plutôt nous nous imaginons qu'il en est ainsi ; pour d'autres, ils se balancent ; en résumé, il faut en revenir à ce qu'a dit le sage :

« Une même chose arrive à tous. »

Le comte de Cairnforth, dans sa vie incomplète et limitée, avait certainement reçu une moindre part de jouissances que le plus grand nombre de ses semblables ; mais il avait appris à mieux souffrir qu'eux, à mieux supporter la vie. Toutefois, il lui restait encore à comprendre que toute notre existence ne se compose pas seulement de résignation ; qu'une vie d'homme doit offrir autant de forces de résistance

que de forces passives; qu'il faut combattre le mal
pour défendre le bien, lutter, avec l'assistance divine, en faveur de la bonne cause, et que finalement il faut se déterminer à agir pour acquérir le
bonheur, aussi bien pour nous-mêmes que pour les
autres. Le devoir ne consiste pas à rester docilement
courbé sous le poids de notre misère, à recevoir,
comme des mains de la fatalité, le bonheur ou la douleur; mais à prendre toutes ses mesures pour s'assurer l'un et pour échapper à l'autre ; il faut travailler
chaque jour en vue de ce but, comme il nous est
commandé de travailler à notre salut pour l'éternité.
S'humilier devant la volonté divine, et cependant
puiser en elle l'effort incessant de l'action, en regardant à Dieu, qui produit en nous, selon son bon
plaisir, le vouloir et l'exécution, telle doit être la
tendance du chrétien.

La contemplation exclusive de la perte qu'on
vient de faire est la conséquence ordinaire de toute
grande affliction. Se retirer en soi-même, se rendre
invisible, est l'instinct naturel de tout cœur écrasé
par une épreuve où l'injustice a dominé; pour les
natures vraiment élevées, cet état n'est que transi-
toire et passager. Peu à peu l'attouchement divin,
qui faisait que le boiteux se levait et marchait, que
le malade prenait son lit et l'emportait dans sa

maison, vient aussi se faire sentir à l'âme blessée ;
elle entend un murmure de paix dans la voix qui
lui parle de travail et de lutte : s'il y a à souffrir, il
y a aussi à agir.

Pour lord Cairnforth, il fallut beaucoup de
temps avant qu'il pût être dans cette heureuse condition. Il vivait dans un état perpétuel d'excitation,
dans l'attente d'une catastrophe qu'il croyait immi-
nente, et comme il était forcé en même temps de
continuer ses recherches, de se livrer à un système
d'investigations fort étendues, pour lequel il n'a-
vait d'autre confident que le vieux clerc, M. Means,
auquel il se livrait le moins possible, de peur
que, par imprudence, quelques bruits publics ne
vinssent attaquer la réputation du capitaine Bruce,
il en résultait pour lui un déploiement inusité
d'activité et d'énergie. Mais quand l'action ne fut
plus nécessaire, quand les lettres d'Hélène, tout en
exprimant d'amers regrets de ne pouvoir revenir à
Cairnforth comme elle l'avait pensé, donnèrent des
raisons plausibles de cette absence, savoir la
santé très-délicate de son mari, lord Cairnforth
tomba dans une espèce de langueur morale, également douloureuse pour celui qui en était atteint
et pour tous ceux qui l'aimaient. Il n'était pas
précisément malade, mais sa faiblesse paraissait

plus grande que d'habitude. Il ne se montrait pas
positivement irritable ; son caractère doux rendait
cette disposition rare chez lui ; mais il était, suivant l'expression de Malcolm, « capricieux, » faisait une grosse affaire de bagatelles, était porté
à envisager le côté triste et cynique de toutes les
questions.

En examinant ses affaires, lord Cairnforth avait
fait, après son retour, des découvertes qui n'étaient
pas propres à diminuer ce fâcheux état de son âme.
Les sommes d'argent qu'il avait confiées au capitaine Bruce pour différents objets, avaient toutes
été détournées de leur destination ; il n'était pas
possible d'intenter un procès au jeune homme, mais
sa conduite, sans doute possible, devait être taxée
d'extravagance et d'indélicatesse. C'est ainsi que le
capitaine avait prétendu, devant M. Cardross, dont
l'esprit indépendant s'était un peu révolté, avoir
reçu de lord Cairnforth une somme d'argent comme
cadeau de noces, marque d'amitié pour laquelle
le capitaine avait plusieurs fois exprimé sa gratitude.

Là-dessus encore, pour l'amour d'Hélène, le
comte garda le silence ; mais cette nouvelle dissimulation lui fit éprouver le sentiment le plus amer
qu'il eût encore ressenti, et il lui sembla que son

cœur était près de se changer en pierre. Ce ne
pouvait être qu'un effet de son imagination, car
comment un cœur comme celui de lord Cairnforth eût-il pu être endurci sans retour, comment une âme qui renfermait dans son sanctuaire
intime l'amour de Dieu, de celui qui, après la perte
de toutes les affections humaines, vient encore mur-
murer à nos oreilles ces douces paroles : « Nous
viendrons à toi, et nous ferons notre demeure chez
toi, » comment cette âme eût-elle été fermée à tout
jamais ? Oui, Dieu vient habiter dans l'âme immor-
telle, fût-elle contenue dans le plus méprisable ta-
bernacle terrestre. Toutefois, avouons-le, une
écorce d'insensibilité vint recouvrir, en apparence,
pendant plusieurs années, cette nature d'élite.
L'observateur inattentif pouvait ne pas s'en apercevoir, M. Cardross même ne s'en douta pas ; mais
elle existait néanmoins. Lequel d'entre nous n'a
fait, à différentes époques de sa vie, qu'il l'ait mé-
rité ou non, une de ces douloureuses expériences.
Qui n'a connu la sensation amère de la déception ?
On avait ouvert son cœur aux rayons éclatants d'un
soleil de midi, et soudain l'hiver, la nuit, sont
venus le glacer, le flétrir ; on s'était jeté, avec toute
l'ardeur du dévouement, aux pieds d'un être adoré
et tout à coup on a été repoussé, renversé dans la

poussière. C'était là, contre sa volonté et malgré sa conscience, l'impression qui dominait peu à peu lord Cairnforth. A mesure que l'absence d'Hélène se prolongeait, les ténèbres gagnaient l'âme de lord Cairnforth, et elles l'eussent envahie complétement sans la foi dans cette parole prêchée, il y a dix-huit siècles, sur les rivages de la Galilée, parole qui a toujours sauvé l'opprimé du désespoir : « Celui qui aura seulement donné un verre d'eau froide en mon nom, ne perdra pas sa récompense. » Ce n'est pas d'une récompense terrestre qu'il est question. Celui seul auquel nous devons la dette peut nous la remettre, non pas à notre façon, mais à la sienne; quelle abondante consolation ne trouve-t-il pas, celui qui souffre de l'ingratitude de ses semblables, dans cette conclusion de la phrase divine : « En vérité, en vérité, je vous dis qu'autant que vous avez fait cela à l'un de ces petits, vous me l'avez fait à moi-même? »

L'automne, l'hiver s'écoulèrent : un nouveau printemps reparut; les lettres d'Hélène avaient cessé de donner aucune raison, aucune explication de son éloignement de Cairnforth. C'était en des termes très-brefs qu'elle affirmait simplement que son retour, pour le moment, était impossible.

Dans ces occasions, le bon ministre se contentait

de tenir, de son ton désappointé et mélancolique, un de ses discours habituels :

— Il est bien vrai qu'un homme doit s'attacher à sa femme et la femme à son mari; je suppose que le capitaine se trouve mieux dans les pays chauds; il a toujours dit qu'il les préférait; ma fille reviendra dès qu'elle le pourra; je sais qu'elle le fera. Puis, mes fils sont de si bons garçons, en particulier Duncan!

M. Cardross avait découvert, croyait-il, depuis quelque temps, des germes de talent chez son plus jeune fils; il concentrait tous ses efforts sur lui dans l'espoir de l'élever pour l'université et ensuite pour le ministère. Ce fut, avec sa passion pour les livres, ce qui lui fit supporter mieux qu'on ne l'aurait cru la séparation d'avec son Hélène; n'est-il pas vrai, d'ailleurs, qu'à mesure que nous avançons dans la vie, nous savons mieux nous soumettre à la dure loi de la nécessité?

Pour le digne vieux pasteur aussi, cette influence étrange et consolante de l'âge qui agit sur nous tous se faisait sentir. Son cœur n'était ni froissé ni brisé. Il accomplissait son œuvre avec une infatigable diligence; mais on aurait pu remarquer maintenant que chaque dimanche, comme il passait du jardin de la cure dans le cimetière, tout rempli de petits monticules de verdure, il regardait plutôt en souriant qu'avec tristesse l'unique pierre blanche du champ de repos, qui portait le nom d'*Hélène Lindsay*, *épouse du Révérend Alexandre Cardross.* Pour lui, le monde et ses soucis allaient en diminuant; il leur échapperait bientôt comme l'avait fait depuis longtemps, sans retour, celle qui les avait partagés avec lui. Elle l'attendait pour cette éternelle réunion que le mariage d'ici-bas, mieux que toute autre association, nous apprend à voir comme un fait réel, naturel.

Ces pensées ne pouvaient être celles du comte; dans son angoisse, il se surprenait à accuser Hélène, elle que son vieux père n'avait jamais blâmée; il se demandait jusqu'où allait sa connaissance de la conduite et du caractère de son mari; s'étonnant, suivant le proverbe vulgaire, « qu'il fût possible de toucher de la poix et de n'en pas être sali; » et il désirait savoir si la femme du capitaine Bruce était, en quelque manière, devenue inférieure à l'innocente et naïve Hélène Cardross.

Lord Cairnforth n'avait jamais répondu à sa lettre, il se serait taxé d'hypocrisie s'il l'eût fait; naturellement Hélène n'avait pas récrit; il n'y comptait pas, il le souhaitait à peine, et pourtant le vide qu'il en ressentit fut immense. Enfermé dans son

château pendant des semaines entières, il se retirait
de plus en plus de la société de ses semblables
et passait de longues heures en contemplation au
coin de son feu; il se sentait peu à peu mourir aux
choses extérieures, et cette sensation lui paraissait
douce à côté de la douleur aiguë qui l'avait précé-
dée. On l'entendit un jour dire avec tristesse à
Madame Campbell, qui venait lui annoncer, tout
en larmes, la mort d'une de ses connaissances du
village : « Nourrice, que ne puis-je pleurer comme
vous! »

La première chose qui vint le tirer de cette torpeur fut, comme cela arrive souvent, la lame acérée
d'un nouveau chagrin.

Lord Cairnforth n'était pas descendu à la cure
depuis deux ou trois semaines, et ne s'était pas
même informé de ses habitants depuis plusieurs
jours, lorsqu'un dimanche, en levant les yeux de
son banc à l'Eglise, il fut saisi par l'apparition dans
la chaire d'un visage inconnu. C'était un jeune suffragant au langage fleuri, prolixe, suffisant, évidemment appelé par hasard à remplir la place de M. Cardross, cette place que celui-ci n'avait guère manqué
d'occuper pendant toute sa vie, si ce n'est à l'époque
des communions. Ce fut un coup de foudre pour son
élève et son ami que de ne plus voir cette digne et

vieille figure encadrée dans ses longs cheveux blancs,
que de ne plus entendre sa chaleureuse parole, son
bref et simple discours. Les sermons de M. Cardross
étaient de plus en plus courts, de plus en plus familiers à mesure qu'il avançait en âge, tellement qu'il
déclarait lui-même qu'il finirait par prêcher comme
l'apôtre bien-aimé, saint Jean, dont la tradition ra-
conte que, dans ses derniers jours, il se bornait,
pour unique exhortation, à répéter à tous ceux qui
l'entouraient :

« Mes petits enfants, aimez-vous les uns les autres. »

Lorsqu'à l'issue du service le comte s'informa de
M. Cardross, on lui apprit qu'il avait été très-souf-
frant toute la semaine, et qu'on avait dû, le samedi,
se procurer en hâte un remplaçant; mais, arrivé à
la cure, lord Cairnforth trouva son vieil ami à peu
près comme d'ordinaire, se plaignant seulement
d'un engourdissement dans le bras.

— Je me rappelle, dit le vieillard avec un calme
très-différent de l'inquiétude qu'il laissait paraître
habituellement dans ses autres indispositions, je me
rappelle que ma mère est morte de paralysie. Je
voudrais qu'Hélène fût de retour.

— Faut-il la faire venir? suggéra lord Cairnforth.

— Oh! non, non, il n'y a pas la moindre nécessité; d'ailleurs, elle annonce qu'elle va arriver.

— Il y a longtemps qu'elle le promet.

— Oui, mais à présent, elle est décidée à tenter les plus grands efforts pour être avec nous au nouvel an. Lisez plutôt cette lettre qui m'est parvenue hier seulement, une semaine plus tard que d'ordinaire. J'aurais dû vous l'envoyer, car elle m'agite un peu, je l'avoue, surtout le post-scriptum qui se trouve en partie sous le cachet. Pouvez-vous le déchiffrer? C'est à propos de Duncan; il a toujours été son favori; vous savez comme elle le promenait dans le jardin autrefois! A peine si elle pouvait le porter; pauvre Hélène!

Tandis que le pasteur parlait ainsi d'une voix faible et avec une incohérence qui certainement, dans toute autre occasion, eût frappé et alarmé le comte, celui-ci lisait avidement la lettre; elle finissait en ces termes :

« Dites à Duncan que je suis profondément heu-
« reuse qu'il ait résolu d'embrasser la carrière pas-
« torale. J'espère que tous mes frères s'établiront
« dans notre chère vieille Ecosse, qu'ils y travaille-
« ront courageusement et feront leur chemin comme
« d'honnêtes gens. Recommandez-leur aussi, dès
« qu'ils le pourront, d'épouser d'honnêtes femmes,
« de vraies et aimantes filles d'Ecosse, pas d'étran-

16

« gères; dites-leur de ne jamais craindre la *froide*
« *pauvreté* que Burns a si bien décrite; elle est fa-
« cile à supporter quand c'est une pauvreté honnête.
« J'aimerais mieux voir mes cinq frères vivre de
« porridge et de laitage toute leur vie, femmes et
« enfants compris, que de les voir ressembler à tous
« ces étrangers, qu'ils soient barons, comtes et
« princes. Père, je les déteste tous; mais je me sou-
« viens toujours comment j'ai été élevée, et que je
« fus autrefois la fille du pasteur du cher et aimé
« village de Cairnforth. »

— Que veut-elle dire par tout ceci? reprit M. Cardross qui avait étudié avec anxiété le visage du
comte pendant sa lecture.

— Je présume qu'elle ne veut pas dire autre chose
que ce qu'elle a écrit.

— Il est vrai; vous souvenez-vous que vous aviez
l'habitude de dire qu'Hélène pouvait quelquefois se
taire, quoique cela ne lui fût pas des plus faciles, à la
chère fille, mais qu'il lui était impossible de dire
ce qui n'était pas, ou même de le laisser croire. C'est
pourquoi, si elle était malheureuse, elle me l'aurait
confié.

M. Cardross posa cette phrase comme une question; mais il n'obtint aucune réponse.

— N'est-ce pas? répéta le pauvre père avec inquiétude, vous ne croyez pas que ma fille soit malheureuse?

— Nous ne sommes pas ici-bas dans un monde de félicité, répondit enfin lord Cairnforth tristement, mais je crois que si Hélène était menacée de quelque grand malheur dans sa situation, elle nous l'eût fait savoir.

En parlant ainsi, lord Cairnforth exprimait sa conviction; mais il se garda bien de laisser pénétrer le soupçon affreux qu'il avait eu si longtemps, et que ces lignes remplies de désappointement et d'amertume venaient tout à coup de lui ôter; oui, il avait cru, et il s'en repentait maintenant, que les circonstances pouvaient changer le caractère de son amie et qu'Hélène Cardross et Hélène Bruce étaient deux personnes totalement différentes. En retournant chez lui, après être convenu qu'il viendrait chaque après-midi à la cure pour lire du grec avec Duncan afin que les études du jeune homme ne fussent pas interrompues, lord Cairnforth réfléchit que, dans l'état où se trouvait le pasteur, état qui lui semblait de plus en plus sérieux, le devoir de Madame Bruce était de revenir promptement à Cairnforth. Mais il fallait que quelqu'un la déterminât à prendre cette résolution; ce ne pouvait être M. Cardross; le comte décida qu'il se chargerait lui-même

de ce soin, et de peur que les moyens pécuniaires
ne manquassent pour le voyage (quoiqu'il n'eût aucune raison de le supposer, ses informations, venues de différents côtés, lui ayant fait connaître que
la famille Bruce vivait sur le continent dans l'aisance,
dans le luxe même), il prit le parti d'envoyer un
cadeau d'argent, ce qu'il n'avait pas osé faire jusqu'alors, craignant d'insulter au caractère indépendant d'Hélène. Il ne se fia pas, pour cette lettre con-
fidentielle et délicate, à son fidèle secrétaire; mais
voulut cette fois tracer lui-même, de sa main
faible et tremblante, quelques lignes. Il expliqua
l'état des choses, suggéra que Madame Bruce devait revenir promptement dans son pays, ajoutant
qu'il enfermait dans sa lettre une certaine somme
en « billets de banque » qu'il déterminait, et qu'elle
ne devait pas hésiter à accepter ce présent de la
part de son vieil ami et cousin. Ce ne fut qu'après
une longue hésitation qu'il parvint à écrire ces
mots : « *Votre cousin.* » Du capitaine Bruce pas
un mot; c'était plus fort que lui.

Cela fait, il attendit jour après jour une réponse.
Le temps nécessaire pour la recevoir était depuis
longtemps passé qu'il n'avait point encore perdu
tout espoir; cependant rien n'arrivait. Que la lettre
eût été reçue, c'était plus que probable, on peut

même dire certain; lorsque lord Cairnforth eut
donné toutes les interprétations qu'il put imaginer
à ce silence, il laissa tomber la question. Se défier,
perdre cette unique image d'une perfection idéale,
il n'y fallait pas songer, cela l'eût tué; le fil de sa
vie matérielle aurait peut-être résisté, mais sa vie
morale, sa foi au bien, à l'humanité, en eût été
brisée à toujours.

Il attendait donc, évitant de juger Hélène soit
comme fille, soit comme amie. Il continua à se rendre utile à son frère Duncan, se faisant comme un
fils pour le pasteur, n'omettant pas un jour de passer
plusieurs heures à la cure. C'était une consolation.
Enfin, pour la première fois depuis son départ, les
lettres d'Hélène, qui arrivaient régulièrement chaque mois, manquèrent tout à fait. Alors le comte
commença à devenir sérieusement inquiet, à être
en proie à la plus grande perplexité. Déjà, il agitait
dans son esprit les mesures qu'il serait appelé à
prendre, comment et jusqu'à quel point il devait laisser apercevoir au vieux père malade ses angoisses,
quand toutes les difficultés furent soudain résolues,
et cela de la façon la plus brève et la plus simple,
par une lettre d'Hélène elle-même. C'était une lettre fort peu semblable à celles qu'on avait coutume
de recevoir; l'écriture en était presque illisible, des

16.

mots étaient effacés, raturés, si bien qu'il eut peine d'abord à la reconnaître :

*Au comte de Cairnforth.*

« Je viens seulement de-lire votre lettre; les bil-
« lets que vous y aviez renfermés n'y étaient plus,
« d'où je conclus qu'ils ont été dépensés pour notre
« voyage jusqu'ici. Quoi qu'il en soit, l'argent man-
« que, et il m'est impossible d'aller trouver mon
« bien-aimé père; mon mari est très-malade et mon
« petit enfant n'est âgé que de trois semaines. Dites
« cela à mon père et faites-moi parvenir bientôt de
« ses nouvelles.

« Oh! venez à mon secours, car je suis presque
« hors de moi, tant je souffre!

« HÉLÈNE BRUCE. »

La lettre était datée d'Edimbourg! Le comte l'a-
vait ouverte et lue devant son secrétaire. Celui-ci,
tout simple qu'il était et peu enclin à observer, fut
frappé du ton d'exaltation avec lequel son maître
s'écria :

— M. Means, ayez la bonté d'appeler Malcolm
de suite; il faut que je parte immédiatement pour
Edimbourg.

Dans cet intervalle, lord Cairnforth passa rapidement en revue tout ce qu'il convenait de faire dans cette occurrence : se rendre directement auprès d'Hélène, quelles que fussent ses infirmités, lui parut inutile à examiner ; mais emmener avec lui soit M. Cardross dans son état actuel de santé, soit le jeune Duncan, c'était une tout autre question.

Les frères d'Hélène étaient dispersés dans différentes parties de l'Ecosse, travaillant activement, durement, pour gagner leur pain quotidien. Il n'y avait évidemment personne pour aller à son aide que lui. Sa lettre si laconique, qui se terminait par ce cri lamentable : « Venez à mon secours ! » semblait sortir des profondeurs mêmes du désespoir; elle perçait le cœur de lord Cairnforth, et cependant il éprouvait une étrange sensation de joie et d'exaltation.

Malcolm en fit la remarque :

— Votre Seigneurie a reçu de bonnes nouvelles? dit-il; il s'agit de Miss Hélène, revient-elle bientôt?

— Oui, il nous faut partir à l'instant pour Edimbourg et nous la ramènerons avec nous.

Et dans cet instant, il oubliait le mari malade, l'enfant nouveau-né, tout, excepté Hélène elle-même et la pensée qu'elle était si près de lui.

— Il ne faut plus que quarante-huit heures de voyage pour aller à Edimbourg; nous voyagerons

en poste. Allons, Malcolm, je suis fort maintenant ;
dispose tout promptement, car il faut que je parte.

Malcolm connaissait trop bien son maître pour
essayer de faire la moindre opposition.

Dans le fait, toute la maison fut tellement bouleversée par cette subite décision, — le char de la vie
tournait lentement à Cairnforth, — qu'avant que
tout le monde fût au courant de ce qui arrivait, le
comte et ses deux indispensables assistants, Malcolm
et M. Means, — accompagnés de Madame Campbell,
— Hélène pourrait avoir besoin des secours d'une
femme, — roulaient sur la grande route à toute
vitesse, emportés nuit et jour par les chevaux de
poste. Après y avoir réfléchi, lord Cairnforth avait
laissé derrière lui la lettre d'Hélène et chargé Duncan Cardross d'en faire connaître le contenu par degrés et avec ménagements au ministre. Il devait lui
dire en même temps que lui, lord Cairnforth, était
parti pour Edimbourg, et qu'il allait voyager avec
toute la rapidité que peut procurer l'argent. Oh ! combien il sentait la valeur des richesses maintenant !
Quelles que fussent les circonstances présentes,
quelle qu'eût été sa vie autrefois, la gêne, la pauvreté n'atteindraient plus Hélène. Il était résolu à
les amener tous chez lui ; son cousin et sa femme ha-
biteraient désormais le château de Cairnforth ; que

l'existence du capitaine Bruce fût courte ou longue,
qu'elle fût bonne ou mauvaise, le comte supporterait
tout pour l'amour d'Hélène. Pendant tout le voyage,
dormant ou veillant, lord Cairnforth combina, arrangea ses plans d'avenir, jusqu'à ce qu'enfin la seconde nuit, vers dix heures, il se trouvât dans les
rues si connues de la cité écossaise; c'était bien elle,
cette vieille cité, avec le sombre château sur son ro-
cher qu'éclairait la lune, tandis que du côté opposé
de ce qui était alors un marécage, aujourd'hui
transformé en chemins de fer et en jardins, s'élevaient, étage par étage, comme dans un palais de
fée, les rangées des lumières vacillantes de la vieille
ville d'Edimbourg.

# CHAPITRE XIII

# CHAPITRE XIII

Il était donc fort tard, lorsque le comte atteignit son hôtel. Madame Campbell l'engageait à se mettre au lit et à ne pas tenter, avant le matin, la recherche de la rue où demeuraient les Bruce.

— Je vois d'ici l'endroit, dit-elle, quand elle entendit lord Cairnforth s'informer de l'adresse qu'Hélène avait donnée. C'est dans une de ces rues hautes, dans la nouvelle ville. Vous verrez un grand terrain plat, puis une énorme maison; ensuite, vous vous trouvez en face d'une grande et belle porte, et vous montez jusqu'à ce qu'arrivé au dernier étage, vous rencontriez un petit réduit, grand comme un nid, et je gage que les gens qui vivent là ne sont pas plus à leur aise qu'un oiseau en temps de neige.

A ces paroles, lord Cairnforth, tout fatigué qu'il était, releva la tête et dit d'un ton qui ne supportait pas de réplique :

— Dites à Malcolm de chercher une voiture à

17

l'instant; il faut que j'aille cette nuit même les trouver.

— Et ne pourriez-vous attendre jusqu'à demain? s'écria la tendre Madame Campell. Vous allez vous tuer, mon agneau!

La digne femme, dans sa sollicitude, oubliait tout respect; lord Cairnforth l'excusa et lui répondit dans ce bon vieux patois écossais qu'il employait toujours pour la calmer :

— Non, non, sois tranquille, je ne veux pas encore mourir. Nous les ramènerons tous à Cairn-forth, va!

Il semblait, en effet, que, pour cette heure où la nécessité parlait si haut, une portion miraculeuse de force et d'énergie eût été mise en réserve par cette frêle organisation. Les yeux noirs du comte étincelaient; le son de sa voix était mâle et fier; son âme virile dominait toutes ses infirmités et se dressait grande et forte pour protéger l'unique créature dans le monde qui lui fût chère.

— Nourrice, vous allez ordonner qu'on prépare des appartements dans cet hôtel; veillez à ce que tout soit en ordre et confortable pour les Bruce. Je vais les ramener de suite, si je le puis.

En parlant ainsi, il s'éloigna accompagné seulement de Malcolm; il était naturel qu'il désirât

avoir aussi peu de témoins que possible de la scène
qu'il prévoyait. Minuit allait sonner lorsque les
voyageurs arrivèrent devant la maison qu'habitait le capitaine Bruce.

Six étages! Et il demeurait au dernier, comme
l'apprirent bientôt ceux qui le cherchaient. Malcolm regarda le comte d'un air indécis :

— Le dernier étage! Miss Hélène ne doit pas
y être bien à son aise, dit-il. Irai-je en avant,
Milord ?

— Non, non, je veux y aller moi-même. Porte-
moi, Malcolm.

Et le vigoureux highlander, saisissant son maître
dans ses bras, gravit, l'un après l'autre, les six étages jusqu'à ce qu'arrivés en haut du sombre escalier,
ils se trouvassent en face d'une petite porte de modeste et pauvre apparence, à travers les fentes dis-
jointes de laquelle, lorsque Malcolm eut caché sa
lanterne, on apercevait une faible lumière.

— Ils ne sont pas encore couchés, Milord; frap-
perai-je ?

Lord Cairnforth n'eut pas le temps de répondre,
en supposant qu'il en aurait eu le courage, car les
pas de Malcolm avaient été entendus de l'intérieur
de l'appartement; la porte s'ouvrit presque aussitôt
avec précipitation et une voix pleine d'anxiété pro-

nonça ces mots : « Est-ce vous, docteur? » Celle qui se tenait devant eux était Hélène Cardross, ou tout au moins une femme qui lui ressemblait; car ceux qui ne l'avaient pas connue intimement autrefois n'auraient pu affirmer que ce fût elle.

Son visage, naguère d'un ovale si parfait, aux joues si fraîches, était devenu maigre et anguleux, ses pommettes étaient saillantes, l'éclat de son teint avait disparu ; les flots abondants de ses boucles blondes, sa principale beauté, avaient été remplacés par de minces bandeaux qui se cachaient sous un étroit bonnet. Sa mise, autrefois un modèle de simplicité soignée, conservait l'apparence de la propreté, mais on voyait, à la forme négligée de la mauvaise robe qui couvrait ses membres décharnés, qu'elle n'avait pas une pensée ni un instant à donner à son extérieur.

Evidemment elle avait été longtemps assise seule à veiller. L'appartement, que la porte ouverte laissait entrevoir, ne se composait que de deux pièces; c'était une espèce de grenier divisé en deux compartiments aussi exigus l'un que l'autre et meublés de la façon la plus mesquine.

— Etes-vous le docteur? répéta-t-elle encore en avançant sa lumière et plongeant ses regards dans l'escalier.

— Hélène!

A l'instant elle reconnut la frêle personne que Malcolm portait dans ses bras.

— Vous! c'est vous! Et vous êtes venu jusqu'à moi?... Vous-même encore! O Dieu soit loué!

Et elle s'appuya contre la porte; ce ne fut pas pour pleurer; elle semblait avoir depuis longtemps épuisé les larmes; mais on entendit sa respiration haletante et comme des sanglots étouffés.

— Malcolm! Malcolm! assieds-moi quelque part, n'importe où, et sors vite.

Le serviteur obéit; trouvant heureusement sous sa main un fauteuil à demi brisé, il y établit son maître le mieux qu'il put; puis, comme il l'avoua lui-même longtemps après, il se retira en hâte et s'en alla jusqu'au bas de l'escalier « pour y pleurer comme un enfant. » Cependant lord Cairnforth attendait en silence qu'Hélène fût revenue à elle-même, Hélène que, toute changée qu'elle fût, il eût reconnue entre mille. En un coup d'œil rapide, il devina une partie de son histoire que racontaient suffisamment les objets qui frappaient ses regards; l'aspect de la chambre était des plus misérables : elle servait évidemment à la fois de cuisine, de salle à manger et de chambre à coucher.

A l'extrémité de cette pièce, près d'une porte ouverte qui communiquait avec un petit réduit, méritant tout au plus le nom de cabinet, était un de ces lits portatifs en usage en Ecosse et sur lequel gisait une forme humaine. De temps en temps cette forme se remuait et gémissait faiblement; mais le plus souvent elle conservait une immobilité absolue.

Le visage dont le profil effilé se détachait à la lueur du feu sur la sombre muraille, était celui d'un homme qui se mourait de consomption. Il était maigre et livide; la peau en était étirée et amincie, ce qui est le trait caractéristique de cette maladie.

Lord Cairnforth n'avait jamais vu la mort de près; mais il sentit instinctivement qu'en ce moment il la voyait en face. Le malade étendu devant lui était tombé dans un état d'insensibilité qui ne lui permettait guère de faire attention au visiteur nocturne qui avait ainsi pénétré inopinément dans sa demeure. Ce malade, — le lecteur l'a deviné, — c'était le capitaine Bruce, le mari d'Hélène. Sa vue exerça une fascination si étrange et si terrible à la fois sur le comte, que son attention en fut, pendant plusieurs instants, détournée d'Hélène elle-même. Il considérait, sans pouvoir en détacher ses regards, cet homme, son parent, qui l'avait indi-

gnement trompé, qui avait, non-seulement abusé
de sa confiance à lui, mais de celle des êtres qui lui
étaient le plus chers; cet homme que, tout à l'heure
encore, il détestait autant qu'il le méprisait. D'où
vient qu'il lui est impossible à présent d'éprouver
ces mêmes sentiments? Ah! c'est qu'une main plus
rigoureuse que celle de la justice humaine s'est ap-
pesantie sur son ennemi!

Quoi qu'il en soit, le capitaine Bruce allait
être promptement enlevé loin de toute condam-
nation terrestre et transporté en présence de Celui qui est à la fois le juge et le Sauveur des pé-
cheurs.

Saisi d'horreur, le comte observait le jeune mourant (à peine avait-il trente ans) ainsi frappé à la
fleur de ses jours, entraîné rapidement vers un autre monde, tandis que lui, dont la vie ressemblait
toujours à la lueur vacillante et incertaine d'une
torche agitée par le vent, il était épargné. Pourquoi ces mystérieuses dispensations? Enfin, sortant
de cette rêverie pénible, lord Cairnforth prononça
le nom d'Hélène. Celle-ci accourut aussitôt à son
appel et s'agenouilla auprès de sa chaise :

— Il s'en va rapidement, dit-elle.

— Je le vois.

— Dans une heure, au plus, a dit le docteur.

— Alors je resterai, si vous me le permettez !

— Oh ! oui, restez, je vous en prie !

Hélène parlait d'un ton calme ; elle retourna à sa place, auprès du chevet de son mari. Toute son attitude indiquait qu'elle avait trop souffert et trop longtemps pour que le spectacle qui émotionnait si vivement lord Cairnforth fût capable de faire déborder chez elle un nouveau flot de douleur. Le moribond cependant n'était pas aussi près de sa dernière heure que le docteur l'avait cru ; car, après quelque temps d'agitation, il tomba dans un assoupissement qui ressemblait à un sommeil ordinaire. Hélène appuya sa tête contre la muraille et ferma les yeux. Mais, au même instant, on entendit un cri sortir de l'étroit réduit qui composait la seconde pièce du logement décrit plus haut. C'était le cri perçant d'un jeune enfant. Hélène se leva en sursaut ; toute sa contenance fut changée en un moment, et lorsqu'après une courte disparition, elle rentra, tenant son enfant qu'elle berçait doucement sur son sein, elle parut entièrement transformée à son ami. Ce n'était plus la femme au visage vulgaire, vieilli ; sur ses traits fatigués brillait l'expression qui rend tout visage jeune et beau : le regard maternel. Le sort n'avait donc pas été si cruel pour cette femme ; il lui avait donné un enfant.

— N'est-ce pas qu'il est gentil ? dit-elle à voix basse, en s'approchant de nouveau de lord Cairnforth ; et, s'agenouillant auprès de lui, elle éleva le petit être, de façon qu'il pût le voir et le toucher.

De ses faibles doigts, en effet, il caressa la douce et frêle créature.

— C'est un bel enfant, comme vous dites ! Dieu le bénisse !

Ce fut, comme il l'apprit plus tard, la première bénédiction que reçut l'enfant.

— Quel est son nom ? demanda-t-il ensuite, comme elle paraissait attendre quelque chose de plus.

— Alexandre Cardross, comme mon père ; mon fils est né Ecossais, un véritable enfant d'Edimbourg. Nous revenions aussi vite que possible vers Cairnforth. Il le voulait, ajouta-t-elle en jetant un regard vers le lit du malade.

Ainsi donc l'homme qui se mourait avait eu une pensée pour elle. Il n'avait pas voulu laisser sa femme seule, abandonnée en pays étranger ; ils avaient voyagé aussi rapidement que possible afin que son enfant pût naître à Cairnforth et lui y mourir ! Au moins c'est ce que le comte supposa, et il ne trouva jamais de motif pour douter que ce fût la vérité. Il était consolant d'entendre cela; il fut consolant aussi de pouvoir se le rappeler dans la suite.

Pendant plusieurs heures, ils restèrent assis l'un en face de l'autre; le comte dans son fauteuil à demi brisé, Hélène sur un escabeau à ses pieds, berçant l'enfant; ils attendaient le triste dénoûment qui ne pouvait tarder; cependant, il n'eut lieu que vers le matin. Une seule fois pendant la nuit, le capitaine Bruce ouvrit les yeux et parut avoir conscience de ceux qui l'entouraient; mais soit par un effet de la confusion de ses idées, soit au contraire que son esprit fût devenu plus pénétrant aux approches de la mort, il ne manifesta aucune surprise de la présence du comte à son chevet; il fixa seulement sur lui un de ces longs regards interrogateurs qui semblent demander une réponse; lord Cairnforth, du moins, l'interpréta de cette manière, car il dit aussitôt :

— Mon cousin, je suis venu pour chercher et ramener chez moi votre femme et votre enfant. Etes-vous satisfait?

— Oui, murmura faiblement le mourant.

— Je vous promets qu'ils ne manqueront jamais de rien....., j'aurai soin d'eux.

Un signe d'assentiment fut la seule réponse que

put donner le capitaine Bruce à ces paroles, et,
comme Hélène sortait de la chambre en tenant son
enfant, il la suivit des yeux avec une expression qui
parut presque affectueuse à lord Cairnforth; puis
on entendit assez distinctement ces mots : « Pauvre
Hélène ! Pauvre Hélène ! Sa longue angoisse est
passée ! »

Ce furent les dernières paroles qu'il prononça. Peu
d'instants après, il retomba dans un pesant sommeil,
d'où il passa tranquillement et sans souffrances
dans l'éternité. Ils l'observaient attentivement, et
il respirait encore ; quelques secondes après, leurs
yeux se tournaient vers lui, déjà il était, comme
l'aurait dit l'excellent M. Cardross, « parti au loin, »
bien loin, sous la garde de Celui qui reçoit les âmes
des justes et des méchants, des vivants et des
morts.

. . . . . . . . . . . . . . . . . . . . . . . .

La veuve et l'orphelin que laissait le capitaine
Bruce étaient dans le plus complet dénûment.
L'enfant était venu au monde deux ou trois jours
après leur arrivée à Edimbourg. Heureusement
pour Hélène, la maladie de son mari ne s'était
pas aggravée avant qu'elle eût repris ses forces et
fût en état de le soigner. Comment elle avait

pu accomplir cette tâche, comment pendant tous les mois précédents, elle avait pu endurer tant de fatigues, de privations, d'angoisses morales et physiques, c'était, suivant l'opinion de la bonne Madame Campbell, tout simplement prodigieux; et encore la nourrice du comte devina-t-elle la plupart de ces détails navrants, sur lesquels Hélène ne voulait pas s'étendre. On ne pouvait comprendre comment elle avait pu résister à toutes ces secousses, qu'en songeant à sa constitution saine et vigoureuse, à la trempe de son esprit, et enfin au courage que Dieu prête à toutes les femmes dans la maternité la plus éprouvée. Et maintenant sa courte vie d'épouse, — elle n'avait pas été mariée deux ans, — était finie pour toujours; d'Hélène Bruce, il ne resterait plus que la mère, et il était facile de voir qu'elle était de ces femmes qui restent mères, uniquement mères, jusqu'à la fin de leurs jours.

— Elle est trop jeune pour que je dise cela d'elle, observa un jour Madame Campbell à lord Cairnforth, dans une des longues conversations qu'ils avaient ensemble à son sujet (car tous les détails matériels étaient naturellement dans les attributions de cette excellente femme), elle est trop jeune, mais vous verrez, Milord, qu'elle n'accordera plus un seul regard à aucun homme ici-bas. Elle va passer tout son temps à soigner ce petit être ! Qu'il est mignon ! Ne trouvez-vous pas ? Puis, peu à peu, elle reprendra sa bonne mine et sa gaieté. Elle sera toujours comme nous l'avons connue, affable et douce; mais elle ne se remariera jamais. Bonne miss Hélène! elle sera une de ces veuves, dont parle l'Apôtre, quand il dit « *qu'elles sont vraiment veuves.* »

Et Madame Campbell, qui était elle-même une de ces veuves-là, poussa un profond soupir : pour Hélène, sans doute; peut-être aussi pour elle-même, en songeant à celui dont le nom était bien oublié dans le pays et qui reposait au fond du Loch-Beg, sans que jamais on eût pu retrouver ses restes, sans qu'il eût été revu par aucun mortel.

A ces réflexions de sa bonne nourrice, le comte ne fit pas de réponse. Il se contenta de prendre toutes les dispositions pour assurer, non-seulement le confort de la pauvre Hélène, mais bien au delà; il voulut qu'elle fût pourvue de tous les objets de luxe et d'élégance convenables à la cousine de lord Cairnforth; il ne la traitait plus uniquement comme la veuve du capitaine Bruce ou la fille de M. Cardross, mais comme sa cousine; invariablement il lui donnait ce titre lorsqu'il parlait d'elle. Aussi le cœur de Madame Campbell fut-il gonflé d'orgueil et de joie, lorsqu'elle reçut l'ordre de se procurer, pour l'enfant, les habillements les plus magnifiques qu'Edimbourg pût fournir. Jamais jeune duc ou pair ne fut plus splendidement paré que ne l'était au bout de quelques jours l'enfant d'Hélène Cardross. Il fit l'admiration de tout l'hôtel et lorsque sa mère montra quelque résistance à tant de générosité, elle reçut un affectueux message de lord Cairnforth qui réclamait d'elle, comme une faveur toute spéciale, le droit de faire absolument ce qui lui plairait pour son *petit cousin*. Chaque matin, à heure fixe, le comte se faisait transporter dans le royaume enfantin où Madame Campbell régnait en qualité de première gouvernante. Là, avec une curiosité infatigable, qui avait son côté touchant, il observait le jeune être qui avait récemment fait son entrée dans le monde; c'était pour le comte, peu accoutumé à voir des enfants, une merveille, un mystère à contempler. Hélas! c'était son lot de contempler les mystères comme de voir de loin la plupart des joies de cette terre, sans pouvoir ni les pénétrer, ni les goûter.

Cependant, si la vie était avare de jouissances pour lord Cairnforth, elle n'en accumulait pas moins sur lui ses devoirs journaliers. Il y avait à tranquilliser M. Cardross en l'assurant que tout allait bien et qu'il reverrait bientôt sa fille et son petit-fils, puis il

fallait tenir à distance Alix Cardross, qui occupait
maintenant la position de clerc dans l'étude Menteith et Cᵉ, et l'empêcher de tourmenter sa sœur
par toutes sortes de questions hors de propos ; toute
la tribu des jeunes Menteith était aussi là, prête à as-
saillir lord Cairnforth, ayant besoin de ses conseils
et souvent de quelque assistance plus palpable que
de simples avis. Enfin, tous les amis d'Edimbourg
ne se pressèrent-ils pas bientôt en foule autour de
lui, pour lui souhaiter la bienvenue et l'entraîner
de nouveau dans cette brillante société, dont il avait
tant joui naguère. Il ne put refuser à leur cordiale
amitié quelques réunions au milieu de ses anciennes
relations, mais son cœur n'en restait pas moins
dans la paisible chambre où il n'entrait qu'une fois
par jour et où la nouvelle veuve se tenait avec son
enfant, attendant du temps, ce grand consolateur, le
baume qui adoucit toutes les blessures.

Elle était encore incapable de pouvoir voyager
ou de supporter aucune émotion. Enfin, après plusieurs semaines de repos, le jour vint où lord Cairnforth, avec son petit cortége composé de deux voi-
tures, la sienne où il était seul, puis une autre con-
tenant Hélène, son enfant et Madame Campbell, se
mit en route et, voyageant lentement, gagna les
rives du Loch-Beg.

On ne prit pas le chemin usité du lac. Lord
Cairnforth avait choisi la route qui passe sur la hauteur, comme la voie la moins fréquentée et la plus
tranquille pour ramener Hélène chez elle. Après y
avoir beaucoup réfléchi pendant la dernière journée
du voyage, et comme on approchait de Cairnforth, il
envoya Malcolm prier Madame Bruce de laisser un
moment son enfant et de vouloir bien monter dans
sa voiture; ce qu'elle fit immédiatement. Pendant
ces quelques semaines, leurs rapports, quoique peu
fréquents, étaient redevenus fraternels comme autrefois et sans que rien eût été expressément convenu entre eux, Hélène avait fini par accepter
pour elle et pour son enfant tous les dons généreux du comte. Une fois ou deux, lorsque celui-ci
avait aperçu quelque hésitation ou quelque embarras dans ses manières, il n'avait eu qu'à dire :
« Je le lui ai promis, rappelez-vous ; » ces paroles
avaient suffi pour imposer silence à Hélène. D'ailleurs n'était-elle pas beaucoup trop affaissée dans
sa douleur, pour pouvoir opposer quelque résistance; puis son cœur, ce cœur si fier, si indépendant, si longtemps méconnu et froissé, ne devait-il
pas s'ouvrir, s'épanouir de nouveau dans cette atmosphère de bonté, d'affection ? semblable à la
plante qui, desséchée, flétrie, foulée aux pieds, re-

lèverait soudain la tête, sous l'influence bénie de la
rosée et des rayons du soleil.

Elle avait à peu près recouvré la santé et son esprit paraissait reprendre son calme et sa sérénité ordinaires. Lord Cairnforth admirait l'empire qu'elle possédait sur elle-même et comment elle supportait la
vue de ces lieux familiers, si exactement les mêmes ;
car on était précisément dans la saison où elle avait
quitté Cairnforth il y avait deux ans à peine ; elle
était là, assise en face de lui, enveloppée dans ses
crêpes de veuve ; mais sous ce sombre costume et
en dépit de son maintien grave, on retrouvait par
éclairs l'ancienne expression qui rappelait à lord
Cairnforth l'amie de son enfance ; on pouvait donc
espérer que la douce, radieuse, courageuse Hélène
Cardross, n'était pas tout à fait morte.

— Je vous ai fait prier de venir dans ma voiture,
commença le comte après qu'ils eurent causé de sujets indifférents, afin de régler quelques questions
entre nous avant notre arrivée ; ce sont des questions auxquelles je n'ai point encore fait allusion.
Etes-vous assez forte pour supporter une conversation de ce genre ?

— Oh ! oui, sans doute ; mais je ne puis... je ne
puis répondre sur... et une expression soudaine de
trouble et d'effroi vint assombrir le visage de la

veuve. Ne me faites aucune question sur le passé!
s'écria-t-elle, tout est fini maintenant... Tout cela
m'apparaît comme dans un rêve; il me semble que
je n'ai jamais quitté Cairnforth.

— Qu'il soit donc fait comme vous le voudrez,
ma chère Hélène! dit le comte avec tendresse. En
vérité, je n'ai jamais eu d'autre intention. Il est infiniment préférable qu'il en soit ainsi.

Et pour le présent comme pour l'avenir, lord
Cairnforth résolut dès lors de poser le sceau du silence sur ces deux tristes années et de contraindre
les autres à faire de même; oui, ces secrets devaient
être à toujours ensevelis avec le capitaine Bruce
dans sa tranquille tombe de Grey-Friars. Il reprit,
au bout d'un instant, en ces termes :

— Hélène, je ne vous ferai pas une seule question!
Je veux seulement vous entretenir d'un sujet que
vous devez communiquer à la première occasion à
votre père; il s'agit de vous placer dans votre véritable position vis-à-vis de lui, et de lui ôter, pour
l'avenir, tout sujet d'inquiétude relativement à
vous et à Alexandre.

Alexandre, ainsi avait-on appelé le fils d'Hélène,
car c'était un garçon par excellence. Dès cette première période de son existence, il donnait des signes
du caractère le plus masculin, ayant une volonté à

lui et faisant usage de ses poumons jusqu'à ce qu'il eût obtenu ce qu'il désirait, avec une énergie qui ravissait Madame Campbell.

C'était aussi un vrai Cardross; il n'avait rien des Bruce; on distinguait déjà qu'il avait hérité des grands yeux bleus d'Hélène, de sa constitution saine et vigoureuse; en un mot, le fils était le portrait de la mère, ressemblance dans laquelle la nature se complaît souvent.

— Alexandre a tenu ses yeux grands ouverts depuis deux heures, observa Hélène avec la ferme conviction d'une mère qui s'imagine que ce fait, assez peu vraisemblable, présente un immense intérêt pour tout le monde. On aurait vraiment dit qu'il reconnaissait le Loch, tant il le regardait fixement.

— Il aura le temps de faire sa connaissance, répondit lord Cairnforth en souriant. Vous vous rendez bien compte, n'est-ce pas, Hélène, que vous et lui revenez pour toujours à Cairnforth.

— Oh! oui, pour toujours à la cure, chez mon père bien-aimé; il nous gardera avec lui toute sa vie. Plus tard, il nous faudra tenter la fortune, mon fils et moi.

— Pas précisément. N'êtes-vous pas au courant? J'aurais cru que, par certaines circonstances, vous auriez depuis longtemps appris que le château de

Cairnforth et tout mon patrimoine seront à vous un jour.

Hélène rougit jusqu'aux cheveux d'une façon intense et pénible.

— Je ne vous dirai pas de mensonge, lord Cairnforth; j'étais au courant de ce fait; il... je veux dire on supposait que vous en aviez eu l'intention... Je l'ai découvert... ne me demandez pas comment, peu de temps après mon mariage. Et je résolus alors (car c'était le seul moyen de me dérober à votre héritage et à beaucoup d'autres choses) de ne plus vous écrire, de ne jamais nous rappeler, ni moi ni les miens, à votre souvenir.

— Pourquoi cela?

— Je souhaitais que nous fussions oubliés de vous, nous et tout ce qui nous concernait, et que vous choisissiez quelqu'un de plus digne, de plus convenable pour héritier de votre fortune.

— Mais il me paraît que ce choix doit dépendre de moi seul, interrompit le comte avec un sourire. Est-ce qu'un homme n'a pas le droit de faire ce qu'il lui plaît de son bien?

— Oh! oui, sans doute, s'écria Hélène vivement; mais je vous en supplie, ne parlons plus de cela, j'en ai trop souffert; promettez-moi de ne jamais aborder ce sujet.

— Je ne puis vous le promettre, répondit le
comte avec une vivacité égale à la sienne. Toute ma
consolation, — je ne dirai pas tout mon bonheur,
car nous avons tous deux appris, Hélène, à ne pas
compter sur le bonheur en ce monde, — toute ma
consolation, toute la paix de ma vie, qu'elle soit
longue ou courte, repose sur l'accomplissement de
ce désir. C'est le souhait le plus ardent de mon cœur,
et personne ne pourra y mettre obstacle. J'exécuterai
mes intentions, que vous les approuviez ou non; je
ne vous en parlerai plus, si vous le désirez, mais
j'accomplirai certainement mes projets. Je crois qu'il
eût mieux valu que tout fût réglé, convenu entre
nous, et que nous eussions discuté librement et franchement toute cette affaire, avant que vous vous
établissiez à la cure. J'eusse préféré cependant vous
voir installée au château.

— Au château?

— Oui, c'était mon intention de vous ramener
tous d'Edimbourg chez moi pour le reste de vos
jours, et le comte appuya sur le mot *tous* avec affectation.

Hélène parut très-émue, mais elle ne fit aucune tentative de résistance, ni ne répondit rien.

— Il est bien entendu, ma chère amie, du reste,
que vous ne ferez que ce qui vous plaira, et ce que

vous croirez devoir assurer le bonheur de votre excellent père et le vôtre. Ecoutez-moi seulement
cinq minutes, sans m'interrompre; vous savez que
je n'ai jamais pu supporter les interruptions.

Hélène sourit faiblement; alors lord Cairnforth,
d'une façon brève, en style d'affaires, lui expliqua
comment le lendemain même de sa majorité il l'a-
vait, de propos délibéré et sur ce que lui et M. Menteith considéraient comme de solides bases, instituée,
elle, Hélène Cardross, pour son unique héritière.
Depuis cette époque, il n'avait point changé son testament; c'est pourquoi elle était aujourd'hui, comme
elle l'aurait toujours été, sa légataire universelle, et
ses enfants seraient après elle, héritiers légitimes du
château et des vastes terres de Cairnforth.

— Le titre s'éteint, ajouta-t-il; il n'y aura plus
de comte de Cairnforth, mais votre fils peut devenir
le chef d'une nouvelle famille, d'un nouveau nom,
qui se perpétuera, dans les générations futures, sur
les bords de notre lac : et peut-être conservera-t-il
le mien et fera-t-il vivre mon humble souvenir
quelques années de plus en ces lieux.

Hélène ne pouvait parler; au milieu des impressions diverses qui l'agitaient, peut-être entrevoyait-
elle, avec son jugement clair et mesuré, la sagesse
de ces dispositions. Comme le comte venait de le

dire, n'avait-il pas le droit de choisir l'héritier qui lui convenait? et quant à l'opinion du monde, quel choix pouvait paraître plus naturel que celui de son plus proche parent, l'enfant du capitaine Bruce?

Quelle mère aurait pu résister à une pareille perspective pour son fils? Aussi, tandis que des larmes de reconnaissance coulaient sur ses joues, une brillante lueur transformait ses grands yeux bleus, comme si, à travers les années, bien loin au delà des peines et des soucis, elle apercevait l'heureux avenir réservé à son enfant chéri.

— Il va sans dire, Hélène, que j'aurais pu laisser directement tout ce que je possède à votre jeune homme, qui, si je n'avais pas fait de testament, serait mon héritier légitime, mais je ne puis m'y résoudre, au moins pour le moment. Peut-être, si Dieu me prête vie jusqu'à ce que je le voie atteindre ses vingt et un ans, pourrai-je songer à lui faire porter mon nom Bruce-Montgomerie. En attendant, je m'occuperai de son éducation, je l'enverrai en pension, à l'université. A la maison, il sera placé sous les soins de Malcolm, pourvu de chevaux, d'équipages; on lui donnera des canots, des chaloupes pour naviguer sur les lacs. En un mot, ma chère Hélène, ajouta le comte en terminant ce long entretien, et en regardant celle-ci en face, avec cette douce, paisible et mélancolique expression qui n'appartenait qu'à lui, mon intention est que votre fils accomplisse tout ce que j'aurai laissé inachevé ici-bas, et qu'il soit tout ce que j'aurais dû être : un seigneur selon mon cœur ! Etes-vous satisfaite ?

— Complétement ; je vous remercie, je remercie Dieu !

Quelques minutes après, la voiture s'arrêta devant la petite barrière du jardin de la cure. Là se tenait le ministre, tête nue, ses cheveux blancs agités par le vent du soir, toute sa personne tremblante d'émotion, mais, en somme, plus fort et mieux qu'il n'avait été depuis plusieurs mois.

— Mon père ! mon père !

Et Hélène, son Hélène, se trouva serrée dans ses bras.

— En avant ! dit précipitamment lord Cairnforth à son cocher ; Malcolm, à présent droit au château ! Et ainsi, sans que personne fît attention à lui, — le père et la fille étaient trop heureux, dans ce moment, pour songer à autre chose qu'à leur réunion, — le comte continua sa route vers sa princière et solitaire demeure ; un étrange sourire, un sourire qui n'était pas de ce monde, était fixé sur son calme et beau visage.

# CHAPITRE XIV

# CHAPITRE XIV

La bonne Madame Campbell avait deviné juste
lorsqu'elle avait déclaré que désormais Hélène
Bruce serait mère exclusivement. Soit qu'elle fût
une de ces femmes chez lesquelles l'élément maternel prédomine essentiellement, qui semblent
nées pour prendre soin des autres sans jamais
penser à elles-mêmes, soit que sa cruelle expérience
de la vie conjugale eût pour toujours flétri son cœur
et étouffé tout regret, Madame Bruce resta grave,
silencieuse pendant les premiers mois qui suivirent
son veuvage; mais elle n'affecta aucune démonstration extraordinaire de douleur, et, sauf dans quelques cas très-rares, de nécessité absolue, on observa
qu'elle ne prononça guère le nom de son mari.
Jamais non plus elle ne laissa percer aucun de
ses griefs contre lui; jamais une allusion à ses
relations personnelles avec lui, pas même dans ses
entretiens avec son plus cher et plus intime ami,

lord Cairnforth. Le capitaine Bruce avait passé hors
de ce monde, sans qu'il restât de lui d'autre souvenir que celui de son nom, gravé sur le monument
que lord Cairnforth lui avait fait élever dans le
cimetière de Grey-Friars; quant à l'enfant qu'il
avait laissé, c'était la joie de sa mère de se dire
continuellement et de répéter à tous qu'il serait un *vrai Cardross*. Avec les parents de son
mari, après la lettre officielle qu'elle avait désiré
qu'on adressât au colonel Bruce pour lui annoncer
la mort de son fils, Hélène, évidemment, ne souhaitait entretenir aucun rapport, que dis-je? non-seulement elle ne le souhaitait pas, mais elle était bien
résolue à rompre toute relation; c'était une de
ces déterminations inébranlables que l'on voyait
quelquefois écrites sur son honnête et large front
écossais; ce front, naguère si doux, si candide, si
pur, tout charme n'en avait pas disparu, mais son
visage gardait les traces de tout ce qu'elle avait
souffert; n'avait-elle pas traversé une de ces luttes
d'où nulle femme ne peut sortir sans en emporter
au cœur une blessure dont la cicatrice ne disparaît
jamais?

Mais, comme nous l'avons dit plus haut, Hélène
était mère avant tout, et cette situation bénie contri-
bua puissamment à adoucir les chagrins de la jeune

veuve. Pour elle, plus d'hésitation, plus d'opposition dans l'accomplissement de ses devoirs; tout autre soin que celui de s'occuper de son enfant avait cessé; si d'autres devoirs avaient subsisté après la naissance de ce dernier, le combat aurait pu être rude, car il y a une responsabilité pour la mère aussi bien que pour l'épouse, et quand ces deux responsabilités se contrarient, comme cela arrive quelquefois, malheur à celle qui est appelée à choisir entre elles!

Cette épreuve fut épargnée à Madame Bruce. La Providence lui remit sa propre destinée entre les mains; nous allons donc la retrouver aussi indépendante que l'était notre vieille connaissance Hélène Cardross; nous allons la voir replacée dans la même position, reprenant le cercle modeste de ces occupations journalières et de ces soins domestiques qu'avait accomplis pendant tant d'années l'active et vigilante fille du ministre de Cairnforth. Ce fut sous ce titre, et non pas sous un autre, que la veuve du capitaine Bruce voulut reparaître dans son village natal. Quant aux intentions de lord Cairnforth vis-à-vis d'elle-même et de son fils, elle insista pour que le secret en fût inviolablement gardé envers tous, excepté envers son digne et excellent père!

18.

— Je puis mourir avant vous, disait-elle au comte; si mon fils n'allait pas vous plaire en grandissant, ou s'il n'allait pas mériter votre affection, il vous faudrait choisir un autre héritier. Non, non, il ne sera pas dit que vous soyez lié par aucun acte. Que tout reste comme par le passé, je vous en prie, je l'exige même.

Et de toutes les offres généreuses de lord Cairnforth, elle ne voulut rien accepter qu'une faible pension, laquelle, avec celle de veuve qu'elle recevait de la Compagnie des Indes, suffisait à la rendre indépendante de son père; mais, pour son fils, elle ne repoussait plus aucune marque de bienveillance.

Jamais il n'y eut un pareil garçon, garçon dans toute la force du mot, car il n'y avait rien en lui de l'enfant; il n'avait pas accompli sa deuxième année que déjà il gouvernait sa mère, son grand-père et son oncle Duncan; que dis-je? tout le village subissait sa loi. Le fils de miss Hélène était le petit roi du pays. Il en serait résulté malheur pour cette chère petite créature qui, comme l'a dit un poëte allégoriquement, « portait sur son front d'enfant les *emblèmes de la royauté*, » de cette royauté si dangereuse pour tout mortel, et à plus forte raison pour un être encore dénué de raison, s'il ne s'était enfin trouvé quelqu'un capable de lui imposer.

Et ce quelqu'un, chose étrange à dire! c'était le comte de Cairnforth.

Dès sa plus tendre enfance, Carr (c'est ainsi qu'on l'appelait souvent par abréviation de son nom de baptême) Carr Cardross avait été accoutumé au spectacle de cette personne immobile qu'on roulait dans son grand fauteuil, de cette personne qui jamais ne le touchait, ne le prenait dans ses bras, ni ne jouait avec lui, mais qui toujours lui parlait avec bonté, le regardait en souriant et que sa mère et son grand-père, — il l'avait remarqué, car les enfants ont une puissance d'observation surprenante, — traitaient invariablement avec les plus grandes marques de respect et d'affection. Aussitôt qu'il put marcher ou même se traîner à quatre pattes, le marchepied du mystérieux fauteuil devint pour le petit homme une véritable cachette à trésors. Là, il trouva en abondance des jouets, des livres de gravures, des bonbons comme il n'y en avait nulle part ailleurs, et pour lesquels, avant de l'en rendre propriétaire, on lui enseignait soigneusement à remercier à sa manière enfantine le donateur.

— C'est de la corruption, et j'agis ainsi contre mes principes, disait parfois le comte un peu tristement; mais comment pourrais-je m'y prendre autrement pour me faire aimer de Carr?

A ce discours, comme à tant d'autres qui avaient exprimé pendant la jeunesse du comte des sentiments analogues de découragement, Hélène ne répondait pas. Elle savait que le temps lui en démontrerait l'injustice.

Quelle idée se faisait l'enfant de ce merveilleux donateur, la source, pour lui, de tant de plaisirs nouveaux? il était difficile de s'en rendre compte; ce personnage était si différent de ceux qu'il voyait! il ne quittait jamais son fauteuil; pourquoi ne le caressait-il jamais? pourquoi ne lui permettait-on pas de jouer avec lui?

De temps en temps on le présentait, afin qu'il en reçût un baiser, et toujours ce beau et noble visage lui souriait, avec une sorte de tendresse supérieure qui sans doute inspirait à la petite âme une affection mêlée de crainte et d'étonnement. C'était, du moins, ce qu'on pouvait supposer des impressions de l'enfant; car on le surprenait quelquefois fixant ses grands yeux interrogateurs sur lord Cairnforth, et un jour que sa mère lui enseignait cette première hymne chrétienne qui commence ainsi :

« Doux Jésus, charitable et débonnaire, jette les

yeux sur un petit enfant tel que moi! » il s'écria tout à coup, prononçant ainsi un de ces divins blasphèmes qui tombent çà et là des lèvres innocentes de l'enfance :

— Je sais qui est Jésus : c'est le comte de Cairnforth.

Hélène essaya de lui faire comprendre par une explication à sa portée ce qu'était lord Cairnforth, et comment il avait été toute sa vie cruellement affligé; mais Alexandre ne pouvait pas comprendre cette affliction; il ne lui semblait pas que le comte fût en rien inférieur aux autres hommes; au contraire, cette forme immobile, au calme et doux visage, jamais agité, jamais mécontent, à laquelle tout le monde obéissait avec empressement et aux pieds de laquelle il trouvait d'innombrables trésors, lui paraissait souverainement élevée au-dessus de tous ceux qu'il connaissait.

— Je crois vraiment qu'il m'aime, disait lord Cairnforth lorsque ses yeux rencontraient la tête joyeuse de Carr, qui accourait vers lui avec une expression d'attente et de curiosité ; mais son affection pourra bien ne pas durer plus longtemps que les jouets que je lui distribue.

En cela le comte se trompait; quand l'attraction

des jouets qui captive la première enfance eut cessé, Alexandre continua à cultiver sa société : il écoutait alors, bouche béante, avec une attention qui ne se ralentissait jamais, les interminables histoires que la brillante imagination du comte avait autrefois composées pour ses oncles, et ainsi, peu à peu, l'homme et l'enfant devinrent *amis*, l'affection restant toujours mêlée, pour le plus jeune, d'une nuance de respect, qui exerçait son influence salutaire.

Quand le fils d'Hélène était malade, ou contrarié, ou méchant, il lui arrivait parfois d'être excessivement violent; la voix qui le calmait toujours sortait du grand fauteuil à roulettes. Là, on ne se mettait pas en colère; là, point de regards sévères, point de tons discordants; mais il en descendait une autorité que rien ne pouvait plier, une volonté ferme qui ne passait jamais la moindre faute, qui ne cédait pas à un caprice.

Dans ses plus violentes colères, il suffisait de lui dire : « Si le comte te voyait! » pour qu'aussitôt il s'apaisât et se soumît; que de fois, quand l'autorité maternelle, affaiblie par un excès d'indulgence, ne pouvait plus suffire à dompter l'enfant, arrivait-il qu'Hélène, à bout de ressources, apportait son fils aux pieds de lord Cairnforth, l'y déposait, et le laissait seul avec lui ! Jamais elle ne revenait sans le trouver *sage* :

— Je crois qu'il me rend sage aussi, disait le comte en plaisantant, car il me rend heureux.

C'était la vérité : jamais lord Cairnforth ne paraissait plus serein que lorsqu'il avait auprès de lui ce rejeton de ses nouvelles espérances, l'enfant d'Hélène. A mesure que les années s'écoulaient, quoique toujours habitant seul son château, le comte renonçait à l'existence monotone de sa jeunesse; il avait peu à peu attiré ses voisins autour de lui, et de loin en loin, quelques amis d'Edimbourg venaient aussi animer sa demeure.

C'étaient, outre des personnes de son rang, des gens renommés par leur talent, ou dignes par leur caractère de sa protection. Il devint avec le temps, pour beaucoup de ceux qu'il rassemblait chez lui, ce qu'on appelait à cette époque un *patron*, un *protecteur*. Mais tout cela se faisait sans bruit, sans ostentation : lord Cairnforth détestait ce dernier travers par-dessus tout. Il était philanthrope, d'après le système qu'il avait appris dès son âge le plus tendre dans les leçons de M. Cardross et d'Hélène ; la charité pour lui, c'était celle qui commence à la maison, celle qui consiste pour le père à bien conduire sa famille, pour le pasteur à être le bienvenu dans toutes les chaumières de sa paroisse, pour le propriétaire à diriger avec justice et sagesse ses vassaux. — Ce dernier rôle était celui du comte : comme un souverain absolu, mais adoré, il était reconnu dans tout le pays de Cairnforth. Ce n'était donc pas une triste existence, bien loin de là, et certes, nul de ceux qui avaient séjourné quelque temps chez lui ne pouvait en emporter cette impression. Il goûtait le bienfait de ce qu'il appelait lui-même : « une vie lumineuse, » entouré de visages heureux, de gens qui savaient, comme lui, accepter les joies de cette terre et en supporter les maux; il faisait du bien à tous, évitant les jalousies, les querelles, et suivant à la lettre le commandement apostolique : « Autant qu'il est en vous, vivez en paix avec tout le monde. »

N'était-ce pas là être populaire dans le meilleur sens du mot? Aussi chacun aimait le comte. Seulement, au plus profond de son cœur, à l'abri de la pénétration de ses amis et de ses relations les plus intimes, gisaient toutes ces émotions ardentes, qui, chez les autres hommes, s'appellent des passions, et qui, chez lui, ne devaient jamais être satisfaites dans ce monde, mais y rester toujours à l'état latent; il les dominait, les transformait en sympathies, en affections pour la cause de l'humanité, gardant sa sérénité, mais avec un reflet de mélancolie inséparable d'une aspiration éternelle.

Que son château fût plein de visiteurs, que le poids de ses soucis fût plus lourd que d'ordinaire, qu'il fût préoccupé de grands intérêts ou assailli de demandes et de solliciteurs, jamais lord Cairnforth ne manquait, chaque semaine, de passer quelques heures à la cure. En hiver, auprès du feu du ministre, en été, à l'ombre des grands ormeaux, sous lesquels s'était écoulé ce premier dimanche heureux de son enfance, lorsqu'il arriva dans le pays, orphelin, estropié et seul au monde.

Le pasteur, Hélène et Carr, étaient aujourd'hui les seuls habitants du presbytère; le reste de la famille se trouvait dispersé, mais de ces trois personnes, Carr était certainement la plus importante. Quelque effort que fît parfois Hélène pour dissimuler son égoïsme maternel, il était impossible de ne pas voir que sur Alexandre se concentrait la vie de sa mère. Souvent, tandis que lord Cairnforth, assis auprès d'elle, suivant leur ancienne coutume, lui confiait ses plans, l'espoir qu'il fondait sur telle ou telle entreprise, lui faisait apercevoir le résultat philanthropique de ces œuvres commencées avec ardeur et dont il savait qu'il ne verrait pas l'issue dans ce monde, il s'aperce-

vait tout à coup que son amie ne l'écoutait plus;
tandis que tout entier à son sujet, il lui exposait
avec enthousiasme les conceptions les plus hautes,
celle-ci laissait errer complaisamment ses regards
sur le petit garnement joufflu, qui, grimpé sur son
poney, poussait des cris de joie à ses propres ex-
ploits, ou qui, à quelque distance, jouait au cheval
fondu avec l'indulgent Malcolm.

Oui, décidément, les jeux de son fils l'intéressaient plus que les théories grandioses du comte. Ce
dernier souriait alors doucement, admirant la tendresse et la faiblesse maternelles. Hélène pardon-
nait si aisément toutes les inadvertances et les fautes
dont se rendait coupable le jeune imprudent! et
puis, quand celui-ci n'était plus là, après l'avoir
légèrement grondé, ne découvrait-elle pas dans ces
fautes mêmes le germe de quelque qualité à venir,
de quelque noble aspiration?

Un jour cependant, il survint un petit incident qui
fut sans doute assez vite oublié par Madame Bruce,
mais qui marqua dans l'esprit de lord Cairnforth,
en ce qu'il lui donnait la clef de ce passé si bien fermé à tous les regards, et lui ouvrait en même temps
une perspective sérieuse sur l'avenir.

Alexandre fit un mensonge, un de ces mensonges
comme tant d'enfants en commettent journellement,

qui sont punis et aussitôt pardonnés. Cette circonstance jeta Hélène dans une agitation et une angoisse telles, qu'elle n'en avait jamais manifesté de
semblables depuis son retour à Cairnforth comme
veuve.

C'était par un beau matin du mois d'août ; les
magnifiques framboises rouges et jaunes, l'orgueil
du jardin de la cure, étaient dans toute leur maturité. On défendit à Alexandre d'y toucher ; sa mère
insista, disant qu'il ne devait pas même en approcher ; l'enfant promit, mais hélas ! peut-on absolument compter sur des engagements pris à un âge si
tendre ? Ce qui eut lieu jadis dans l'antique jardin de
nos pères, se renouvela dans celui de la cure. Alexandre cueillit et mangea le fruit défendu, puis il vint
vers sa mère, avec son blanc tablier tout taché du jus
des framboises, et sa bouche vermeille rendue plus
vermeille encore par les suites de sa désobéissance.
Alors, quand on lui demanda s'il avait touché aux
framboises, de sa bouche perverse, il répondit hardiment et sans rougir : « Non. » Le mensonge était
incontestable, mais son excessive naïveté avait quelque chose d'amusant. Lord Cairnforth, tout en le
blâmant, s'apprêtait à en sourire. Il n'était pas préparé à l'effet étrange que cette faute produisit sur
Hélène. Celle-ci se leva, recula d'un pas ; ses lèvres

étaient pâles, ses yeux étincelaient d'indignation.

— Mon fils a dit un mensonge! s'écria-t-elle, et elle répéta plusieurs fois ces paroles, comme hors d'elle-même. Mon fils m'a regardée en face et il a menti; c'est son premier mensonge!

— Doucement! doucement, Hélène! fit lord Cairnforth effrayé, car son accent, ses manières étaient capables d'épouvanter l'enfant.

— Non, cela ne se passera pas ainsi, je ne pardonnerai pas; il faut qu'il soit châtié. Viens, méchant enfant!

Et saisissant Alexandre par la main, sans le regarder, elle parut vouloir s'éloigner, comme si elle n'était plus maîtresse de ses sentiments.

— Hélène, dit le comte, presque d'un ton de reproche, l'irritation qu'elle éprouvait lui paraissant hors de proportion avec l'offense et redoutant sa sévérité, dites-moi, qu'allez-vous faire à cet enfant?

— Je le sais à peine; il faut que je réfléchisse, que je prie... Que deviendrai-je si mon fils, mon fils unique, avait hérité... Je veux dire s'il allait grandir pour devenir un menteur?

Le mot *hérité* l'avait trahie; ses angoisses, ses terreurs s'expliquaient maintenant; n'était-elle pas la mère du fils du capitaine Bruce? En un instant, lord Cairnforth eut tout deviné.

— Je comprends, dit-il, mais...

— Il est inutile que vous essayiez de comprendre, interrompit Hélène presque brusquement, d'ailleurs je ne vous ai rien dit, mais il faut que j'étouffe ce vice, ce vice fatal, dans sa racine. Je dois le châtier. Cardross, viens !

Et la pauvre Hélène tremblait de tous ses membres.

— Hélène ! répéta le comte.

Il y avait quelque chose dans son accent qui la rappela à elle-même.

Dans combien d'occasions de sa vie ne s'était-elle pas bien trouvée de lui obéir, de se réfugier sous l'abri de cette volonté forte, de ce jugement supérieur au sien !

— Vous êtes complétement dans l'erreur, ma chère amie. Votre fils n'est qu'un enfant; il a péché comme tel et vous le traitez comme s'il avait failli avec la raison d'un homme. Revenez à vous-même; tous deux nous aurons soin de lui ; ne craignez rien, il ne prendra pas la déplorable habitude du mensonge.

Madame Bruce hésitait, mais ses regards étaient encore pleins de colère; ils avaient quelque chose d'implacable : la mère avait disparu; aussi l'enfant terrifié, au lieu de s'attacher à elle, avait-il couru, en pleurant, se cacher derrière le fauteuil de lord Cairnforth.

— Laissez-le-moi, Hélène, reprit celui-ci ; vous pouvez me confier votre fils.

Madame Bruce restait immobile.

— Voyez, reprit le comte tournant son fauteuil de façon à se trouver en face du petit coupable qui sanglotait : Relève la tête, mon enfant, et dis-nous la vérité, à moi et à ta mère. — Vois, elle écoute. As-tu touché à ces framboises ?

— Non.

— Cardross ! et l'appelant par ce nom favori, lord Cairnforth fixa sur lui des yeux non pas irrités, mais pénétrants et interrogateurs qui semblaient devoir arracher la vérité, même à un enfant. Réfléchis encore, il faut que tu nous dises ce qui est.

— Non, je ne les ai pas touchées, répondit l'enfant en baissant la tête d'un air honteux. Je ne les ai pas touchées avec mes doigts. J'ai seulement un peu ouvert la bouche et elles sont tombées dedans.

Lord Cairnforth eut toutes les peines du monde à garder son sérieux devant cet aveu du petit pécheur ; mais la mère ne souriait pas ; son regard avait conservé toute sa dureté.

— Vous l'entendez ! si ce n'est pas un mensonge, c'est une dissimulation. Quiconque ment est un misérable, mais celui qui use de détours est à la fois lâche et coupable. Plutôt que mon fils devienne comme... comme ces êtres dégradés, je préférerais le voir mourir, oui, le voir mourir sous mes yeux; car je pourrais avec le temps finir par haïr ma propre chair.

A ces paroles dures, à ces yeux étincelants qui donnaient à toute la physionomie d'Hélène, ordinairement si calme et si sereine sous sa coiffure de deuil, un aspect si étrange et si nouveau, lord Cairnforth devina tout ce qu'elle avait dû souffrir pendant sa courte vie de femme mariée; jamais il n'aurait cru à une pareille amertume.

— Mon amie, dit-il d'une voix pleine de tendresse et de compassion, croyez-moi, vous avez tort. Vous vous abandonnez à de sombres prévisions qui, grâce à Dieu, ne se réaliseront jamais. Dieu n'agit pas ainsi avec nous. Il nous commande de faire sa volonté, chacun pour notre propre compte, sans nous inquiéter des actes bons ou mauvais de notre prochain. Obéissons-lui donc, et je suis convaincu qu'il aura soin de nous et que nous ne souffrirons pas..., pas toujours du moins, dans ce monde. Ne craignez rien.

— Enfant, continua-t-il, appelant le petit garçon qui pleurait dans toute l'amertume d'une contri-

tion sincère derrière son fauteuil, viens, embrasse
ta mère et promets-lui que jamais tu ne l'affligeras
plus en prononçant de mensonges.

— Non, non, jamais, chère maman, tendre maman, Alex est si fâché !

Et l'enfant repentant couvrait sa mère de baisers
et de démonstrations passionnées.

— Hélène, voyez comme il vous aime, dit le
comte, vous n'avez rien à redouter.

Madame Bruce enfin fondit en larmes. ·

A partir de ce jour, il fut admis comme une règle
générale que lorsque Hélène ne pouvait dompter
son enfant, ce qui arrivait assez fréquemment, la ressemblance de leur caractère rendant la lutte entre la
mère et le fils, même à cet âge, longue et difficile;
Madame Bruce, disons-nous, conduisait Cardross
au château et l'y laissait, pendant des journées entières, seul avec lord Cairnforth : il en revenait
toujours joyeux et sage. C'est ainsi que croissait,
passant de l'enfance dans l'adolescence, le fils adoptif du comte; car c'est sous ce titre que l'on commençait dans tout le pays à considérer le petit cousin du
seigneur, quoique aucune communication officielle
n'en eût été faite à personne. C'était un point tacite-
ment admis dans le public, et que toute la conduite de lord Cairnforth contribuait du reste à ac-

créditer. Pour Madame Bruce, elle menait une vie très-retirée, se renfermant dans ses devoirs de fille de pasteur, et paraissant rarement dans la société choisie qui fréquentait le château pendant la belle saison. Le monde s'inquiétait peu d'elle, et les hôtes distingués du comte de Cairnforth accordaient peu d'attention à Madame Bruce lorsqu'elle arrivait par hasard au milieu d'eux, toujours couverte de ses longs vêtements de deuil; dans ces occasions — c'était ordinairement à la fête du comte ou au nouvel an, — lord Cairnforth la recevait avec une attention et un respect marqués, l'appelant « ma cousine, » et, quels que fussent les personnages qui honoraient sa maison, la priant invariablement d'occuper le haut bout de sa table.

Si Hélène était peu connue, peu répandue maintenant dans les alentours, son fils, en revanche, était fort populaire au château et dans toute la péninsule. C'était un fort et vigoureux garçon pour son âge que le jeune Cardross-Bruce; il n'était pas précisément beau, ressemblant trop à sa mère pour avoir cette prétention, mais les épaules carrées, la taille robuste, qui donnaient à l'extérieur de la femme quelque chose de disgracieux, convenaient à la stature et à l'énergie de l'homme. Cardross était grand, bien fait et avait un port noble et gracieux.

19.

Il montait à cheval comme l'écuyer le plus consommé et, grâce à la direction éclairée de Malcolm, la science nautique, non plus que celle du chasseur, ne conservaient plus pour lui de secrets. A quatorze ans, Cardross était célèbre dans tout le voisinage pour ses hauts faits. Nul n'avait un coup d'œil plus sûr; c'était le meilleur tireur, le plus infatigable rameur de toute la contrée.

Avec tout cela, quoiqu'on lui laissât la plus grande indépendance, quoiqu'il se mêlât familièrement avec tous, il était indubitablement un gentleman, dans toute la force du terme. Il rappelait un peu les façons de son grand-père vis-à-vis de ses inférieurs; il avait cette manière franche, ouverte d'aborder les gens, qui attirait la confiance et gagnait l'affection. Cependant, il était impossible de prendre des libertés avec lui. Quelques vieilles têtes du village déclaraient que le *jeune maître* était précisément la joyeuse image du ministre, lorsque M. Cardross fit son apparition dans la paroisse, accompagné de sa jeune épouse.

C'était complétement un vieillard maintenant que l'excellent pasteur; il s'en allait lentement par le *chemin de toute la terre*, et si doucement, si paisiblement! Il prêchait toujours, mais de loin en loin, car à son grand ravissement, son fils Duncan,

s'étant tiré honorablement des épreuves de l'université, avait été institué son suffragant et désigné
comme son successeur. L'oncle Duncan, de douze
ans seulement plus âgé que son neveu, avait aussi
été nommé par lord Cairnforth précepteur du jeune
Bruce, et tous deux étaient excellents amis, ayant
tant de points de contact. « Ah! c'est un vrai Cardross! » c'était la remarque de tous, quand on parlait du jeune Bruce; jamais personne ne donna à
entendre qu'il eût la moindre ressemblance avec
son père.

Effectivement, il n'en avait aucune. La nature
semblait avoir miséricordieusement oublié de reproduire en lui le caractère qui avait autrefois inspiré
à M. Menteith, et depuis lors à d'autres personnes,
un effroi si bien justifié pour cette famille et une
résolution, hélas! trop motivée, d'éviter tout commerce avec elle. Nul ne voulait leur faire de tort, à
ces Bruce; on ne demandait qu'à les éviter.

Lord Cairnforth continua à payer leur pension,
mais sous la condition qu'aucun des parents du capitaine ne se mêlât jamais, sous le moindre prétexte,
de l'enfant d'Hélène.

Cette précaution prise, le comte et Madame Bruce
espéraient qu'avec les fortes digues de l'éducation et
des saines influences, Cardross deviendrait tout ce

qu'ils désiraient qu'il fût, et qu'on pourrait contrebalancer certaines tendances, qui, comme lord Cairnforth le voyait trop clairement, se dressaient comme un épouvantail quotidien pour la mère.

On sentait là une de ces luttes mystérieuses comme il en existe souvent entre la libre volonté humaine et l'invisible destinée; il était impossible d'en deviner l'issue, mais il fallait marcher toujours en avant, sans se lasser. Ainsi travaillant tous deux dans la même espérance, dans un but commun, toute leur affection concentrée sur cet enfant, lord Cairnforth et Madame Bruce passèrent bien des années, vivant de la même existence paisible et monotone. Quand le courage de la mère venait à faiblir, quand le cœur venait à lui manquer, soit par l'appréhension d'un danger réel, soit par les fantômes que son imagination seule évoquait, alors son ami lui enseignait à croiser avec patience ses mains tremblantes, et à répéter ce qu'elle-même et le ministre avaient autrefois inspiré à sa jeunesse déshéritée, la seule prière qui calme toute crainte, qui apaise toute douleur, cette grande, unique leçon que proclamait toute la vie du comte : QUE TA VOLONTÉ SOIT FAITE !

# CHAPITRE XV

# CHAPITRE XV

— Hélène, votre fils devrait être envoyé au collége.

— Oh! non, sûrement, vous ne croyez pas que cela soit nécessaire! s'écria Hélène, visiblement effrayée.

Ils étaient tous deux assis, en ce moment, dans la bibliothèque du château. Le jeune Cardross avait été longtemps auprès d'eux, opposant à la volonté de sa mère tout un dédale d'arguments, car il était décidément un peu raisonneur, et, ayant finalement perdu la partie, chose peu agréable pour un jeune adolescent de quinze ans plein de lui-même, il s'était levé en colère, sans rien répliquer, et, ayant ouvert une des fenêtres basses qui donnaient sur la terrasse, il se promenait en long et en large d'un pas rapide. C'était là, dans le jardin de la comtesse, que ses parents l'observaient; le vent agitait ses beaux cheveux blonds frisés, ceux d'Hélène; ses joues étaient brûlantes; il avait peine à repren·

dre son empire sur lui-même; rarement il le
perdait en présence du comte, il faut le dire à sa
louange.

L'expérience, les années n'avaient pas effacé l'impression profonde et fascinatrice qu'avaient exercé
sur l'esprit du petit enfant le grand fauteuil à roulettes et celui qui l'occupait. S'il y avait une personne au monde qui eût le pouvoir de guider et de
dominer l'impétueux Cardross, c'était lord Cairnforth. Aussi pouvait-on reconnaître aisément, à la
façon dont celui-ci inclinait la tête dans la direction
du jardin, où se promenait le fils d'Hélène, qu'il
lui avait voué toute sa tendresse et qu'il avait conscience de son influence.

— C'est un beau et bon garçon, si jamais il en fut,
que notre Cardross; cependant, comme je vous l'ai
répété déjà bien des fois, Hélène, il vaudrait mieux
pour lui qu'il fût au collége.

— Est-ce pour son éducation? Je croyais Duncan absolument compétent.

— Non, pas entièrement, et puis il y a plusieurs
autres motifs; bref, je crois qu'il serait plus convenable pour lui de quitter la maison pour quelque
temps.

— Quelles sont ces raisons? Est-ce parce que sa
mère le gâte?

Le comte sourit et répondit d'une manière évasive. En réalité, le mal qu'Hélène faisait à son fils
ne provenait pas tant de ses gâteries, — l'affection
vraie est rarement nuisible, — que du contre-poids
de sa sévérité; c'était de temps en temps comme un
frein subitement resserré qu'elle jetait sur ses fautes
et sur ses étourderies; comme il arrive souvent
entre une mère et un fils doués du même caractère,
le frottement de leurs deux volontés également
fortes était pénible et douloureux.

Avec la disposition particulière de Madame Bruce,
des conflits étaient presque inévitables; quiconque
l'eût observée à cette époque de sa vie, eût facilement découvert, dans les traits accentués de la
femme de quarante ans, quoique son visage conser-
vât encore une apparence de fraîcheur, des lignes
indiquant une certaine dureté passionnée; on voyait
clairement que, dépourvue de ses sentiments chrétiens, de sa générosité et de son élévation d'esprit
naturels, Madame Bruce eût pu devenir, avec l'âge,
ce qu'on appelle « une femme rigide, » prompte à
user de sévérité envers les êtres qui lui étaient le
plus précieux.

— Je crains que ce ne soit pas là une doctrine
agréable à prêcher aux mères, reprit lord Cairnforth. Mais, ma chère amie, il faut que les jeunes

gens quittent une fois la maison; comment, sans cela, apprendraient-ils à connaître le monde?

— Je ne désire pas que mon fils connaisse le monde.

— Il le faut, c'est indispensable. Rappelez-vous que sa vie sera très-probablement bien différente de la vôtre ou de la mienne.

— Ne pensons pas à cela, répondit Madame Bruce d'un air contrarié.

— Mais, ma chère amie, ce sujet n'a pas cessé d'occuper mes pensées depuis que Cardross existe, ou du moins depuis le jour de son arrivée à Cairnforth. Ne vous semble-t-il pas que c'était hier, et cependant, Hélène, savez-vous que nous commençons à devenir tout à fait vieux?

Hélène soupira. Ces paisibles, uniformes années, comme elles avaient glissé rapidement! Elle finissait par les compter, d'après la seule manière dont elle s'inquiétât du temps, c'est-à-dire en rapportant tout à son fils.

— Oui, vous avez raison, Cardross sera un homme véritablement, légalement, dans un peu moins de deux ans.

— C'est précisément à quoi je réfléchissais : quand nous en serons là, force nous sera de prendre une décision sur le sujet dont vous ne voulez jamais me

laisser parler. Cependant, Hélène, il le faut. Sup-
posez-vous que votre fils ait deviné ou que quelqu'un lui ait fait connaître quelle était sa destinée
future ?

— Je ne le pense pas. Qui aurait pu le lui dire ?
Personne ne le sait. Non, continua-t-elle d'un
ton énergique, ma résolution sur ce point est irrévocable ; rien ne vous liera, quant à mon fils ou
à moi, rien que votre libre volonté. Il est inutile
de me considérer comme votre héritière ; je suis
plus âgée que vous et je ne voudrais pas que vous
fussiez engagé vis-à-vis de mon fils ; c'est un bon
garçon maintenant, mais les tentations sont fortes,
et — Hélène ne put réprimer un frisson involontaire — les apparences sont souvent trompeuses.
Attendez, comme je vous l'ai toujours dit, attendez
jusqu'à ce que vous voyiez quel homme deviendra
Cardross.

Lord Cairnforth ne répondit pas ; tous deux
continuèrent pendant quelque temps à observer le
jeune homme, objet inconscient de leur sollicitude
et, depuis tant d'années, le but de leur vie.

— Ignorance n'est pas innocence, dit enfin le
comte, après s'être abandonné à cet accès de rêverie.
Si vous liez moralement les pieds et les mains à
une créature humaine, comment apprendra-t-elle

jamais à marcher seule? N'arrivera-t-il pas que, lorsque ses liens seront brisés, elle ne se trouvera pas libre, mais comme paralysée par cette longue inaction, et ne sera-ce pas un être presque aussi dépendant que je le suis moi-même.

A ces paroles, Hélène détacha ses regards de son fils, et posant doucement sa main (c'était sa caresse habituelle) sur la faible main qui avait été l'instrument de tant de grandes choses :

— Comment pouvez-vous parler ainsi? répondit-elle. Y eut-il jamais une vie plus utile que la vôtre ?

— Ma vie a certainement été plus utile qu'on ne s'y attendait autrefois; tous désespéraient de moi, vous exceptée, Hélène; aussi ai-je tout fait pour vous empêcher de rougir de moi pendant ces trente années.

— Trente années! il y a vraiment trente années que vous êtes venu au presbytère pour la première fois?

— Ne savez-vous pas qu'à ma dernière fête j'ai eu quarante ans? Qui aurait cru que ma vie se fût ainsi prolongée? mais elle ne peut durer toujours, et *en partant*, comme dit notre bon père, j'aimerais vous laisser tout à fait heureuse et tranquille sur le sort de Cardross.

— Qui vous dit que je ne sois pas heureuse ?
répondit Madame Bruce d'un ton un peu sec.

— Personne; mais je m'en aperçois moi-même
quelquefois, quand je vois cette expression inquiète,
agitée; tenez, vous la prenez maintenant, Hélène.
Il ne faut pas que cela soit, je crois que j'en serais
tourmenté jusque dans mon tombeau si je vous
sentais malheureuse après moi.

Et le comte, en prononçant ces mots, jeta à son
amie un de ces regards pleins d'anxieuse tendresse,
qui devaient tant manquer à celle qui les inspirait,
quand les jours vinrent où elle en fut privée.

— Je ne suis pas malheureuse, reprit Madame
Bruce avec vivacité. Quel motif aurais-je de l'être ?
Mon bien-aimé père se porte à merveille; il goûte
la plus douce des vieillesses, et mon fils, en grandissant, ne me donne-t-il pas toutes les joies qu'un
cœur de mère puisse souhaiter ?

— Oui, sans doute, Cardross est un très-bon
garçon, mais jusqu'à ce que le métal soit éprouvé,
on ne peut savoir ce qu'il vaut, et c'est ce qu'il nous
reste à faire pour votre fils; vous ne serez pas tranquille jusque-là; puis, je préfère que cette épreuve
ait lieu de mon vivant. Hélène, je désire particulièrement que Cardross aille au collége.

Le comte prononça cette dernière phrase d'un

ton si décidé, que Madame Bruce n'osa répondre autre chose que ces simples mots :

— Où voulez-vous qu'il aille ?

— A Edimbourg, naturellement ; car là il ne sera pas complétement seul : son oncle Alexandre aura l'œil sur lui ; il sera en pension chez Madame Menteith, dont le revenu ne se trouvera pas mal de la somme que je lui payerai pour cela. Il va sans dire, Hélène, que si Cardross va au collége, il faut qu'il y tienne le rang, non pas tout à fait de mon héritier reconnu, puisque ce titre vous déplaît tant, mais au moins de mon cousin, de mon plus proche pa·rent, qualité que vous ne pouvez lui refuser.

Madame Bruce fit un signe d'assentiment.

— Vous voyez, j'ai des droits sur lui, reprit lord Cairnforth en souriant, et vraiment je suis fier de notre jeune Nemrod. Il peut ne jamais devenir très-savant, son grand-père dit qu'il n'en a pas les aptitudes ; mais il sera ce que j'appelle un homme.

— Et que voulez-vous faire de Cardross, en fin de compte ? Prenez garde ; il ne connaît rien à l'argent ; il n'a jamais eu de sa vie une bank-note dans sa poche.

— Aussi est-il grandement temps qu'il en ait, et beaucoup ; je paierai largement Madame Menteith pour sa pension; mais je lui allouerai en outre une somme assez ronde pour son argent de poche; il faut qu'il apprenne à se gouverner lui-même, à savoir ce que c'est que l'argent; en un mot, à marcher tout seul : c'est la seule manière de faire de cet enfant un homme, un homme qui vaille quelque chose. Ne voyez-vous pas cela vous-même?

— Ce que je vois, lord Cairnforth, c'est que vous jugez avantageux pour mon fils d'être séparé de sa mère.

Et Madame Bruce dit ces paroles d'un ton blessé et avec le sentiment pénible de n'être pas absolument éloignée de la vérité; cela parut d'autant plus évident que le comte ne chercha pas à repousser cette assertion.

—Je crois, ma chère Hélène, qu'il vaut mieux pour Cardross qu'il soit séparé de nous tous pendant quelque temps. Nous autres, gens de Cairnforth, nous sommes de bonnes vieilles personnes à l'ancienne mode; à la longue, il pourrait finir par se fatiguer de nous, vous comprenez; mais mon principal motif est celui que j'ai énoncé tout à l'heure, savoir qu'il faut qu'il soit laissé à lui-même afin d'éprouver sa propre force, la force des principes que nous avons essayé de lui incul-

quer; il faut que son caractère particulier, les dispositions spéciales qu'il peut posséder, se développent
librement. Il y a un point jusqu'où nous devons
surveiller nos enfants; au delà, je crois que nous
ne pouvons pas, que nous ne devons pas les suivre;
il faut qu'ils sachent prendre soin d'eux-mêmes. Ne
vous fâchez pas, Hélène, je maintiens mon dire,
ma chère amie; il vient un moment, dans la vie de
tout jeune homme, où le plus sage parti que sa
mère puisse prendre pour lui, c'est de le laisser
tranquille.

— Quoi! cesser de veiller sur lui, de le diriger!

— Non, pas absolument, mais éviter de l'irriter
par une surveillance trop rigoureuse. Quoi qu'il en
soit, nous reprendrons ce sujet un autre jour; voici
Cardross qui revient.

Et les yeux de lord Cairnforth brillèrent de plaisir presque autant que ceux de la mère, lorsque Cardross, ayant recouvré toute sa bonne humeur, sauta
par la fenêtre avec agilité, et embrassa sa mère
de cette façon brusque, affectueuse, dont il n'avait
point encore honte; puis, avec un mouvement de
tendre respect, une involontaire douceur qu'il ne
manquait jamais de témoigner à l'ami infirme, il
s'assit auprès du fauteuil de lord Cairnforth.

Le comte avait ses compensations; nous avons

tous les nôtres. Si seulement nous les connais-
sions! Peu à peu, après plus d'une longue et persua-
sive causerie, Madame Bruce fut réconciliée avec
l'idée de se séparer de son fils, première séparation depuis que Cardross était au monde. Ce n'é-
tait en somme ni pour aller très-loin, ni pour longtemps, puisqu'il était possible maintenant avec les
perfectionnements apportés aux moyens de transport, de se rendre en une journée à Edimbourg;
mais ce changement, dans leur vie commune, n'en
fut pas moins particulièrement douloureux, aussi
bien pour la mère que pour le jeune homme.

Hélène conduisit Cardross dans sa nouvelle résidence et le remit entre les mains de Madame Menteith; mais elle dut revenir promptement, car la
santé de son père commençait à devenir fort chancelante, et il ne lui était guère possible de se passer de
sa fille; il devenait de plus en plus dépendant d'elle;
bien que la paralysie qu'on avait redoutée pour lui
n'eût été qu'une fausse alarme, et que l'existence
tranquille et heureuse qu'il avait menée depuis le retour d'Hélène eût contribué à ranimer le vieillard au
delà de toute attente, la vie chez lui ne s'en éteignait
pas moins doucement, par de lentes et insensibles
dégradations, semblables aux lueurs qui colorent le
bord des nuages, ou à ces derniers rayons qui do-

20

rent le sommet des montagnes, silencieux avertisse-
ments de la nuit qui approche, « pendant laquelle
nul ne peut travailler. » Le fidèle pasteur avait tra-
vaillé toute sa vie; il avait achevé l'œuvre de son
maître; à d'autres le renom de prédicateur éloquent,
la gloire de triompher dans les controverses du
temps; à d'autres la tâche de combattre pour la dé-
fense du christianisme; lui s'était contenté de le pratiquer; il lui suffisait d'avoir été, dans son humble
paroisse de campagne, parmi ses pauvres et rudes
compatriotes, le père, le pasteur de tous.

— Je crois qu'il a une heureuse vieillesse, mon
cher vieux père, disait un jour Hélène au comte de
Cairnforth, en regardant avec amour le vieillard, qui
retrouvait quelques étincelles de vie dans l'atmosphère de la bibliothèque du château, cette bibliothèque de Cairnforth, célèbre maintenant dans toute
l'Ecosse et dont les richesses étaient dues en partie
aux efforts de M. Cardross.

— Oui, certainement, il est heureux; il a une
meilleure vie que la plupart des hommes.

— Ne l'a-t-il pas bien méritée ? Pendant
soixante-quinze ans, il a toujours eu la vérité sur
les lèvres, l'honneur, la droiture dans le cœur; il
n'a jamais dit un mensonge; il n'a jamais trompé
ni surpris la bonne foi de personne, et quoiqu'il

fût pauvre lorsqu'il épousa ma mère, extrêmement pauvre, à partir de cette époque jusqu'à aujourd'hui, il n'a jamais été le débiteur de personne, si ce n'est pour la grande dette que nous nous devons tous, *celle de nous aimer mutuellement*. Ah! s'écria Hélène avec un élan de tendresse, puisse mon fils, en prenant des années, ressembler à son grand-père! puisse-t-il ne ressembler qu'à lui!

— Tout nous fait présumer que votre souhait sera exaucé, répondit lord Cairnforth avec conviction.

En effet, toutes les nouvelles que l'on recevait du jeune Cardross étaient extrêmement satisfaisantes. Il s'était parfaitement habitué à sa nouvelle vie, prenait à cœur ses devoirs au collége, ne donnait aucune peine à Madame Menteith et encore moins à son oncle. Ce dernier, associé dans l'étude de Menteith et Ross, était devenu un homme très-respectable et très-habile en affaires; il avait épousé la plus jeune des demoiselles Menteith. Cependant, dans ses lettres, son neveu ne témoignait pas avoir une très-grande affection pour lui, se plaignant quelquefois que l'oncle Alex se mêlait un peu trop de ses affaires, examinant ses comptes, le forçant à les tenir en ordre, et insistant surtout pour qu'il ne dépassât pas les limites d'un luxe malséant pour le fils de Madame Bruce, pour le petit-fils de M. Cardross, qui aurait à faire son chemin dans le monde aussi bien que ses parents. En lisant ces missives, le comte avait coutume de dire :

— Vous voyez, Hélène, la dissimulation a ses inconvénients; il serait beaucoup plus simple que Cardross sût, dès à présent, quelle est sa position et quelle doit être sa carrière. Que dis-je? il eût mieux valu qu'il en fût instruit dès son enfance!

Mais Hélène ne voulait pas admettre cette considération; elle était obstinée, se fâchait presque, lorsque son ami abordait ce sujet; aucun argument ne put la convaincre qu'il ne fût pas beaucoup plus salutaire pour son fils d'avoir été élevé dans une simplicité digne des temps antiques et de continuer à se croire ce qu'il paraissait être, c'est-à-dire le petit-fils de l'humble pasteur d'une des plus pauvres paroisses de l'Ecosse, au lieu d'être ébloui par la découverte qu'il était l'héritier désigné du comte de Cairnforth.

Ainsi, quoique tout à fait contre son gré, celui-ci dut céder. Tout l'hiver et tout le printemps se passèrent, sans événements notables pour la petite péninsule, qui cependant n'offrait plus, depuis longtemps, l'aspect primitif que nous avons décrit au commencement de cette histoire; les bras puissants de la civilisation l'étreignaient de toutes parts étroi-

tement; acre par acre, les bruyères disparaissaient;
on voyait s'élever, sur ces terrains naguère incultes,
nombre de villas et de maisons avec des jardins;
toutes ces constructions avaient augmenté consi-
dérablement le revenu du domaine de lord Cairnforth, et chaque année le rendait plus important.

— Il faudra à Cardross de bonnes épaules pour
supporter la responsabilité qui l'attend, disait le
comte lorsqu'il examinait ses affaires; il mène une
vie facile à présent et se doute peu de ce qui l'attend. Vous rappelez-vous ce que me disait le bon
M. Menteith : Le propriétaire de Cairnforth n'aura
pas une vie de loisir pendant le quart de siècle dans
lequel nous entrons.

— Vous vous attendez donc à un redoublement
d'activité, demanda Hélène.

— Oui, et il me faut Cardross pour m'aider jusqu'à ce que tout ceci lui appartienne; puis, quand il
en sera là, il ne faut pas le laisser devenir paresseux,
Hélène. L'homme le plus riche, à mon sens, doit
travailler; il le faut. Dans quelle carrière croyez-
vous que marchera Cardross? Essayera-t-il de la
politique? Ne trouvez-vous pas que ses lettres, en
ce moment, sont toutes pleines de politique?

— Beaucoup trop; il ne parle pas assez de lui.

— Il pourrait entrer au parlement, reprit le

20.

comte, et peut-être, quelque jour, obtenir la pairie. Eh! Hélène! que diriez-vous de cela? Etre la mère d'un vicomte; d'un vicomte de Cairnforth!

— Non, non, répondit Madame Bruce d'un ton à la fois affectueux et triste, il n'y aura jamais d'autre lord Cairnforth que vous.

C'est ainsi que les deux amis oubliaient les heures à échanger leurs plans d'avenir pour ce jeune collégien, leur unique joie, leur unique but; ils se trouvaient jeunes en pensant à lui. A l'une, il apportait l'espérance; à l'autre, le reflet du bonheur que, par une mystérieuse dispensation de la Providence, il lui était interdit de goûter ici-bas. Et cependant ni l'un ni l'autre n'était triste. Nul n'aurait pu en faire la supposition en voyant l'honnête visage de Madame Bruce, où se réfléchissaient la santé et le contentement intérieur; on voyait qu'en dépit de son bonnet de veuve qui disait à tous qu'elle appartenait uniquement à son fils et ne voulait appartenir qu'à lui, la vie n'était pas seulement pour Hélène remplie de devoirs, mais qu'elle contenait encore plus d'une joie.

Et le comte? Il commençait à vieillir; il paraissait plus âgé que Madame Bruce; car ses cheveux noirs frisés grisonnaient déjà; ses traits, fatigués et flétris prématurément, donnaient à tout l'ensemble de sa personne un aspect plus pénible qu'autrefois et rendaient plus frappante la disproportion de ses membres ; mais il n'en conservait pas moins cette expression de douceur et de paisible sérénité qu'on avait admirée dès son enfance et qui lui attirait tous les cœurs pendant sa jeunesse.

— Le laird ne deviendra jamais vieux, disaient les gens de Cairnforth en secouant la tête lorsqu'ils le voyaient passer, l'air fatigué, souffrant; puis, ils calculaient combien d'années pourrait encore durer cette frêle machine. Un peu d'égoïsme se mêlait peut-être à ces préoccupations des tenanciers du comte; un peu d'anxiété pour savoir qui viendrait après lui les gouverner, être leur maître; ce maître serait certainement moins aimé, moins honoré. Qui pouvait l'être davantage que le seigneur actuel?

Oui, c'était une douceur pour ceux qui l'aimaient et ce fut une de leurs consolations dans la suite, que de se dire qu'après tout il y avait, de par le monde agité, plus d'un citoyen favorisé de la fortune, plus d'un mari et plus d'un père, qui menaient une vie beaucoup moins heureuse que celle du comte de Cairnforth.

# CHAPITRE XVI

# CHAPITRE XVI

Par une journée d'automne, calme et encore brillante de soleil, lord Cairnforth descendit à son
heure accoutumée à la cure; il y venait plus fréquemment depuis quelques mois, car le digne ministre s'affaiblissait visiblement, et se trouvait de
moins en moins en état de monter au château.

Son ancien élève le trouva ce matin-là assis dans
son jardin, sous un abri formé d'un buisson de
roses du Bengale, avec deux ou trois volumes du
théâtre grec sur les genoux; il ne lisait guère cependant.

C'était peu de semaines après le départ de Cardross qui, après avoir passé de joyeuses vacances à
Cairnforth, était retourné pour sa seconde année
à Edimbourg. Au bruit des roues du fauteuil sur
le gravier, le vieillard leva la tête d'un air de satisfaction :

— Je suis bien aise de vous voir, car vraiment

je suis abandonné ce matin ; j'ai à peine vu Hélène aujourd'hui. — Ah ! la voici ! Ma fille, où donc avez-vous été si longtemps ?

Hélène éluda adroitement la réponse à cette question, et détourna la conversation en prenant affectueusement place auprès de son vieux pèré. Au bout de quelques instants, celui-ci, dont les facultés commençaient à participer de l'engourdissement général de ses membres, se leva pour faire sa petite promenade habituelle, le long du jardin et du cimetière.

— Hélène, dit le comte lorsque M. Cardross se fut éloigné, qu'y a-t-il donc qui aille de travers ce matin ? Vous n'avez pas votre air ordinaire.

Madame Bruce ne répondit pas.

— Il ne peut rien y avoir qui vous tourmente du côté de votre fils, car j'ai reçu une lettre de lui hier.

— J'en ai aussi une de ce matin.

— Eh bien, que vous raconte-t-il ? — A moi assez peu de chose ; il se plaint seulement de trouver Edimbourg ennuyeux cette année, et exprime le désir d'être de retour au milieu de nous.

— Cela ne m'étonne pas, fit Hélène d'un ton sec et avec cette expression sévère qui venait parfois assombrir son visage et que lord Cairnforth connaissait trop bien.

— Voyons, Hélène, je suis certain que vous avez quelque souci. — Pourquoi ne pas me le dire de suite ?

— Chut ! voici mon père.

Elle se leva précipitamment pour aller à la rencontre du ministre, lui offrit son bras et, soutenant ses pas chancelants, le fit rentrer dans la maison où tous trois s'installèrent ensuite, pour causer de tous les petits cancans de la paroisse et des nouvelles de la famille dont les différentes branches formaient, chaque année, des ramifications nouvelles. Mais, avant tout, le ministre aimait à parler et à entendre parler de l'aîné de ses petits-fils, de son favori, de celui qui portait son nom : *Alexandre Cardross Bruce.*

Cependant, bien que ce fût le sujet sur lequel on s'étendait le plus volontiers à la cure, ce matin-là, par exception, Hélène garda le plus strict silence. Le ministre finit par s'endormir au milieu de la conversation, tandis que Madame Bruce agitait entre ses doigts, d'un mouvement nerveux, son alliance et une autre bague, l'unique bijou qu'elle possédât, et qu'elle portait habituellement comme bague de sûreté. Elle se composait d'un très-gros diamant sur une simple monture en or. Le comte le lui avait offert peu de mois après son retour à Cairnforth,

lorsque, par son refus constant d'accepter aucune de
ses offres généreuses, elle avait presque amené une
querelle entre eux. Madame Bruce, voyant qu'elle
avait offensé sérieusement son ami, avait fini par
recevoir la bague comme un gage d'amitié et de ré-
conciliation. Elle l'avait toujours portée depuis, à
son instante prière, si bien qu'elle lui était devenue
aussi indispensable que son alliance.

Pourquoi, dans ce moment, n'en détachait-elle
pas ses regards et ne cessait-elle de l'ôter de son
doigt et de l'y remettre, d'un air singulier?

— Je vais vous faire une étrange question, lord
Cairnforth. Si notre amitié ne datait pas de si
loin, vous pourriez trouver ma question malhon-
nête et vous en formaliser.

— Voyons, dites toujours.

— Cette bague a-t-elle beaucoup de valeur?

— Passablement.

— Combien vaut-elle?

— Vous n'êtes certainement pas très-polie, Hélène, répondit le comte avec un léger sourire; mais
enfin, puisque vous désirez le savoir, je crois me
rappeler que cette bague vaut deux cents livres.

— Deux cents livres sterling!

— Qu'y a-t-il donc là de si effrayant? Combien
faut-il que je vous répète de fois qu'un homme

peut faire ce qu'il veut de son bien? Ce bijou a appartenu à ma mère; il était bien à moi, je vous l'ai donné. J'espère que vous valez pour moi un peu plus de deux cents livres.

Mais la sérénité ne reparaissait pas sur le front de Madame Bruce, où un sombre nuage semblait obstinément établi.

— Voyons, répondez-moi; vous savez, Hélène, que vous finissez toujours par me dire franchement le fond de vos pensées : pourquoi cette question à propos de cette bague?

— Parce que je désire la vendre.

— La vendre!

— J'ai besoin d'argent, puisqu'il faut vous le dire, il me faut de l'argent, une assez grosse somme même, s'écria Madame Bruce avec une agitation croissante. Et comme je ne veux ni mendier, ni emprunter, ni voler, je suis bien forcée de vendre quelque chose pour me procurer cet argent, et ce diamant étant le seul objet précieux que je possède... Maintenant, vous comprenez?

— Oui, je crois comprendre, et le ton de cette réponse se changea aussitôt en un accent de profonde tendresse. Ma pauvre chère Hélène!

Peut-être sa rigidité l'eût-elle soutenue encore quelques instants; mais la compassion de cette voix amie trouva instantanément le défaut de la cuirasse sous laquelle cette rigidité s'abritait.

— Oh ! c'est amer, c'est amer ! Après tant d'années !

— Qu'y a-t-il de si amer ? Voyons ! Mais vous n'avez pas besoin de me le dire, je crois que je devine tout. Vous ne m'avez pas montré la lettre de votre fils que vous avez reçue ce matin.

— La voici.

Et la pauvre mère laissa couler ses larmes à flots ; trop longtemps elle les avait retenues ; maintenant son cœur se brisait. Qu'était-il arrivé ? Elle avait simplement découvert que son fils n'était pas l'être idéal et parfait qu'elle avait cru, qu'il ne valait pas mieux qu'un autre et qu'il était sujet, lui aussi, à tomber. Le pauvre Cardross avait fait toutes sortes de sottises et de folies qu'il avait tenues secrètes aussi longtemps qu'il avait pu et qu'il avait osé ; puis le moment était enfin venu où, ne pouvant résister à son angoisse et à ses remords, il avait versé toute l'histoire de ses fautes et de ses malheurs dans le sein de sa mère. Ce n'était heureusement que de légères erreurs, rien de grave : extravagances de toilette et d'amusement, ayant occasionné de sérieuses dépenses ; mais il n'avait rien commis d'absolument blâmable qui pût ternir sa réputation ; de cela il

donnait les plus fermes assurances, et ses protesta-
tions avaient l'accent de la sincérité; il jurait de se
corriger et de recommencer une nouvelle vie, si sa
mère voulait seulement lui pardonner, oublier le
passé et trouver les moyens de régler la montagne
de mémoires qu'il lui envoyait et qu'il lui était impossible de payer avec la pension que lui faisait le
comte.

— Pauvre garçon! dit lord Cairnforth en relisant
la fatale lettre pour la seconde fois, et en examinant
la liasse de papiers qu'elle renfermait. C'est une
histoire assez connue.

— Je le sais, s'écria Hélène avec vivacité, mais
que cela puisse arriver à mon fils!

Et elle couvrit son visage de ses deux mains, paraissant en proie à la fois au plus amer chagrin et
à la plus grande humiliation.

Le comte la regarda quelques instants en silence,
puis il lui dit doucement:

— Mon amie, n'êtes-vous pas en train de faire
une grosse affaire de ce qui, après tout, n'est pas si
grave?

— Pas si grave! mais ne voyez-vous pas... ne
comprenez-vous pas? Ce n'est pas tant l'importance
de la somme, mais que mon fils puisse être, lui,
assez bas, assez lâche pour contracter des dettes

quand il sait que je les déteste, que j'ai de bonnes
raisons pour les détester, pour en avoir horreur,
comme je pourrais avoir horreur de... Mais c'est là
une conversation inutile; je vois que vous souriez.
Vous ne connaissez pas l'affreux... l'affreux passé.

— Si, ma chère amie, je le connais, je sais tout ce
que vous pourriez me dire... et même davantage.

— Alors ne voyez-vous pas tout ce que je redoute?
C'est le premier pas, un funeste commencement
dont nul ne peut prévoir les suites. Il faut que j'ar-
rête les progrès de ce vice; il faut que j'arrache mon
pauvre enfant, comme un tison du feu, hors du péril
qui le menace. Demain je pars pour Edimbourg. Je
serais partie aujourd'hui même, si j'avais pu quitter
mon père aussi à l'improviste.

— Non, non, vous ne pouvez pas quitter votre
père, ni aujourd'hui, ni demain, répondit le comte
avec douceur, mais d'un ton décidé. Calmez-vous,
Hélène ; asseyez-vous, je vous en conjure.

Madame Bruce était dans un état d'excitation
qui faisait peine à voir; sans rien écouter, elle continua avec la même véhémence :

— Ces dettes doivent être payées, et immédiatement; cette idée seule me rend folle; mais ce n'est
pas vous qui les payerez.... N'y songez pas, répétait-
elle d'un ton presque agressif. Voyez ce que mon fils

dit lui-même, et Dieu soit loué qu'il ait assez d'honneur pour le sentir ! Il écrit que je ne dois sous aucun prétexte vous en parler, qu'il se fera clerc, copiste, précepteur, n'importe quoi, plutôt que d'abuser davantage de la générosité de lord Cairnforth.

— Pauvre garçon ! pauvre garçon !

— Vous ne le croyez donc pas si mauvais après tout? s'écria Madame Bruce dont le cœur de mère reprit un instant ses droits. Vous ne craignez donc pas que je doive vivre pour pleurer le jour où mon fils est né?

Le comte sourit de son tranquille sourire, un peu ironique, et ce sourire, tombant sur cette grande exaltation, parut avoir plus d'effet pour calmer la pauvre mère que tous les raisonnements du monde.

— Non, Hélène, je ne crois rien de pareil. Je crois que Cardross a été étourdi, qu'il a agi sans réflexion; mais s'il est coupable, nous ne l'avons pas été moins que lui. Après l'avoir tenu trop longtemps dans les lisières, nous les lui avons subitement enlevées. C'est là un mauvais système, comme je vous le disais il y a quelque temps. Il m'est impossible d'admettre la perversité du petit-fils de mon digne pasteur, du fils d'Hélène Cardross! Non, il ne faut pas y songer, ma chère, ce serait insensé.

Dans cet instant, M. Cardross, troublé dans son
paisible sommeil, fit un mouvement; peut-être
avait-il entendu prononcer son nom : Hélène reprit
vivement la lettre des mains de lord Cairnforth.

— Pas un mot devant lui. A son âge, aucun souci
ne doit plus l'approcher.

— Vous avez raison; mais rappelez-vous votre
promesse de ne rien décider sans avoir discuté la
question à fond avec moi. C'est mon droit, vous savez. Cardross est aussi mon fils. Quand viendrez-
vous au château ?

— J'irai ce soir.

Ainsi, à la tombée de la nuit, par un temps d'o-
rage qui eût arrêté tout autre personne qu'Hélène Bruce, celle-ci se présenta au château et se dirigea tout droit vers la bibliothèque où le comte
continuait à se tenir le soir. Cet appartement spa-
cieux, avec sa forme octogone, ses voûtes en dôme
élevé, richement peintes à fresques, ses murs gar-
nis des trésors de la science; cette salle magnifique, parfaite dans son ensemble et dans les moindres détails, où les moindres objets témoignaient
du goût exquis du propriétaire, faisait un étrange
contraste avec le maître lui-même de tous ces trésors, avec cet être infime, ce nain perdu dans l'im-
mensité de cette pièce, assis seul auprès du foyer;

devant lui était une petite table, une lampe et un
livre posés dessus; il ne lisait pas cependant, il paraissait plongé dans ses pensées : il disait, à présent
qu'il avait tant lu, qu'il en était fatigué et qu'il préférait penser. A quoi songeait-il ainsi pendant ces
longues heures de solitude de son âge mûr? Sans
doute à la vie qu'il avait traversée, paisible, uni-
forme, et pourtant si remplie, si utile à son prochain! Ou peut-être songeait-il, plus souvent encore qu'autrefois, à la vie à venir? Quoi qu'il en
soit, lord Cairnforth ne permit pas à celle qui le
visitait à cette heure avancée de dire une parole,
pas même de s'asseoir, jusqu'à ce qu'il l'eût placée
sous les soins de Madame Campbell pour être sé-
chée, réchauffée; car les vêtements de la pauvre Hélène étaient complétement transpercés par la pluie
diluvienne qui tombait alors. Quelques instants
après, Madame Bruce, cette femme au maintien
froid et réservé, qui, parfois, apparaissait au milieu
des hôtes de lord Cairnforth, à laquelle celui-ci donnait le titre de « ma cousine, » et qui, sans attirer
l'attention de personne d'une façon spéciale, était en
possession de l'estime de tous, souleva les lourdes
draperies qui fermaient la bibliothèque et, à travers
les ombres que projetait la lampe, se dirigea d'un
pas ferme vers sa place accoutumée.

Hélène, de nouveau rendue à elle-même, aborda de suite, avec sa manière franche et vive, le sujet qui l'amenait à cette heure insolite auprès du comte.

— Je ne viens ni pour mendier, ni pour emprunter, ne croyez pas cela, ne vous en flattez pas, mais uniquement pour vous demander conseil. Dites-moi, mon ami, ce que je dois répondre à mon fils ?

Sa voix était d'une intonation presque émue en prononçant ces dernières paroles : toutefois le comte savait parfaitement que si Cardross eût tout à coup surgi devant elle, la glace se fût aussitôt reformée sur son cœur, et que le coupable n'eût plus trouvé que la mère rigide dont il avait trahi la confiance, froissé tous les principes, et qui, tout en aimant son fils de toutes les puissances de son être, n'en était pas moins résolue à le châtier avec la rigueur d'une conscience inexorable.

— Je vous donnerai le meilleur conseil dont je sois capable. Voyons encore cette lettre.

Après l'avoir relue soigneusement, lord Cairnforth reprit :

— Mon opinion n'a point changé depuis ce matin : je pense que Cardross a été étourdi, mais au fond peu coupable ; je ne trouve dans tout ceci aucune dissimulation, aucune atteinte à la vérité.

— Non, Dieu soit loué ! Quelque mauvais qu'il

soit, mon fils n'est pas un menteur, j'ai empêché ce vice de naître en lui, ou du moins, j'ai su en triompher.

— Oui, vous l'avez élevé comme votre père nous a élevés tous deux, vous lui avez appris à ne rien craindre, à dire librement sa pensée sans avoir peur d'exciter votre colère; sa seule frayeur était d'affliger votre cœur; aussi vous voyez, Hélène, que votre fils n'a pas essayé de vous tromper; il vous dit à brûle-pourpoint tout ce qu'il a fait d'extravagant; il vous confesse toutes ses folies, toutes ses ridicules dépenses. Il a pu être imprudent, mais il est franc et je n'ai aucun doute que si j'envoye cette liste à ses fournisseurs, elle se trouvera exacte jusqu'au dernier centime, et qu'il n'y a point d'autres notes impayées. Cette liste n'est pas tellement longue après tout, si vous y réfléchissez; toutes ses dépenses ne s'élèvent même pas à ces deux cents livres pour lesquels vous étiez sur le point de vendre votre bague.

— Sur le point! Je compte bien la vendre encore.

— Vous êtes libre : mais il me semble vraiment dommage de se séparer de ce souvenir pour une somme qui n'est pour moi qu'une bagatelle. Qu'est-ce que cela, Hélène, comparé à mon revenu qui, un jour, sera le vôtre ?

Madame Bruce gardait le silence, à la fois affligée et confuse. Le comte causa ainsi avec elle jusqu'à ce qu'il eût réussi à ramener la paix dans son âme, qu'il l'eût rendue à sa saine nature, et remise en possession de ce jugement net qui donne aux choses leurs vraies proportions.

— Eh bien ! dit-elle enfin, vous vous fierez à moi et vous me laisserez partir demain pour Edimbourg, persuadé que je ne ferai rien d'irréfléchi ni de trop rigoureux.

— Mais, ma chère amie, je ne suis pas d'avis que vous partiez.

— Comment ! ne faut-il pas que des mesures soient prises de suite, que quelqu'un aille auprès de lui ? Je ne puis m'en remettre à Alick ; mon frère ne comprend pas mon fils, dit Madame Bruce, reprenant son expression inquiète, elle, la courageuse Hélène, faible et incertaine seulement quand il s'agissait de son fils.

— J'ai déjà pris les mesures nécessaires. Cardross sera demain au château.

Hélène tressaillit.

— Au château, remarquez que je n'ai pas dit à la cure. Non, Hélène, votre autorité ne sera pas compromise. Vous pourrez être aussi sévère que vous le voudrez avec votre fils ; mais il est aussi le mien.

Et une rougeur passagère couvrit les joues ridées de lord Cairnforth lorsqu'il répéta :

— Mon fils adoptif; il est temps qu'il le sache.

— Comment! vous auriez l'intention de le lui dire?

— Oui, je compte lui dire toutes mes intentions quant à son avenir.

— Quoi! dans ce moment?

— Oui, dès à présent; c'est la méthode la plus simple, la plus sûre dans son intérêt, dans le vôtre, dans le mien. J'y ai réfléchi toute la journée, et je ne puis arriver à une autre conclusion. Pour moi-même, s'il m'est permis de songer à ma satisfaction personnelle, j'ai tout à gagner à cette communication. Je ne veux point empiéter sur les droits maternels, il est peu vraisemblable que je puisse y parvenir, ajouta-t-il avec un sourire quelque peu mélancolique; cependant il est dur de penser que, durant le peu d'années qu'il me reste à vivre, il me soit interdit, à moi, un homme sans enfant, de goûter les consolations et les joies que pourrait me donner Cardross reconnu comme mon fils adoptif.

Hélène ne put répondre; elle détourna son visage en silence; ce n'était que trop vrai, et pourtant.....

— Eh bien! vous dirai-je quelle est la position

dans laquelle je désire voir Cardross vis-à-vis de moi?

Madame Bruce fit un signe d'assentiment.

— Il ne peut prendre la place de sa mère, cela est bien entendu, et je ne le désire pas non plus. Vous serez toujours ce que vous avez été pour moi; seulement je veux donner à ce fait toute la publicité possible. Vous serez considérée comme mon héritière : Cardross aura une pension convenable qui sera doublée quand il se mariera; mais tant que vivra sa mère, il dépendra d'elle. Il y a une chose, continua-t-il, voyant qu'Hélène ne faisait point d'observation, une chose qui me rendrait heureux..... ce serait qu'à l'époque de sa majorité il changeât son nom ou y ajoutât le mien, qu'il s'appelât Cardross Bruce-Montgomerie ou simplement Cardross-Montgomerie. Lequel des deux préférez-vous?

Hélène réfléchit longtemps; plus d'un nuage parut et disparut sur le visage de la veuve, veuve depuis un si grand nombre d'années, que le temps pouvait bien avoir adouci beaucoup d'aspérités et qu'il était possible que son cœur aimât à se reporter parfois aux jours de sa jeunesse..... aux jours de son premier amour de jeune fille. Sans doute, ces souvenirs avaient tous repris leur empire, car lorsqu'enfin elle répondit à la question de lord Cairnforth, ce fut presque avec un soupir convulsif qu'elle prononça ces mots : ·

— Je désire que mon fils s'appelle Bruce-Montgomerie.....

— Bien, qu'il soit fait comme vous le voulez !

Et ce fut au tour de lord Cairnforth de garder le silence.

Hélène reprit la première la conversation en demandant au comte s'il ne croyait pas qu'il fût dangereux, nuisible même, pour Cardross, de lui montrer, immédiatement après ses erreurs, le brillant avenir qui s'ouvrait devant lui.

— Non, pas après des erreurs confessées et abandonnées. Rappelez-vous que ce fut sur les haillons mêmes de l'enfant prodigue que son père jeta la robe de pourpre. Mais notre Cardross n'est pas un enfant prodigue, Hélène ; je le connais bien ; j'ai foi en la nature humaine, surtout en celle de votre fils.

Et le comte sourit.

— La persuasion qu'il est pardonné, qu'on se fie à lui, le touchera beaucoup plus profondément que ne le ferait un traitement rigoureux.

Hélène Bruce ne résista pas davantage ; elle était vaincue. N'était-elle pas une femme raisonnable après tout, avec son cœur généreux et aimant ? Quel était donc le prestige de cette existence solitaire, contenue, qui s'était écoulée près d'elle? Quel était donc ce mystère dans lequel on n'avait jamais pénétré, dans lequel nul ne pénétrerait jamais?

Ah! c'est que cette existence était fixée tout proche du ciel et de ses célestes révélations; c'est que le comte possédait une vision supérieure quant aux choses terrestres, comme si l'éloignement d'où il les discernait donnait à son jugement une élévation, une clairvoyance bien au-dessus de celles d'Hélène. Celle-ci ne le comprenait pas complétement; toutes ces pensées ne lui seraient pas venues à elle; mais elle sentait confusément que son ami était dans le vrai. Oui, quelque étrange que la conduite du comte pût paraître, il agissait d'après un point de vue large et grand, d'après cette justice qui commande la droiture. Cette ligne de conduite est souvent tournée en ridicule par les gens du monde qui l'interprètent mal. Comment en serait-il autrement? N'a-t-elle pas son point de départ à une hauteur qui n'est pas celle de ce monde, et où les objets paraissent comme transfigurés?

Cardross arriva le jour suivant; ce ne fut pas à la cure qu'il descendit, mais au château. Il y resta enfermé pendant plusieurs heures avec le comte avant

de se rendre chez sa mère. Quand il arriva auprès de cette dernière, ce fut lui qui alla à elle, car
Madame Bruce ne voulut pas faire un pas à sa rencontre; il se jeta à ses genoux, le grand jeune
homme haut de près de six pieds, et pleura sur son
cœur en réclamant son pardon avec l'humilité d'un
petit enfant.

— Ah! ma mère, ma mère, il m'a pardonné!
Aussi, quand je pense à tout ce qu'il a fait, à
tout ce qu'il veut faire encore pour moi, qui
n'ai point connu mon père! Savez-vous que bien
des gens à Edimbourg, les Menteith entre autres, m'ont insulté cruellement à propos de mon
père?

— Et qu'as-tu répondu? demanda Madame
Bruce avec un accent lent et ferme.

— Qu'il fut mon père, qu'il est mort, et que je
défendais qu'on me parlât jamais de lui.

— C'est bien, mon fils.

Un silence suivit : Cardross le rompit bientôt, il
ne pouvait tarir en éloges sur le comte.

— C'est merveilleux, merveilleux, s'écriait-il; je
puis à peine le croire! Que nous soyons à toujours
à l'abri de la pauvreté, vous, ma mère, qui avez
tant souffert, et moi, qui croyais avoir tant à travailler, à lutter pour gagner notre vie à tous deux!

Mais je n'en travaillerai pas moins! reprenait-il avec énergie en rejetant ses cheveux en arrière avec des regards pleins de feu et de courage. Je vous montrerai, ainsi qu'au comte, tout ce dont je suis capable; je lui prouverai que je puis être quelque chose. Oui, je veux être tout ce qu'il désire, son bras droit, ainsi qu'il l'a dit. Oui, je ferai honneur à mon nom et au sien. Mère, vous savez que je dois porter son nom.

— Oui, mon fils.

— J'en suis heureux, je le lui ai dit. Il sera fier de moi et vous aussi; jamais, jamais, ma mère, je ne vous affligerai plus.

Encore une fois les sanglots lui coupèrent la voix. Hélène, enfin, y mêla les siens; puis, serrant son fils contre son sein, elle leva les yeux au ciel avec reconnaissance et sentit que, quelques biens que Dieu lui eût pris, il lui rendait tout au centuple dans cet instant. Quel lien puissant que celui qui unit ainsi une mère veuve à son fils unique! Quelle bénédiction, quelle divine compensation ne contient-il pas?

Hélène attendit l'heure où son père se retirait pour la nuit, et après l'avoir tranquillisé, car sa première question, en apprenant tous ces changements, avait été:

— Au moins, ma fille, vous n'irez pas demeurer au château de mon vivant?

Elle prit le bras de son fils, un solide appui maintenant que ce bras; puis, par un brillant et paisible clair de lune, ils montèrent au château.

Lord Cairnforth était à son poste ordinaire, plongé dans son occupation accoutumée du soir, celle qu'il appelait « le dur labeur de ne rien faire. »

Il était pendant la journée très-affairé et très-entouré; mais le soir il renvoyait généralement tout son monde. Celui qui l'aurait observé dans ses heures de solitude, les mains croisées sur ses genoux, sa tête penchée, ses yeux à demi fermés ou, quand il les rouvrait, tout imprégnés comme d'une ardente inspiration vers l'infini, eût été frappé de l'expression de lassitude qui régnait sur ses traits.

Au premier bruit des pas de ses visiteurs, lord Cairnforth, qui était dans l'attitude que nous venons de décrire, releva la tête vivement, fit faire un demi-tour à son fauteuil, et accueillit Hélène et son fils avec autant de cordialité que de sérénité.

L'entretien s'engagea sur des banalités; Cardross s'y mêla à peine : il ne paraissait plus le même; silencieux, absorbé, toute sa contenance avait quelque chose de solennel et d'attendri, qui effraya presque sa mère.

Les prévisions du comte étaient justifiées : il avait, lui, avec sa pénétration et sa connaissance du cœur humain, jugé Cardross mieux que sa propre mère. Ces brillantes perspectives, ce changement total dans son avenir, qui auraient ébloui une nature inférieure et l'auraient peut-être entraînée dans tous les égarements auxquels est sujette la jeunesse, ne firent que rendre le fils d'Hélène plus sensible à la responsabilité nouvelle qu'on exigeait de lui, que l'exciter davantage à l'humilité, à la méfiance de lui-même. Dix ans semblaient avoir passé depuis le matin sur le front de Cardross; le généreux pardon du comte avait fait d'un enfant un homme réfléchi, mûr.

Lord Cairnforth observa promptement ce changement; mais voyant à la fin, sous cet embarras qui cachait une si heureuse transformation, que ce jeune cœur était trop plein et ce cerveau trop agité pour supporter longtemps sa présence, il lui dit avec bonté :

— Cardross, avancez ce fauteuil pour votre mère; elle y sera mieux installée; puis ne pensez-vous pas qu'il serait bon de voir avec Malcolm si les filets à prendre le saumon sont bien placés à l'extrémité du Loch-Mhor ? Je sais que Malcolm désirait avoir une consultation avec vous sur ce point.

Allez, mon fils, et prenez votre temps pour cette course; j'ai à causer longuement avec votre mère.

Le jeune homme obéit avec un visible empressement. Avec quelle sollicitude les deux amis le suivaient du regard! c'était entre eux comme une admiration tacite qui illuminait d'un rayon toute leur préoccupation passée! Que sa démarche était légère et souple! Qu'il avait bien l'air d'un vrai gentleman, né pour être l'héritier de toutes ces magnificences qui les entouraient! A peine eut-il disparu, qu'Hélène joignit ses mains avec un air de gratitude inexprimable; elle ne parla pas, mais ses lèvres s'agitèrent et le comte crut entendre ce cri de reconnaissance sortir du cœur de la mère et monter vers Dieu :

— Envoie-moi toutes les épreuves qu'il te plaira, mais épargne-le et protége-le!

Lord Cairnforth, la voyant si profondément remuée, commença à causer de choses et d'autres, et à lui raconter comment Cardross et lui avaient passé leur matinée et réglé leurs affaires.

— Je dois dire qu'à supposer que Cardross ne devienne jamais ce qu'on appelle un sujet distingué à l'université, ce dont son grand-père gémirait peut-être s'il en avait connaissance, il possède un jugement et un bon sens dont je suis tout à fait ravi.

De plus, il est homme du monde, il sait faire valoir l'instruction qu'il possède ; quelle que soit l'idée dont il sera maître, il n'en cachera pas la lumière sous le boisseau ; c'est peut-être là une des qualités les plus essentielles pour la position à laquelle il est appelé. Bref, je n'ai aucune inquiétude pour Cardross. Je vois qu'il sera tout à fait un héritier selon mon cœur ; il poursuivra mes plans ; il ira plus loin que moi, peut-être.

Madame Bruce ne répondit que par ses larmes.

Le comte continua :

— Mais il y a une chose que lui et moi avons résolue ensemble et pour laquelle il nous faut naturellement votre approbation ; Cardross doit retourner immédiatement au collége.

— Comment ! à Edimbourg ?

— Ne soyez pas si terrifiée, Hélène ; non, ce ne sera pas à Edimbourg. Il vaut mieux qu'il rompe avec ses anciennes liaisons dans cette ville ; lui-même le désire. Il aimerait aller dans une nouvelle université, à Saint-Andrews, par exemple.

— Mais il n'y connaît personne. Il y serait tout à fait seul, car je ne puis... Ne voyez-vous pas que je ne puis quitter mon père ? Oh ! c'est vraiment être partagée en deux ! s'écria Madame Bruce en détresse.

— Un peu de patience, ma chère, et écoutez-moi.
Nous avons tout arrangé, Cardross et moi. La se-
maine prochaine nous partons tous deux pour Saint-
Andrews.

— Vous?

— Vous croyez donc que je lui serais inutile?
qu'il faudrait un homme, et non pas un être tel que
moi, pour prendre soin de votre fils?

Le comte avait parlé avec cette profonde amertume, par laquelle, quoique bien rarement, il se
trahissait lui-même : il s'arrêta aussitôt, voyant
l'extrême chagrin qu'il causait.

— Pardonnez-moi, Hélène; je sais que ce n'é-
tait pas là votre pensée, mais c'est si souvent la
mienne! Jusqu'à ce matin j'ai cru que ce serait
impossible; mais j'ai réfléchi qu'en somme, c'est
moi qui suis le mieux qualifié pour accompagner
Cardross, parce que, tout en exerçant une surveillance active sur lui, en lui ouvrant une maison
agréable, je lui imposerai en même temps une responsabilité. Il aura à s'inquiéter de moi presque
autant que de sa mère, et cette tâche lui sera salutaire, comprenez-vous?

Madame Bruce fit un signe d'assentiment, car
c'était évident.

— D'ailleurs, reprit lord Cairnforth avec un en-

jouement un peu forcé, il est bien possible qu'il me
soit agréable à moi-même de revoir le monde, ne
fût-ce qu'une fois encore. Dans tous les cas, je suis
convaincu que je le verrai avec plaisir par les yeux
de notre jeune homme. Vous a-t-il parlé de notre
projet?

— Il ne m'en a pas dit un mot.

— A la bonne heure! Je suis bien aise de voir
qu'il peut garder sa parole. Je lui avais fait promettre de ne rien vous en dire avant que je n'eusse
abordé ce sujet avec vous; je voulais voir, Hélène,
comment vous prendriez la chose. Eh bien, nous
laissez-vous partir? C'est-à-dire il faut que Cardross parte et... vous vous passerez bien de moi
pendant une année?

— Quoi! toute une année? Cardross ne pourrait-il revenir à la maison, une fois au moins?

— Sans doute, cela pourra s'arranger; il reviendra, même si je ne puis le suivre, répondit le comte
sans rien ajouter.

— Et vous? s'écria subitement Madame Bruce,
voyant que son ami la laissait plongée dans les longues rêveries qu'évoquait toujours son fils, vous
quitteriez toute une année votre maison, votre foyer,
la douce vie que vous menez ici; vous renonceriez
à toutes vos affaires, à tous vos projets; vous vous

créeriez volontairement une foule de soucis, uniquement pour aller veiller sur mon fils et empêcher sa mère de se ronger le cœur d'inquiétude ! Oh ! comment, comment pourrai-je jamais assez vous remercier..... vous payer de retour ?

— Me payer de retour ! c'est une mauvaise parole, Hélène, que vous prononcez là. Je ne l'aime pas. Je croyais que les remercîments avaient été depuis longtemps mis de côté comme inutiles entre vous et moi.

— Vous seriez donc absent toute une année ?

— Probablement; car il faut que Cardross suive au moins deux cours, et il ne m'est pas aussi facile qu'à lui de me déplacer. Oui, ma chère, vous aurez à vous séparer de moi... je veux dire que je serai séparé de vous pendant un an. C'est, en effet, très-long, quand on considère la briéveté de nos vies. Je n'aurais affronté ce séjour loin de chez moi pour rien au monde ; il fallait que ce fût pour assurer le repos de mon amie.

— Oh! je le sais; combien vous êtes bon !

Et Hélène, toute à son fils, à son avenir, sentant sa jeunesse se renouveler dans la sienne, sa vie s'absorber dans celle de cet être chéri, semblait embrasser du regard un horizon qui n'avait pas de limites, et elle ne savait plus du tout de quoi elle remer-

ciait le comte. Elle acquiesça entièrement aux combinaisons de lord Cairnforth; enfin, après tant d'années de résistance, son esprit indépendant se courba
jusqu'à accepter toutes ces faveurs avec une humilité et une gratitude qui allaient presque devenir
pénibles pour tous deux, lorsque quelques mots
heureusement choisis de lord Cairnforth l'amenè-
rent et la laissèrent dans la persuasion que celui-ci
se promettait réellement beaucoup de jouissances de
sa résidence à Saint-Andrews. Alors, satisfaite de ce
côté, Hélène, en véritable mère, commença presque
à lui envier le bonheur d'avoir constamment la société de son fils. Elle accepta tout joyeusement, avec
reconnaissance, ne se doutant plus qu'elle acceptait
un sacrifice.

# CHAPITRE XVII

# CHAPITRE XVII

Pendant une année entière, le comte de Cairn forth et M. Bruce-Montgomerie, — Cardross prit de suite légalement ce nom, — habitèrent Saint-Andrews, la plus belle des anciennes cités écossaises, en même temps que la plus agréable des universités.

Ils y vécurent dans des rapports de plus en plus intimes. C'étaient vraiment ceux d'un père avec son fils. Que de fois on s'arrêtait avec admiration, lorsqu'on apercevait la petite voiture du comte glissant sur les sables aux bords de la mer, ou roulant dans les rues étroites de la vieille ville, accompagnée invariablement du beau et grand jeune homme qui entourait son père adoptif des soins les plus tendres ! La surveillance morale que lord Cairnforth avait scrupuleusement exercée pendant quelque temps sur Cardross s'était peu à peu relâchée; avec une joie profonde il avait constaté qu'aucun des vices tant redoutés n'avait été transmis par le capitaine Bruce à son fils. Cardross n'obtint pas les plus hauts grades du collége; mais il était le plus gai, le plus joyeux compagnon de toute l'université. C'était un intrépide écuyer, un vigoureux nageur, et, sur ces plages dangereuses, plus d'un lui dut la vie; aussi l'année scolaire n'était pas à sa moitié, que sa popularité fut chose incontestée parmi tous les étudiants. Complaisant, généreux, tous l'adoraient; lorsqu'il avait terminé ses études ou dépensé avec énergie toutes ses forces physiques, patient et doux comme une jeune fille, il se tenait pendant des heures entières auprès du fauteuil de lord Cairnforth. Son esprit, son jugement se formaient au contact de cette raison supérieure, et son dévouement pour son bienfaiteur s'en augmentait d'autant. Celui-ci cependant, sans se plaindre d'aucun mal, vieillissait visiblement, bien qu'à l'insu du jeune homme. Cardross allait atteindre sa vingt et unième année; l'épreuve avait réussi; il avait tenu tout ce qu'il avait promis le jour de son pardon. La majorité de l'héritier de Cairnforth était un événement qui ne pouvait passer inaperçu sur la péninsule. Aussi le comte, poussé secrètement d'ailleurs par sa santé chancelante, s'empressa-t-il de saisir ce prétexte pour retourner dans ses terres.

On allait donc fêter de nouveau dans le village un héritier de tous ces immenses domaines; ce ne devait plus être pour un comte de Cairnforth, à la vérité, et les paysans se le redisaient bien l'un à l'autre avec quelque tristesse; mais Cardross était aimé et chacun se répétait que leur maître ne pouvait faire un meilleur choix; aussi se prépara-t-on avec entrain à cette cérémonie. Il fallut se renfermer dans les vastes dépendances du château, car on était en décembre, et les feux de joie sur le sommet des collines avaient bien quelque peine à brûler.

Est-il besoin de dire que le maître, à son retour, fut reçu avec transport par tous ses vassaux? En se reportant par le souvenir à l'époque de sa propre majorité, il dut arrêter ses regards avec complaisance sur ces lieux aimés où il avait répandu la richesse et le bonheur. Les pauvres avaient presque disparu de la contrée. Que de changements! que d'améliorations dans ce pays, presque sauvage lorsque lord Cairnforth entreprit sa grande tâche! partout le bien-être et l'aisance régnaient à présent : des fermes nombreuses, de nouveaux villages peuplaient ces rives jadis désertes;

les troupeaux avaient dû remonter plus haut dans la montagne; à la vérité, le daim et le coq de bruyère avaient fui dans les marais lointains; mais Cairnforth était toujours un délicieux hameau, habité par une heureuse communauté.

Madame Bruce, dans une de ses promenades avec le comte, surprit un jour son regard souriant et paisible, errant sur ses collines chéries. Interrogé par elle, il lui dit avec sentiment :

— Oui, Hélène, j'ai eu une vie heureuse, vraiment heureuse; quand je regarde en arrière, elle m'apparaît telle. Rappelez-vous que je vous ai dit cela, et ne laissez jamais personne affirmer le contraire.

La grande salle du château, la salle des réceptions, fut ouverte et disposée pour le banquet, absolument comme elle l'avait été pour lord Cairnforth, à cela près qu'alors la table était à peu près vide, et qu'aujourd'hui elle était comble.

Avec une prévoyance qu'Hélène admira, le comte avait réuni ce jour-là autour de lui la société la plus choisie; des châteaux les plus éloignés, il invita des personnes qui, par leur rang, par leurs richesses et surtout par leur mérite, pouvaient donner à cette fête tout l'éclat désirable, et qui, si le proverbe est vrai : « Que l'on connaît l'homme à ses amis, » se-

raient plus tard pour le jeune homme qui allait entrer dans le monde de puissants appuis et de dignes
amis.

A la fin du repas, lord Cairnforth, ayant à sa
droite le vénérable pasteur et en face de lui, au bout
de la table, Madame Bruce occupant la place de la
maîtresse de la maison, présenta à ses convives il-
lustres, par quelques simples paroles, l'héritier
qu'il s'était choisi.

— Je l'ai choisi de propos délibéré, ajouta-t-il en
finissant, non pas simplement parce qu'il est mon
cousin et mon plus proche parent, mais parce qu'il
est le fils de sa mère, le petit-fils de M. Cardross,
et qu'il est digne de tous deux. Personnellement,
je le respecte et je l'aime; c'est pourquoi je vous pro-
pose du fond du cœur la santé de Cardross Bruce-
Montgomerie.

Tout le monde se leva aussitôt et chacun félicita
le jeune homme. Le toast fut porté avec de sincères
acclamations, et la grande salle seigneuriale du château de Cairnforth résonna joyeusement pour
M. Bruce-Montgomerie. Il n'y eut pas d'autres
toasts ni d'autres discours, car on remarqua que
lord Cairnforth paraissait excessivement fatigué;
néanmoins, il garda sa place jusqu'à la fin. De
toutes les réunions élégantes qu'il avait vues se

presser dans ses salons, aucune ne fut plus brillante que celle-là; aucune ne fut plus gaie, de cette gaieté cordiale et de bon aloi que le comte savait si bien inspirer. Par quel don magique il réussissait à l'exciter, à la soutenir, personne ne le découvrait; mais il y parvenait, voilà ce qui était certain, et jamais son enjouement ne fut plus remarqué que ce soir-là, lorsqu'après sa longue absence il se retrouva de nouveau au milieu de ses voisins et de ses amis, dans la demeure de ses ancêtres. Tous se souvinrent longtemps de cette nuit de fête..... et de celui qui l'avait donnée.

Enfin, la dernière voiture s'est éloignée; lord Cairnforth se retrouve seul avec Madame Bruce; le ministre a été emmené de bonne heure par son fils Duncan. Le vent commençait à souffler avec violence et à gémir d'une façon lugubre ; une tempête s'élevait, menaçante et terrible, comme on en avait rarement vu.

— Vous ne pouvez retourner chez vous, dit lord Cairnforth à Madame Bruce. C'est impossible, par un temps pareil; restez ici jusqu'à demain. Cardross, aidez-moi à persuader votre mère. Vous n'avez jamais passé une nuit sous mon toit, Hélène. Ne voulez-vous pas m'accorder cette faveur pour cette fois? je ne vous le redemanderai plus.

Il mit tant de chaleur à la presser, qu'Hélène, sans trop savoir pourquoi, y consentit. Bientôt Cardross se retira, fatigué par tous les plaisirs de cette mémorable journée, et les deux amis restèrent ensemble dans leur séjour de prédilection, devant le feu de la bibliothèque, écoutant la pluie qui tombait à torrents contre les vitres et le vent qui hurlait; c'étaient par intervalles de furieuses bourrasques, d'où semblaient sortir des voix frémissantes emportées par la tempête.

— Ne vous souvenez-vous pas, Hélène, que ce fut par une nuit pareille que mourut M. Menteith, lorsque je dus partir pour Edimbourg? Ils disent ici que ces ouragans sont toujours envoyés pour rappeler des âmes; y a-t-il quelque lien mystérieux, incompréhensible, qui unit les éléments matériels à l'immatériel esprit? Je ne sais pourquoi, il m'a souvent semblé, dans des heures comme celle-ci, que j'aimerais être appelé pendant l'orage, affranchi, « fuyant bien loin sur les ailes puissantes des vents, » comme dit le Psalmiste. Qu'il serait beau et glorieux, de se retrouver tout à coup fort, actif, débarrassé du fardeau de ce corps..... de devenir tout esprit, esprit pur!

Et à mesure que le comte parlait, son visage fatigué, sillonné de rides précoces, s'éclaira et parut tout transformé, comme si déjà il appartenait à une âme séparée du corps et glorifiée.

Madame Bruce eut cette impression d'une manière si saisissante qu'elle ne trouva rien à répondre; sa foi simple et paisible ne pouvait suivre l'intensité passionnée de celle du comte; elle fut comme effrayée de cette approche du monde invisible qu'il semblait distinguer si nettement.

— Je me demande, reprit-il encore, — car je reste quelquefois des heures entières plongé dans ces méditations, — je me demande ce que sera l'autre vie, cette vie dont nous ne savons rien et qui est peut-être si près de nous; puis je découvre que je forme des plans vagues, incohérents, sur ce que j'y ferai... sur ce que Dieu me permettra d'y faire, ou d'y être. Ce sera sûrement quelque chose de plus qu'il ne m'a permis d'être ici-bas.

— J'en suis convaincue, répondit Hélène.

Puis, suivant son habitude de rapporter toutes choses aux textes de l'Evangile, elle récita la parabole des talents et ajouta doucement :

— Je crois que vous serez un de ceux qui, après avoir fait produire ici-bas le plus possible aux dons que vous aviez reçus, serez établi « *maître sur dix villes,* » c'est-à-dire si Dieu est juste.

— Oui, Dieu est juste; dans mes plus dures

épreuves, je n'en ai jamais douté, reprit lord Cairnforth d'un ton profondément sérieux.

Puis il répéta à haute voix ces paroles de saint
Paul, auxquelles plus d'un pécheur dans l'agonie
du doute s'est cramponné comme au dernier refuge
contre la douleur, comme à la seule clef de tous
ces mystères qui viennent par moments ébranler
la foi la plus ferme : « Nous voyons confusément
et comme dans un miroir, mais alors nous verrons
face à face ; je connais imparfaitement, mais alors je
connaîtrai comme j'ai été connu. »

Lorsque Madame Bruce se leva pour se retirer, il
était près de minuit ; le comte paraissait la laisser
s'éloigner à regret, disant qu'il y avait longtemps
qu'ils n'avaient eu ensemble une bonne et tranquille
causerie ; il lui demanda avec chaleur et à plusieurs
reprises si elle était satisfaite de son fils.

— Ah ! complétement ! non-seulement satisfaite,
mais fière, heureuse, plus heureuse que je n'aurais
jamais cru l'être sur cette terre, et c'est vous qui
avez tout fait, vous qui avez rendu mon fils ce qu'il
est ; mais il vous récompensera, il sera digne de
vous, je le sais. Dorénavant, il sera autant votre fils
que le mien.

— Je l'espère, et maintenant, ma chère amie,
bonne nuit !

— Bonne nuit! Dieu vous bénisse!

Et Madame Bruce s'agenouilla à côté de son fauteuil, comme poussée par quelque secrète émotion; 
elle effleura de ses lèvres les pauvres mains infirmes 
de son ami.

— Hélène, dit le comte comme elle se relevait, 
donnez-moi un baiser, seulement un, comme celui 
que j'ai reçu de vous lorsque j'étais enfant.... cet enfant orphelin, malheureux, que vous avez accueilli.

Elle le baisa sur le front avec tendresse, puis elle 
le quitta, le laissant seul vis-à-vis du feu, seul dans 
l'immense chambre déserte.

.     .     .     .     .     .     .     .     .     .     .     .

.     .     .     .     .     .     .     .     .     .     .     .

Hélène Bruce ne put dormir cette nuit-là, soit 
que les émotions de cette journée eussent été trop 
fortes pour elle, soit qu'elle fût agitée par l'ouragan qui se prolongeait avec furie et faisait grincer 
d'une façon lugubre toutes les girouettes du château; elle restait éveillée, repassant sans cesse 
dans son esprit les réflexions mélancoliques que le 
comte avait faites à propos de la tempête et des 
âmes. Peu à peu, un sentiment de malaise qu'elle 
ne pouvait définir s'empara d'elle; elle se mit à penser avec inquiétude à son vieux père que, depuis 
tant d'années, elle n'avait jamais quitté une seule

nuit; à présent, ses regrets étaient inutiles. Vers
l'aube, la tempête se calma par degrés. Hélène s'approcha d'une des croisées d'où l'on apercevait le lac
qui brillait au clair de lune comme un miroir; il lui
sembla voir, comme dans une révélation, « cette
mer de glace qui ressemble à du cristal, » dont il est
parlé dans l'Apocalypse et « qui est devant le trône
de l'Agneau. » Elle se tint immobile pendant un
instant, contemplant ce magnifique spectacle, puis
elle alla se remettre au lit et s'endormit paisiblement jusqu'à ce qu'il fît grand jour.

Madame Bruce s'habillait toute remplie d'heureuses et confiantes pensées, admirant le soleil d'hiver
qui se levait gaiement, et faisant des plans pour la
journée, lorsque l'apparition de Madame Campbell,
qui entra brusquement dans sa chambre avec une
figure bouleversée, pâle comme le marbre, la fit
tressaillir :

— Il est parti! il est parti! dit-elle d'une voix en-
trecoupée.

— Qui est parti?

Et Hélène poussa un cri, pensant de suite à son
père.

— Chut! dit la vieille nourrice en arrêtant Madame Bruce comme celle-ci s'élançait hors de la
chambre; silence! répéta-t-elle tout essouflée, Mi-

lord est mort; mais nous ne le pleurerons pas ; non, je ne puis pleurer, il est allé au ciel, sa patrie.

Ce n'était pas le vieillard qui avait été rappelé le premier. M. Cardross vécut encore plusieurs années; il atteignit l'âge patriarcal de quatre-vingt-dix ans. Ce fut une vie beaucoup plus jeune — jeune, et cependant combien vieille de souffrances et d'expérience! —qui avait été ainsi tranchée d'une façon si subite, si inattendue.

Le comte fut trouvé mort dans son lit, dans son attitude de repos accoutumée, absolument à la même place où Malcolm l'avait posé la veille; ses yeux étaient grands ouverts; ainsi, il n'avait pas expiré pendant son sommeil; mais comment? à quelle heure? L'appel avait-il été rapide ou lent? Avait-il essayé de réclamer du secours et n'y avait-il pas réussi? Ou bien encore, ne voulant déranger personne, avait-il choisi de rendre ainsi, solitaire, son âme sans crainte à son Dieu? Nul ne le sut jamais.

Qu'importe d'ailleurs? Il était mort comme il avait vécu, seul, sans bruit; il ne semblait pas que ce fût une mort pénible, car l'expression de ses traits était parfaitement paisible; déjà ce mystérieux et beau sourire, qu'on ne voit qu'une fois sur le visage humain, s'était fixé sur eux.

Hélène se tint longtemps immobile au pied de

son chevet, contemplant cette chère et douce image.
Qu'elle lui parut devenue étrangement belle dans la
grandeur de la mort! Elle pensa à ce qu'ils avaient
dit pendant leur dernière soirée sur le monde à venir. A présent, lui savait tout, voyait tout; elle ne
le pleura pas; malgré ses infirmités physiques, il
avait eu une « noble vie, » une vie presque parfaite;
aujourd'hui cette vie avait atteint son terme, mais
n'était-il pas en possession de ce qu'il avait si ardemment désiré? Son pauvre corps, si faible, si dépendant, ne le gênait plus..... il était parti..... parti
pour le ciel.

.   .   .   .   .   .   .   .   .   .   .   .   .   .   .   .   .   .

Par une claire matinée d'hiver, — il avait gelé assez fort et une légère couche de neige couvrait les
rives du Loch Beg, — on enterra le comte de Cairnforth. Ce ne furent point des funérailles somptueuses,
car on découvrit qu'il avait laissé des ordres formels
pour les interdire; mais quatre de ses gens, Malcolm
Campbell en première ligne, emportèrent doucement sur leurs épaules son cercueil, du château jusqu'au cimetière de Cairnforth. Il était à peine plus
lourd que celui d'un enfant. Après la bière venait une
longue suite d'affligés silencieux, une procession telle
qu'on n'en avait pas vu de semblable pendant des
siècles dans cette contrée. Avant qu'elle ne quittât

le château, M. Cardross célébra le service funèbre;
ce fut la dernière fois que la voix du bon vieux pasteur se fit entendre publiquement dans sa paroisse.
A la tête du cortége, menant le deuil, marchait
M. Cardross Bruce-Montgomerie, le fils adoptif
du comte.

Et ainsi ils le déposèrent à côté de ses pères et le
laissèrent dans son repos. Suivant son désir, sur
une simple pierre, dressée en face des fenêtres
de la cure, et cela aussi d'après sa requète formelle,
on grava cette inscription :

CHARLES-ÉDOUARD STUART MONTGOMERIE
LE DERNIER COMTE DE CAIRNFORTH
MORT A L'AGE DE 43 ANS.

« QUE TA VOLONTÉ SOIT FAITE SUR LA TERRE
« COMME ELLE L'EST DANS LE CIEL ! »

Paris. — Typ. de Ch. Meyrueis, rue Cujas, 13. — 1867.

Paris. — Typ. de Ch. Meyrueis, rue Cujas, 13. — 1867.